Bibliografische Information der Deutschen Nationalbibliothek:
Die Deutsche Nationalbibliothek verzeichnet diese Publikation in der
Deutschen Nationalbibliografie; detaillierte bibliografische Daten sind
im Internet über http://dnb.dnb.de abrufbar.

Lektorat: Wolfgang Hering

Umschlagfoto: Seir/ Jordanien, W. Hering

Herstellung und Verlag: BoD – Books on Demand, Norderstedt

ISBN: 9783751903240

Wolfgang Hering

# Der Letzte der Edomiter

oder

## „Die Juden sind nicht tot zu kriegen."

# Inhalt

„Wohl dem Volk,
dessen Gott der HERR ist,
der Nation,
die ER sich zum Erbteil erwählt hat."
(Ps 22,12)

# Prolog

Bei meiner Arbeit an „Geschwisterzoff" wurde mir deutlich, dass die Geschwisterprobleme bei der Geburt des Volkes Israel eine sowohl tragende als auch tragische Rolle spielten. War es im Hause Abrahams der Rauswurf des erstgeborenen Ismael, so im Hause Isaaks die Überrumpelung und Verdrängung des erstgeborenen Esau. Doch während Ismael eine weitreichende Segensverheißung bekam, bettelte Esau vergeblich um einen Segen. Dass sich die Segensverheißung für Ismael erfüllt hat, ist vor unser aller Augen deutlich mit dem starken Volk der Araber und dem aus ihm hervorgegangenen Islam. Was aber wurde aus Esau, dem Enkel Abrahams?

Dieser Frage gehe ich in dem vorliegenden Büchlein nach. Da Esau nicht nach Amerika auswandern konnte – das war leider noch nicht entdeckt – blieb ihm nichts weiter übrig, als sich ein Plätzchen zu suchen, das noch übrig war zwischen Ägypten im Süden, den Ismaeliten im Osten und dem Haus Jakob im Nordwesten. Wer sich nicht nur zurückgesetzt fühlt, sondern in jeder Weise vom Segen ausgeschlossen ist, muss nicht nur sehen, wie er überlebt, sondern wird auch auf die Chance warten, es dem Bruder heimzuzahlen. Es ist doch ganz menschlich, dass solche Zurücksetzung oder Verwerfung trotzige und dunkle Gefühle weckt, die nicht nur von Einzelpersonen bis zum Tod, nicht nur von Familien bis in die dritte oder vierte Generation, sondern von Völkern über Jahrhunderte bewahrt werden. So war es auch bei Edom, dem Volk, das aus Esau hervorging. Seine Begegnungen mit dem ungeliebten Brudervolk der Juden machen das nur allzu deutlich.

Als Quellen bin ich den biblischen Spuren gefolgt und den Antiquitates von Flavius Josephus. Der Hauptunterschied zwischen beiden Quellen ist, dass Josephus nicht von Edom, sondern ausschließlich von Idumäa spricht, wie es zu seinen Zeiten der politischen Realität seit Jahrhunderten entsprach und unter griechischem Einfluss seit langem üblich war. In der Bibel kommt der Begriff Idumäa hingegen nur einmal vor, nämlich im Markusevangelium (Mk 3,8). Hier erscheint es als eines der Völker, mit denen die Juden unter römischer Oberhoheit in einem gewissen Austausch ringsum lebten. Ansonsten und speziell in der hebräischen Bibel, die wir Christen Altes Testament nennen, wird nur von Edom und den Edomitern gesprochen.

Spezielle Kenntnisse über Flavius Josephus und örtliche oder zeitliche Besonderheiten der alten Geschichte habe ich digitalen Angeboten entnommen. Wer da etwas zu korrigieren oder zu ergänzen weiß, teile es mir bitte mit.

Die historischen Fakten werden von mir wieder als Geschichten aus der Geschichte der beiden Brudervölker erzählt, umrahmt von einer Liebesgeschichte zwischen Flavius Josephus und der Tochter des Letzten der Edomiter im Jahr 70, dem Jahr der Zerstörung des jüdischen Tempels und der Stadt Jerusalem. Die Diskussion darüber, ob die Juden auch diese Katastrophe wieder überleben werden, so, wie es in den mehr als tausend Jahren zuvor zum Leidwesen und zur Verwunderung der Edomiter immer wieder geschehen war, wirft die Frage auf: Sind die Juden gar nicht tot zu kriegen? Und warum nicht?

# 1. Betrug im Hause Jakob (nach Gen 26/27)

Ein apokalyptischer Schauder lag über dem Land in diesem Spätherbst des Jahres 70. Die vom Meer heran getriebenen Wolken hingen tief, als wollten sie alles gnädig einhüllen, was unter ihnen geschehen war. Und es war Schreckliches geschehen. Hunderttausende waren verhungert, erstochen, zerstückelt, verbrannt, ermordet und auf vielerlei andere Weise ums Leben gekommen. Die stolze Stadt Jerusalem war zum großen Friedhof geworden. Und wie nach einer Beerdigung war den Überlebenden zumute. Die einen verfielen in tiefe Traurigkeit, die anderen verfeierten das Erbe. Betroffen waren sie noch immer, auch die beiden Männer, die gerade vom Ölberg auf die Trümmer der Stadt hinabgeschaut hatten. Jetzt saßen sie vor der Hütte des Alten.

Aus seinem zerfurchten Gesicht schauten schwarze Augen in die Ferne, wie, um Dinge, die längst am Horizont der Weltgeschichte untergegangen waren, wiederzufinden. Mit seinen leicht ergrauten und doch immer noch rötlich schimmernden Haaren spielte ein leichter Abendwind. Ebensolche Haare bedeckten auch fast wie ein Pelz seine Brust, soweit sein Kittel sie freigab und seine sehnigen Arme und Hände, mit denen er sich auf den Tisch stützte. Fast unbeweglich saß er eine Zeitlang da, wie ein versteinertes Relikt aus vergangenen Zeiten.

„Adamah", rief er dann, wie aus einem Traum erwachend, in Richtung Hütte, wo die Tür offenstand, „bring uns doch bitte etwas zu trinken. Wir haben einen Gast."

„Jaa. Gleich", tönte eine glockenhelle Stimme von drinnen zurück.

„Falls euch also etwas einfällt, lasst es mich wissen", sagte sein Gegenüber, ein vornehmer Römer. Oder Jude? Sie waren sich soeben zufällig begegnet, hatten sich, rückwärtsgewandt, fast gegenseitig umgestoßen und dann am Tisch vor der Hütte des

Alten Platz genommen. Auf die Frage, was der vornehme Gast in dieser verlorenen Gegend suche, hatte der geantwortet, er suche alte Geschichten von alten Völkern.

„So, bitte die Herren, hier eine Erfrischung und ein Fladenbrot."

Adamah entpuppte sich als eine hübsche junge Frau von vielleicht siebzehn Jahren. Kluge Augen in einem fein geschnittenen Gesicht, nach hinten gebundene schwarze Haare, unter dem einfachen Kittel eine ebenmäßige Gestalt mit anmutigen Bewegungen. Seine Tochter oder Geliebte?

„Adamah, meine Tochter", stellte der Alte auf den fragenden Blick seines Gastes hin klar.

„Ich danke dir, mein Täubchen. Und da uns das Schicksal hier so unvermutet zusammen geführt hat, darf ich mich zuerst mal vorstellen: „ Mein Name ist Esau Bar-Qoz. Esau war der Urvater meines Volkes genau wie sein Bruder Jakob der Urvater der Juden da unten war und…"

„Verzeihung, wenn ich Euch unterbreche: Ich bin Flavius Josephus, gebürtiger Jude mit römischer Staatsbürgerschaft und…"

„Etwa der General Josephus, der Galiläa gegen die Römer verteidigt und dann die Seiten gewechselt hat? Dieser Überläufer? Oder gar Verräter?"

Der Blick des Alten wurde schärfer, als wollte er Josephus noch nachträglich durchbohren.

„Mir kann es ja egal sein", fuhr er fort, „ich bin weder Jude noch Römer. Ich bin Edomiter oder, wie uns die Griechen etwas eleganter aussprechen: Idumäer. Ist ja auch egal. Ich bin sowieso der Letzte. Ich bin übrig, als einziger. Von einem Volk, das über tausend Jahre in dieser Gegend gelebt hat. Das hat aber jetzt nichts mit dem Krieg da unten zu tun", er zeigte auf die Trümmer von Jerusalem. „Unser Volk hat da nicht mitgekämpft. Unser Volk gibt es nämlich schon lange nicht mehr. Wie gesagt, ich bin der Letzte. Und eigentlich habe ich mich gefreut, dass es mit den Juden nun endgültig aus ist. Ich bin bis vor auf den Kamm des Ölbergs gegangen und habe von oben zugeschaut wie die Römer sie von Woche zu Woche mehr eingeschnürt und sie schließlich auf ihrem Tempelberg ausgeräuchert haben. Diese Juden! Wir haben sie gehasst. Wir, die Edomiter. Aber dann habe ich mich geschämt über meinen Hass und meine Schadenfreude. Warum? Davon später. Aber ich weiß auch, dass von den Juden da unten noch viele übrig sind, wenn auch verstreut über die ganze Welt. Von den Juden bleiben immer welche übrig. Merkwürdig. Wir Edomiter wissen das nur zu gut. Aber das ist eine lange Geschichte."

„Diese Geschichte interessiert mich", unterbrach ihn nun der ehemalige jüdische General und jetzige vornehme Römer, „ich bin kein Militär mehr, sondern widme mich der Historie und Schriftstellerei. Über die Geschichte der Juden und diesen ihren wahrscheinlich letzten großen Krieg schreibe ich gerade ein Buch. Aber mich interessieren auch die anderen Völker dieser Gegend, die, die es noch gibt und die, die untergegangen sind, wie zum Beispiel die Edomiter. Wenn Ihr darüber etwas wisst oder gar Material habt, bitte ich euch, mir zu erzählen oder mir Material zu überlassen. Ich sammle alles, auch wenn ich noch nicht weiß, was ich daraus machen werde. Schriftstellerische Freiheit eben."

Er lachte.

„Übrigens, ob ich ein Verräter war oder nicht, mögen andere beurteilen. Ich habe jedenfalls eingesehen, dass der jüdische Aufstand und seine Motive falsch waren. Und habe noch versucht, Jerusalem vor dem Untergang zu retten. Aber sie haben mich nur geschmäht und mir den Tod an den Hals gewünscht. Nun gibt es hier kein jüdisches Volk mehr, nur noch Reste, und kein heiliges Jerusalem, weil keinen Tempel mehr. Es war das Ende. Ein Ende mit Schrecken. Und doch wert, aufgeschrieben zu werden zum Nutzen und Gedächtnis der Nachwelt. Das da unten war eine einzige riesige Tragödie", er machte eine große Handbewegung über das zerstörte Jerusalem, das von den tief hängenden Wolken wie unter einem Leichentuch fast nicht zu sehen war. „Aber vielleicht lernt ja die Nachwelt etwas daraus."

„Das bezweifle ich", ergriff der Alte wieder das Wort, „die Umstände mögen sich ändern, aber die Fehler, die ganze Völker oder einzelne Menschen machen, wiederholen sich, wenn nicht bei den Kindern, dann bei den Urenkeln. Aber ich will euren Optimismus nicht bremsen. Schreibt nur alles auf. Auch von uns Edomitern. Also: Esau war unser Urahn, später Edom geheißen. Qoz aber war unser Gott. Ob er identisch war mit Jahwe, dem Gott der Juden, weiß ich nicht. Mein ganzer Name bedeutet also Esau, Sohn des Qoz. Na ja, ein Göttersohn bin ich nicht gerade, weder berühmt, noch reich, noch habe ich göttliche Macht bewiesen. Und Qoz spielt in meinem Leben keine Rolle mehr."

„Die Götterfrage lassen wir am besten mal weg", unterbrach ihn Josephus, „da soll jeder für sich entscheiden. Das ist jedenfalls meine Meinung. Was mich aber sehr interessiert: Könntet Ihr mir erklären, was zum Untergang eures Volkes geführt hat?"

„Ja, das ist mir völlig klar. Es ist der ewige Hang zu einer gewissen Bequemlichkeit beziehungsweise Dämlichkeit. Der Hang zur Anpassung. Die Juden sind das genaue Gegenteil. Sie können sich nie anpassen. Immer müssen sie aus der Reihe tanzen. Bis hin zu diesem aberwitzigen Aufstand gegen die Weltmacht der Römer. Wir hätten nie einen Aufstand gemacht. Das liegt nicht in unsrer Natur. Wir passen uns an. Schon von Anfang an."

Eine Weile drehte sich das Gespräch nun um diesen ‚aberwitzigen Aufstand', zu dem der ehemalige General einiges an Details beizutragen wusste, hatte er doch alles aus nächster Nähe und aus dem Mund und mit den Augen des römischen Oberbefehlshabers miterlebt.

Dann ging es um Fragen der Deutung des ganzen Geschehens und um die Beteiligten, zum Beispiel auch um die Idumäer, die sich bei den Juden mit besonderem Eifer im Kampf hervorgetan hatten.

„Die waren mal Edomiter", sagte der Alte traurig, „aber das ist lange her."

„Das interessiert mich aber ganz besonders. Alles, was lange her ist, interessiert mich. Und ich habe den Eindruck, Ihr wisst noch einiges. Wollt Ihr mir also helfen, auch die Geschichte der Edomiter vor dem Vergessen zu bewahren?"

Der Alte nickte:

„Aber nicht mehr heute. Kommt morgen wieder. Ja? Schalom."

Auch Adamah, die eben den Tisch abräumte, verabschiedete den Gast mit einem gewinnenden Lächeln: „Kommt gut nach Hause. Schalom."

„Danke. Danke auch für eure Gastfreundschaft. Ich komme gerne wieder. Schalom."

Ich bin wieder einmal ein Glückspilz, dachte der jüdische Römer. Da treffe ich durch die Gunst der Götter diesen alten Mann, der offenbar ganz gebildet ist und mir über sein Volk bestimmt wichtiges Material mündlich oder sogar schriftlich zur Verfügung stellen kann. Und dazu gleich noch seine liebliche Tochter. Gut gelaunt machte er sich auf den Heimweg.

Am nächsten Nachmittag trafen sie sich wieder vor der ärmlichen Hütte. Heute schien die Sonne durch größere Wolkenlücken auf die einfache Behausung, die umgeben war von vielen Olivenbäumen, die jetzt im Herbst reichlich Frucht trugen. Auf dem Tisch vor der Hütte, der so voller Flecken war, dass man sonst die Mahlzeiten von Jahrhunderten meinte identifizieren zu können, auch wenn er sauber abgewischt war, lag heute eine einfache Leinendecke. Schon von ferne hatte Flavius Josephus nämlich Adamah gesehen, wie sie emsig am Tisch hantierte und dann einen Krug und dazugehörige Trinkgefäße auf den Tisch stellte. Der Alte war nicht zu sehen.

„Schalom!", rief Josephus, „immer fleißig?"

Adamah wandte sich ihm zu, sah ihn mit ihren fröhlichen Augen an und sagte mit ihrer glockenreinen Stimme: „Seid willkommen bei unserer armen Hütte. Nur selten haben wir hier Gäste und solch edle und gebildete Gäste wie Euch schon gar nicht. Da freut sich mein Vater. Und ich auch."

Dabei strahlte sie ihn mit der ihr eigenen Unbefangenheit an.

Gern hätte er mit ihr das Gespräch noch eine Weile fortgesetzt, aber der Alte trat aus der Tür.

„Schalom und willkommen im Hause Esau Bar-Qoz."

Dabei streckte er dem Gast beide Hände entgegen und bat ihn, mit ihm Platz zu nehmen.

„Gebratenes können wir unserm Gast leider nicht anbieten, aber du findest bestimmt noch ein paar Kleinigkeiten, nicht wahr, mein Täubchen?"

Adamah eilte in die Hütte und Josephus war es, als würde sie schweben. So leicht war ihr Gang.

„Ich denke", unterbrach der Alte die Blicke und Gedanken seines Gastes, „Ihr werdet wissen wollen, wie alles anfing mit uns und den Juden, ja?"

„Natürlich. Erzählt ganz von vorn. Erst wenn man die Anfänge kennt, versteht man auch das, was folgt. Ich bin gespannt.“ Adamah schwebte noch einmal heran und brachte auf einer Holzscheibe ein wenig Oliven, Datteln und Feigen. Und schwebte wieder davon.

„Na gut. Es fing so an.“

*Heute hatte er kein Glück gehabt. Obwohl Esau schon seit Sonnenaufgang unterwegs war, lange bevor die anderen im Haus aufstanden, hatte er bis jetzt noch kein Wild geschossen. Die Sonne hatte ihren Zenit schon weit überschritten, er aber saß hungrig und missmutig im Schatten einer kleinen Eiche. Dabei hätte er fasst einen Steinbock erwischt. Es war ein stattliches Tier gewesen und stand vor ihm am Hang wie eine Schießscheibe. Der Bock wartete förmlich auf den Pfeil. Jawohl. Doch als er den Bogen spannte, löste sich ein Stein unter seinem linken Fuß. Aufgeschreckt von diesem Geräusch sprang der Bock im selben Augenblick, als der Pfeil losschnellte, davon. Den Pfeil hatte er wieder eingesammelt, aber von diesem oder einem anderen Bock war nichts mehr zu sehen. Nicht einmal einen kleinen Hasen hatte er erwischt, um sich ein Stück Fleisch zu braten. Da er im Vertrauen auf sein Jagdglück auch kein Brot eingepackt hatte, knurrte ihm jetzt mächtig der Magen. Gewiss, die Natur um ihn herum war schön. Er liebte die Wildnis, die Tiere, die urigen Pflanzen, jeden Schmetterling, die Schatten auf den Bergen. Jawohl. Aber was nutzt einem die ganze Schönheit, wenn man mitten in der Schönheit verhungert? Er hatte ein paar wilde Beeren naschen können. Aber sag, was ist das für einen fast zwanzigjährigen Mann?*

*So schaute er und schaute und döste vor sich hin.*

*Manchmal geht eben alles schief, sinnierte er an seinem Schattenplatz. Dabei machte ihm die Jagd große Freude, nicht nur* wegen des Erfolges und des Bratens, sondern auch wegen dieses Herumstreifens. Jawohl. Das war ihm der Inbegriff der Freiheit. Gern beobachtete er alles, was sich draußen regte und bewegte. Ganz im Gegensatz zu seinem Bruder Jakob, der sich lieber bei den häuslichen Zelten aufhielt, jawohl, bei den Haustieren, den Schafen und Ziegen und bei Mutter Rebecca. Die hatte einen Narren an ihrem Jakob gefressen. Von klein auf. Weil er so brav und sauber war. Er wusch sich immer die Hände und stellte die schmutzigen Sandalen ab, wenn er eintrat. Das gefiel ihr. Jawohl. Er half ihr auch beim Saubermachen und schaffte Ordnung in den Stallungen. Und er war interessiert an den Geschichten aus früherer Zeit, interessiert auch an den Erlebnissen und Erfahrungen, die Vater und Großvater mit dem Gott der Familie gemacht hatten. Mutter Rebecca war stolz auf ihn.

Mit ihm, Esau, aber hatte sie dauernd etwas zu meckern. Na ja, er war eben Vaters Sohn. Der freute sich immer mächtig, wenn er ihm ein Wildbret brachte, frisch geschossen und so zubereitet, wie es Vater am besten schmeckte. Dann umarmte und lobte ihn Vater Isaak. Jawohl. Tut mir leid, Vater, heute habe ich nichts. Ich habe alles versucht. Aber es sollte heute nicht sein. Stolz ist er auf mich, dachte Esau, ich will ihm auch immer Ehre machen. Und wenn wir auch Zwillinge sind, so bin ich doch der Erbe, denn ich wurde als erster geboren. Jawohl. Und Jakob soll sich bloß nicht immer so wichtig und schlau vorkommen. Komisch, wie unterschiedlich Zwillinge sein können. Manche Zwillingspaare, die ich kenne, ähnelten sich wie ein Ei dem anderen, im Aussehen und auch im Verhalten, bei ihnen beiden aber gab es keinerlei Ähnlichkeit, weder in ihren Interessen, noch in ihrem Aussehen. Jawohl. Während er, Esau, ein Kraftprotz war mit dichter rötlicher Behaarung, war Jakob ein schlanker Kerl, auch sportlich, aber zierlich und mit feiner weicher Haut. Er konnte sogar gut und abwechslungsreich kochen, nicht nur braten. Ach, essen! Los alter Knabe, auf nach Hause, sonst verhunger ich hier noch. Jawohl.

Als er nach einem weiteren zweistündigen Marsch endlich bei den heimatlichen Hütten anlangte, war er mit seinen Kräften am Ende.

„Hallo, Jakob", rief er schon von ferne, als er seines Bruders ansichtig wurde.

„Hallo, Esau", rief der ihm entgegen und langte, vor einer großen Schüssel sitzend, kräftig zu.

„Was ist das rote Zeug, das du hier isst?" fragte Esau, als er endlich herangekommen war. „Was hast du da wieder einmal zusammengekocht?"

„Das ist ein Linsengericht. Schmeckt hervorragend, sage ich dir. Soll ich dir mal erzählen, was ich alles für Gewürze rangemacht habe, ja? Also..."

„Nein, lass man. Ich habe Kohldampf. Jawohl. Ich esse jetzt alles, was du mir anbietest. Und du kochst immer schmackhaft. Das weiß ich. Jawohl. Also gib mir bitte von dem Essen ab, sonst sterbe ich vor Hunger."

„Mein lieber Bruder, der große Jäger, ist am Verhungern, na, sieh mal an. Was gibst du mir für einen Teller dieses schönen Linsengerichtes? Braten hast du ja keinen mitgebracht. Also was bietest du? Deinen schönen Bogen da?"

„Den brauche ich selber. Jawohl. Und jetzt hör auf mit dem Gequatsche und reich mir die Schüssel rüber."

„Nicht doch, Bruder", Jakob zog die Schüssel enger an sich, „ich mach dir einen Vorschlag. Tanz für mich. Wie wäre es mit dem Tanz der Völker? Da kannst du immer so schön in die Hocke gehen. Na?"

„Hör bloß auf. Ich bin fix und fertig. Ja. Ich käme aus der Hocke nicht mehr hoch. Ich brauche was zu essen. Und zwar sofort. Jawohl."

Esau versuchte wieder an die Schüssel ranzukommen, aus der es so verlockend dampfte und duftete.

„Stopp", Jakob fixierte seinen Bruder jetzt mit zusammengekniffenen Augen. „Ich habe noch einen besseren Vorschlag. Du überlässt mir dein Erstgeburtsrecht. Du weißt ja, was uns unsere Eltern immer erzählt haben: Wir sind zwar Zwillinge, aber du hast zuerst das Licht der Welt erblickt. Doch eigentlich wollte ich zuerst raus aus der Mutter und habe dich an der Ferse fest gehalten. Deshalb gaben sie mir den Namen Jakob, was bedeutet Fersenhalter. Du hast dich gewissermaßen vorgedrängelt. Was meinst du: wollen wir das jetzt nicht berichtigen? Sieh mal, das schöne Linsengericht!"

Jakob lachte ein merkwürdiges Lachen mit seinen zusammengekniffenen Augen.

Esau aber zog die Stirne kraus. Erstgeburtsrecht? Ich pfeif drauf. Ich will auch gar nicht den ganzen Laden hier übernehmen. Ich will meine Freiheit. Ich mach mein eigenes Ding. Ein Pflichterbe kriege ich sowieso. Ja. Jetzt aber will ich unbedingt was fressen. Laut jedoch sagte er:

„Einverstanden. Jawohl. Ich vermache dir mein Erstgeburtsrecht. Du aber schieb mir jetzt schnellstens das Essen rüber. Jawohl!?"

„Schwörst du?"

„Ich schwöre bei meinem Vater Isaak und bei meinem Großvater Abraham. Jawohl."

„Na also, dann sind wir uns ja einig."

Jakob schob seinem Bruder die Schüssel rüber, ging in die Hütte, suchte und fand ein Stück Ziegenleder, worauf er schrieb „Ich überlasse Jakob das Recht des Erstgeborenen.".

*„Unterschreib hier mit deinem Namen. Hier.“*

*Esau legte kurz den Löffel weg, unterschrieb, aß weiter und stillte mit großen Zügen seinen Durst. Das tat gut. Mit vollem Magen war man doch gleich wieder ein anderer Mensch. Scheiß auf das Erstgeburtsrecht. Jawohl. Und jetzt werde ich mich aufs Ohr hauen.*

„Ja, so fing das alles an. Mit einem Linsengericht! Und was ist daraus geworden? Erstens wurde aus Esau der Edom, der Rote, wegen der roten Linsen, wegen der roten Behaarung und so weiter. Hier“, er streifte seinen Ärmel hoch, „der Beweis, dass ich auch ein Roter bin, ein Edomiter. Als Verstärkung des Namens kam nachher noch der rote Sandstein hinzu, der unsere spätere Heimaterde prägte. Die zweite Folge war, und das war sehr viel gravierender, eine lebenslange Zwietracht zwischen den Brüdern und für ewig Spannung, Misstrauen, Kampf und Hegemoniestreben zwischen den beiden Völkern, die aus ihnen hervorgegangen sind.“

Er nickte bedächtig mit dem Kopf, als wollte er unterstreichen, dass aus kleinen Ursachen große Wirkungen folgen können, besonders in Familien.

„Wisst Ihr, ich habe lange darüber nachgedacht, wer nun eigentlich schuld war. Natürlich kann man auf den ersten Blick sagen: Jakob. Der hätte doch seinem hungrigen Bruder in brüderlicher Weise das Essen reichen können und alles wäre gut. Hat er aber nicht. War Jakob also der Böse? Es sieht so aus. Und doch könnte es sein, dass er von seinem Gott oder vom Schicksal oder von wem auch immer dazu bestimmt war, Esau auf die Probe zu stellen. Nämlich, ob der würdig war, als Erstgeborener das Erbe der Väter zu übernehmen und damit den Chefposten im Hause Jakob beziehungsweise auf den Großvater bezogen, im Hause Abrahams. War er würdig? Ich bin zu dem Schluss gekommen: Nein, er hatte nicht das Zeug für einen solchen Führungsposten. Er hatte weder die Courage, seinen Hunger zu bändigen und sich selbst etwas zuzubereiten noch den Weitblick, welche Folgen sein Verhalten haben würde. Er blickte nur auf das Naheliegende, das Essen. Wie das liebe Vieh, das den Klee vor der Nase sieht. Also wer war schuld?"

Der Alte schaute sich um, als wenn er von irgendwo eine Antwort erwartete. Josephus aber schwieg. Er schaute, ob Adamah irgendwo zu sehen war.

„Ich bin zu dem Schluss gekommen: Esau hat alles versaut. Da war er schon, dieser Hang zur Bequemlichkeit, dieser Hang, sich an die Umstände anzupassen, dieser Hang, lieber den Spatzen in der Hand zu haben als auf die Taube auf dem Dach zu warten. Sich begnügen mit dem, was einem gegeben wurde und nicht kämpfen um Dinge, die man wahrscheinlich sowieso nicht kriegen konnte. Da kam er nach Vater Isaak. Der war auch kein Kämpfer. Der war zufrieden mit dem, was ihm durch höhere Fügung zufiel. Angefangen bei seiner Frau Rebecca, die aus fernem Land extra für ihn geholt wurde. So war es nachher auch mit allem Hab und Gut. Jedem Kampf ging er aus dem Weg. Und wenn die Brunnen von fremden Neidern zugeschüttet waren, ließ er eben neue Brunnen graben, solange, bis er Ruhe hatte. Genauso war Esau. Es lag eben in seiner Natur. Hauptsache: seine Ruhe haben. Und nachher lag es in der Natur unseres Volkes."

„Und deshalb ist das Volk der Edomiter untergegangen?"

„Na ja, sagen wir so: durch bestimmte politische Entwicklungen und Konstellationen bedingt, wurde aus dem Hang der Anpassung am Ende eine Assimilation in die Kultur anderer Völker, was letztlich den Untergang des eigenen Volkes beschleunigte. Edom ist ja nie ausgerottet worden, nicht im

Kampf untergegangen wie jetzt die Juden, es löste sich einfach in anderen Völkern auf. Punkt. Es war der Weg des geringsten Widerstandes. Aber bis dahin war ein langer Weg und ich muss zum besseren Verständnis noch manche Geschichte auf diesem Weg erzählen. Der Weg dauerte nämlich mehr als tausend Jahre. Aber jeder Weg hat mal ein Ende. Jetzt ist das Ende gekommen. Ich bin der Letzte der Edomiter."

Der Alte blickte wieder wehmütig in die Ferne. Wo war sein Volk geblieben? Seine Geschichte? Seine Schönheit? Seine Gutmütigkeit? Seine Tragik? Alles Staub und Asche. Nur noch Erinnerung. In seinem Kopf, dem einzigen, der noch übrig ist. Auch der wird bald Staub und Asche werden.

„Ich verstehe, dass euch sehr wehmütig zumute sein muss. Aber eure Geschichte interessiert mich. Vielleicht kann ich dazu beitragen, dass sie nicht ganz verloren geht. Mir schwebt nämlich vor, wenn ich das Buch über den jüdischen Krieg vollendet habe, noch ein Buch über die Vorgeschichte und die alten Völker dieses Landes zu schreiben. Deshalb möchte ich Euch inständig bitten, mir so viel zu berichten, wie Euch möglich ist. Habt Ihr vielleicht auch alte Schriften?"

„Ein einziges altes Pergament. Man kann die Schrift kaum noch lesen. Es muss uralt sein. Mein Vater übergab es mir in einem Tonkrug, kurz bevor er starb. Und er diktierte mir noch alles, was er von unserer Geschichte wusste. So, als wollte er auf diese Weise das Überleben unseres Volkes sichern. Jedenfalls wird da noch manches dabei sein, was für Euch wahrscheinlich neu ist."

„Ich bin gespannt. Übrigens kenne ich die Geschichte vom Linsengericht natürlich aus dem Tanach, dem heiligen jüdischen Buch. Aber es hat mich gefreut, die Sache aus edomitischer Sicht zu hören. Auch Eure Schlussfolgerungen im Blick auf den

Verlauf der Geschichte und das Ende Edoms finde ich sehr interessant."

„Na klar, als Jude müsst Ihr das ja alles auch kennen. Daran habe ich noch gar nicht gedacht. Sicherlich auch die andere Geschichte von dem Betrug beim Segen?"

„Auch die kenne ich. Aber ich würde sie sehr gern noch einmal aus Eurem Munde hören, also von der Gegenseite. Wollt Ihr sie noch erzählen, wie sie bei euch überliefert ist?"

„Gut."

*Vater Isaak war alt und gebrechlich geworden und – blind. Und weil er sich auf das Sterben vorbereiten wollte – was sich dann freilich noch eine Weile hinzog – ließ er Esau rufen und die Tür schließen, damit er mit seinem Erstgeborenen allein sei. Rebecca aber lauschte draußen an der Tür. Weibliche Neugier eben – und Ärger, dass sie ausgeschlossen wurde von einem offenbar sehr wichtigen Gespräch.*

*„Esau, du weißt, dass du mir immer sehr lieb warst und noch bist. Sieh, ich werde alt und bin blind und muss mich auf das Sterben vorbereiten, wie es der Gang allen menschlichen Lebens ist. Und da ich weiß, dass du in einer schwachen Stunde vor vielen Jahren eine große Dummheit begangen hast, als du für ein Linsengericht dein Erstgeburtsrecht an Jakob verkauft hast, so möchte ich, dass du nicht leer ausgehst. Du sollst meinen Segen haben, das Größte, was ich im Namen des Gottes meines Vaters Abraham weitergeben kann. Ich will den Segen an Dich weitergeben. Dann wirst du, wenn auch nicht der Haupterbe meiner materiellen Güter, so doch der einzige Erbe des geistlichen Reichtums sein, den unser Gott einst Vater Abrahams Nachkommen versprochen hat. Das ist mehr als alle Schafe und Ziegen und ein Schatz für alle folgenden Generationen. Du sollst der Segensträger sein wie ich es auch durch*

*himmlische Fügung war und bin. Und ich lege dir ans Herz, Jakob nicht immer nachzugeben, sondern dich gegen ihn zu behaupten.* *Aber durch den Segen wirst du da auch stark sein, natürlich in aller Brüderlichkeit und in allem Frieden.*

*Aber nun geh und jage mir ein Stück Wild, bereite es zu und dann komm, damit ich es esse. Danach will ich dich segnen und kann beruhigt sterben, wenn es soweit ist. Hast du alles verstanden?"*

*„Aber ja, Vater, möge der Himmel mir ein schönes Stück Wild schicken. Jawohl. Das will ich so zubereiten, wie du es immer gern magst. Jawohl. Ich weiß schon. Du kannst dich auf mich verlassen. Schalom, Vater."*

*„Schalom, mein Sohn. Ich warte auf dich. Schalom."*

*Mutter Rebecca hatte alles mit angehört und war dann schnell im dunklen Nebenraum verschwunden. Esau hatte sie nicht bemerkt und eilte, um Vaters Wünsche zu erfüllen. Rebecca aber eilte auch, suchte ihren Sohn Jakob und fand ihn alsbald, wie er den Ziegenstall ausmistete.*

*„Jakob!"*

*„Ja, Mutter?"*

*„Komm ins Haus. Ich muss unbedingt mit dir reden. Es ist dringend."*

*„Gleich, ich will nur noch diese Karre rausbringen."*

*„Beeile dich bitte."*

*Als Jakob mit gewaschenen Händen und ohne Schuhe das Haus betritt, zieht ihn seine Mutter schnell in ihr Zimmer und redet beschwörend auf ihn ein.*

*„Jakob, heute fällt die Entscheidung über deine Zukunft. Ich habe vorhin ein Gespräch zwischen Vater und Esau mit angehört. Vater hat Esau zur Jagd geschickt, damit er ihm ein Wild erlegt und zubereitet. Das war ja schon öfters so, wie du weißt, und ist auch in Ordnung. Nur dass Vater diesmal auch Esau*

etwas geben will, nämlich den himmlischen Nachkommen-Segen. Der ist wichtiger als das Erstgeburtsrecht. Denn wer den Segen hat, steht unter dem Schutz unseres Gottes. Ich möchte, dass du den Segen empfängst, denn vor eurer Geburt wurde mir prophezeit, dass der Ältere dem Jüngeren dienen soll. Diese Prophetie kann nur in Erfüllung gehen, wenn du den Segen empfängst. Hast du verstanden?"

„Ja, schon. Aber wie soll das gehen? Vater wird darauf bestehen, dass der Erstgeborene, wenn schon nicht das Vermögen, so doch den Segen empfängt. Da wirst auch du ihn nicht davon abbringen."

„Ich weiß. Deshalb machen wir es anders. Hol mir zwei junge Ziegenböckchen. Ich werde sie so zubereiten, wie es Vater immer mag. Dann gehst du mit dem Essen zu ihm, gibst ihm auch Wein zu trinken und danach wird er dich segnen. Hast du verstanden?"

„Ich bin ja nicht taub. Aber das geht so nicht. Vater wird sofort merken, dass ich nicht Esau bin. Schon an meiner Stimme wird er es merken. Ich habe nun mal nicht solch einen Bass wie mein Bruder."

„Dann gibst du dir eben Mühe, möglichst tief zu sprechen. Es geht um deine Zukunft. Es geht um alles!"

„Trotzdem, Vater ist zwar alt und blind, aber nicht dumm oder dement. Er wird sofort misstrauisch werden und mich heran bitten und befühlen und so weiter. Und dann fliegt der Schwindel auf. Und mir selber ist auch nicht wohl dabei. Und selbst wenn es klappen würde, wie würde ich vor Esau dastehen. Er würde mich..."

„Das wird sich finden. Zuerst aber höre mir noch einmal gut zu: Es geht um alles! Es geht um deine Zukunft und die Zukunft deiner Kinder und Kindeskinder. Entweder du gehst jetzt dieses Risiko ein oder du bist trotz deines billig erkauften Erstgeburtsrechts der große Verlierer. *Und was Vaters Misstrauen dir gegenüber betrifft, so habe ich schon darüber nachgedacht und habe folgenden Plan: die Felle der beiden Böckchen binde ich dir um die Hände und unten um die Arme und oben um den Hals, so dass Vater, wenn er deine freien Körperstellen bestastet, denken wird, dass es Esau ist. Außerdem ziehst du einen Rock und Überwurf von Esau an. Die hat er mir gerade zum Waschen gegeben und riechen noch ganz nach Esau und Wildnis. Hast du verstanden?"*

*„Du brauchst nicht laut zu werden. Aber das sage ich dir: Wenn Vater den Schwindel begreift, dann wird er mich verfluchen statt zu segnen. Und dann ist alles aus. Für immer!"*

*„Dein Fluch komme über mich, mein Sohn. Und nun hör auf mich, geh und hole mir die Böckchen."*

*Jakob ging. Aber er war innerlich zerrissen zwischen dem Gefühl des Betruges, den er da zelebrieren sollte, der Begierde nach dem Segen und der Angst vor dem Fluch des Vaters und der Rache Esaus. Wenn es schief geht, bin ich erledigt, für immer, und kann mir gleich den Strick nehmen. Aber wenn es klappt, erst dann ist die Sache mit dem Erstgeburtsrecht perfekt. Dann stehe ich unter dem Schutz des Gottes meiner Väter und mit mir alle meine Nachkommen von Generation zu Generation. Und wenn Vater es merkt und mich verflucht und Esau auffordert, mich umzubringen? Nein, das macht Vater nicht. Das ist nicht seine Art, dazu ist er zu weich.*

*Inzwischen war er bei den Ziegen angekommen. Da waren zwei schöne Jungtiere. Soll ich? Soll ich nicht? Egal, und wenn ich dabei draufgehe: Wer nicht wagt, der nicht gewinnt!*

*Als Mutter die Mahlzeit bereitet hat, macht sie auch ihren Sohn zurecht. Er muss Esaus Sachen anziehen und sie wickelt ihm Teile der Ziegenfelle um die Hände, Unterarme und um den Hals. Dann schloss sie die Augen und befühlte Jakob.*

25

*„Wenn ich dich nicht sehe und nur befühle, ist es genau, als wenn Esau vor mir stände. Das fühlt sich an wie echt. Es wird klappen. Es muss klappen. Und nun geh zu ihm. Hier ist die Mahlzeit: würziger Braten, selbst gebackenes Fladenbrot und ein Krug mit Wein. Geh!"*

*Als Jakob die Tür hinter sich geschlossen hatte und sich dem Vater näherte, sagte er: „Mein Vater."*

*Der aber fragte: „Wer bist du, mein Sohn?" Denn er meinte die Stimme von Jakob erkannt zu haben.*

*„Ich bin Esau. Ich habe getan, worum du mich gebeten hast. Ich habe einen schönen jungen Bock geschossen und ihn dir so zubereitet, wie du es immer magst. Nun setz dich etwas auf und lass es dir schmecken. Danach bitte ich um deinen Segen, wie du es mir vorhin versprochen hast."*

*„Wie hast du nur so schnell ein Wild finden können?"*

*„Der Herr, dein Gott, hat es so eingerichtet, dass mir dieser Bock direkt in den Weg und vor den Pfeil lief. Da konnte ich ihn erlegen und zubereiten."*

*Vater Isaak wurde immer misstrauischer.*

*„Komm näher, mein Sohn, ich will fühlen, ob du wirklich Esau bist oder nicht."*

*Da ging Jakob ganz nahe zum Vater. Das Herz schlug ihm bis zum Halse und kalter Schweiß trat ihm auf die Stirn. Vater Isaak aber befühlte seine Hände, erst die eine, dann die andere und sagte schließlich: „Merkwürdig. Die Stimme ist wie von Jakob, die Hände aber sind wie von Esau."*

*Deshalb fragte er noch einmal flehentlich: „Bist du es wirklich, mein Sohn Esau?"*

*Jakob mühte sich, ganz tief zu sprechen: „Ja, du fühlst es doch, mein Vater."*

*Da ließ sich Isaak das Essen bringen, das ihm sichtlich mundete. Und als er auch dem Wein kräftig zugesprochen hatte, schien die Welt für ihn in Ordnung – wenn, ja wenn da nicht diese Stimme gewesen wäre, die doch allzu sehr nach Jakob klang.*

*„Komm, gib mir einen Kuss, mein Sohn."*

*Näher konnte Jakob nun nicht mehr kommen. Er merkte das Misstrauen des Vaters. Doch es gab kein Zurück. Vater legte die Hand um seinen Hals und merkte auch da die Behaarung, er roch an der Kleidung des Sohnes und nahm den Duft der Wildnis wahr. Ja, mein Sohn duftet wie das Feld, dachte er und beruhigte sich. Das Feld, das Gott gesegnet hat für ihn, Esau, den Erstgeborenen und Segensträger.*

*Laut aber sprach er:*

*„Gott gebe dir vom Tau des Himmels, vom Fett der Erde, viel Korn und Most. Dienen sollen dir die Völker, Stämme sich vor dir niederwerfen, Herr sollst du über deine Brüder sein. Die Söhne deiner Mutter sollen dir huldigen. Verflucht, wer dich verflucht. Gesegnet, wer dich segnet (Gen 27,28f.)!"*

*Nach dieser Segenshandlung taumelte Jakob wie im Traum nach draußen, rannte in die äußerste Ecke und versuchte, wieder zu sich zu kommen. Es hatte alles geklappt, wie die Mutter es geplant hatte, aber es war Betrug. Er hatte gelogen. Er fühlte sich elend und wollte bis auf weiteres niemanden sehen.*

*Da kam Esau von der Jagd nach Hause, ein fröhliches Lied auf den Lippen, voller Freude über den Jagderfolg auf seiner Schulter und voller Vorfreude auf den Segen des Vaters. Als der Braten fertig und das Mahl bereitet war, ging er hinein zum Vater.*

*„Mein Vater hier bin ich. Richte dich auf und esse von dem Wild, das dein Sohn für dich geschossen und zubereitet hat. Jawohl. Und dann segne mich."*

*Da fragte Vater Isaak erschrocken: „Wer bist denn du?"*

*„Ich bin Esau, dein Erstgeborener."*

*Da geriet Isaak außer sich und zitterte am ganzen Leibe. Er war scheinbar einem großen Betrug zum Opfer gefallen. Es war ungeheuerlich. Er rang nach Atem.*

*„Wer, wer war denn vor dir hier? Wer gab mir Braten und Wein? Wem gab ich den Segen?"*

*Laut schluchzend wurde ihm klar, dass er dem Falschen den Segen gegeben hatte. Da steckte Rebecca dahinter. Und Jakob hat mitgemacht. In seinem eigenen Haus! Und der Gott Vater Abrahams hat es nicht verhindert! Und er wusste, dass er es nicht rückgängig machen konnte. Wer gesegnet war, der war gesegnet für immer. Mein armer, armer Esau.*

*Der aber schrie laut auf, lief rot an vor Wut und wollte am liebsten gleich raus stürzen und Jakob suchen und umbringen. Jawohl! So verbittert war er über den Betrug seines Bruders. Aber er wandte sich noch einmal flehentlich an den Vater: „Segne auch mich Vater!"*

*Der aber entgegnete: „Dein Bruder hat dir mit List den Segen weggenommen. Und ich kann ihm den Segen nicht wieder wegnehmen."*

*„Hast du denn nicht noch einen Segen für mich übrig?" schrie Esau. „Er war doch mit Recht für mich bestimmt. Jawohl. Dein Gott muss das doch wissen. Jawohl. Er muss doch Recht Recht sein lassen. Jawohl!"*

*„Mein lieber Sohn, Gott bindet sich an den Segen, den ein Vater gibt. So habe ich deinen Bruder zum Herrn über dich gemacht, auch alle anderen Brüder zu seinen Knechten. Auch Korn und Most und Vieh wird er in Fülle haben. Was kann ich da noch für dich tun?" Und er weinte um seinen Sohn Esau. Der aber drang noch einmal in den Vater: „Mein Vater, hast du denn nur einen Segen? Ist denn nichts für mich übrig?"*

*Lautes Schluchzen.*

*„Segne auch mich, Vater", bettelte er unter Tränen.*

„Vater Isaaks Antwort habe ich hier." Aus einem kleinen Tonkrug zieht der Alte ein gut erhaltenes Pergament und reicht es seinem Gesprächspartner. „Es muss sehr alt sein. Mein Vater hatte es von seinem Vater, der wiederum von seinem Vater und so weiter. Über Generationen und Jahrhunderte wurde es weitergereicht, diskutiert und zur Grundlage von Entscheidungen gemacht und dann wieder für lange Zeiten in diesem Tonkrug verschlossen. Ein Wunder, dass es überlebt hat. Ob man es einen Segen nennen kann, bezweifle ich. Ein Fluch ist es aber auch nicht. Es beschreibt vielmehr die Realität, die nach jenem Segensbetrug die Geschichte der beiden Brudervölker prägte. Hier, schaut selbst."

Josephus buchstabierte die kaum noch leserlichen Buchstaben, Silben und Worte: „Weit weg… vom Fett… der Erde… wirst du wohnen, … fern vom… Tau… des Himmels droben… Von deinem… Schwerte… wirst du leben,… deinem Bruder… wirst du dienen… Doch wenn du durchhältst,… wirst du das Joch… von deinem Nacken… abstreifen" (Gen 27,39f.).

Er wendete das Blatt oder die Urkunde in seinen Händen hin und her, fasziniert vom Alter und der Ursprünglichkeit dieses alten Blattes.

„Wunderbar, ganz wunderbar. Hier knistern Jahrhunderte in meiner Hand. Wunderbar."

Der Historiker in ihm war hin und her gerissen.

„Ja, ich bin auch ganz stolz über dieses Pergament. Aber noch mehr bewegt mich sein Inhalt. Es wird ja nicht nur die negative Wirkung des Jakob-Segens für Esau-Edom festgehalten, dass er also keine besonders fruchtbare Erde haben und dass bei ihm immer das Wasser knapp sein wird, sondern Edom wird auch Mut zugesprochen: sein Schwert wird ihm helfen zu leben und zu überleben, das heißt doch, dass er sich gegen Räuberbanden verteidigen und bei der Jagd erfolgreich sein kann. Vielleicht heißt es auch, dass er seinem Bruder militärisch dienen, das heißt beistehen kann. Also eine gewisse Zusammenarbeit, wenn auch unter Jakobs Oberbefehl. Wie es ja bis in unsere Gegenwart hinein auch geschehen ist. Führende Offiziere beim jüdischen Aufstand waren Idumäer, Nachfahren Edoms, die die jüdische Lebensweise angenommen und jetzt mit besonderem Elan gegen die Römer gekämpft haben."

„Hat freilich nichts genutzt. Sind beide zugrunde gegangen, Juden und Idumäer. Auf dem Sklavenmarkt kosten sie weniger als ein Schaf", warf Josephus ein.

„Das war das Ende. Aber über lange Zeiten hat es funktioniert. Noch mehr beschäftigt mich aber der Hinweis auf das Durchhalten, diese conditio sine qua non, wie Ihr Römer sagt: eine Bedingung, ohne die es nicht geht. Das Durchhalten als eine Bedingung, um das Joch des Bruders abzuwerfen. Und mein Leben lang grüble ich darüber nach, was genau damit gemeint war. Durchhalten im Dienst für Jakob? Durchhalten im Hass und in der Rache gegen Jakob? Durchhalten in der Abgrenzung gegen Jakob, statt immer wieder nachzugeben und sich anzupassen? Ich komme zu keiner schlüssigen Antwort, obgleich mir das Durchhalten in der Abgrenzung am meisten einleuchten würde. Wenn sich mein Volk in den letzten Jahrhunderten nicht so völlig an die Juden angepasst hätte, sondern schön Abstand gehalten und auf ihrem kargen Hochplateau ausgeharrt hätten, wer weiß, vielleicht würden sie da heute noch ihren dürftigen Weizen anbauen und Trauben pflücken von ihren Weinreben. Und von ferne zuschauen, wie das Brudervolk nun endgültig vom Erdboden vertilgt wird. Ja, wenn der Jäger nicht geschlafen hätte, hätte er den Hasen gekriegt. Was nutzt alles Wenn und Aber? Nun sind meine lieben Edomiter, beziehungsweise Idumäer, wie die Griechen sie genannt haben, mit den Juden untergegangen. Im Tode vereint. Ironie der Geschichte. Ich bin als einziger übrig geblieben. Ich bin der Letzte. Als solcher habe ich aber auch noch eine andere Deutung unserer Geschichte gefunden. Doch darüber später." Mit dem Ärmel wischte sich der Alte eine Träne aus dem Auge. Wie musste ihn das Geschick seines Volkes schmerzen. Auch mich schmerzt ja die jüdische Katastrophe, dachte Josephus. Sogar ganz persönlich, wenn ich an meine Eltern denke. Die sind da unten verhungert.

Ein Seufzer entrang sich seiner Brust.

Aber ich weiß, dass noch viele Juden im Reich überlebt haben, auch an führenden Stellen, so wie ich selbst, sinnierte Josephus im Stillen. Ich bin nicht der Letzte. In vielen Provinzen, auch außerhalb Roms, haben schon vor dem Aufstand Juden gelebt und überlebt. So wird es auch weiterhin sein. Jüdisches Leben geht weiter inmitten der anderen Völker, aber mit ihren eigenen religiösen Riten und Gebräuchen. Sie passen sich nur so weit an, wie es ihre Religion erlaubt. Da hat der Alte recht. Oder sie machen einen Aufstand.

Laut aber fragte Josephus seinen Gesprächspartner: „Wie kam es eigentlich, dass Ihr hier überlebt habt, so dicht vor den Toren Jerusalems, ohne in den Strudel des Untergangs hineingezogen zu werden? Wenn Ihr darüber nicht reden wollt, ist es auch gut. Aber wenn Ihr das erzählen könnt und wollt, dann bin ich sehr begierig, es zu hören."

Der Alte bewegte den Kopf hin und her.

„Na gut. Ich will ja kein Geheimnis daraus machen. Vor langer Zeit sind meine Vorfahren aus ihrer Heimat ausgewandert. Warum sind sie ausgewandert? Weil sie ein besseres Leben gesucht haben. Die Böden im Bergland von Seir waren doch zu dürftig und reichten oft nicht zum Leben und nicht zum Sterben. So haben sie Heimat und Volk verlassen und sich in die

Fremde aufgemacht, nach Norden, westlich des Toten Meeres, nach Idumäa. Das ist doch das Motiv der meisten Migranten in der Welt: ein besseres Leben. Man kann das auch als Verrat am eigenen Volk bezeichnen. Aber so ist der Mensch. Im Ernstfall ist ihm das Hemd näher als der Rock.

Meine eigenen Vorfahren aber sind weitergezogen und haben sich hier oben in und bei Betanien niedergelassen, wie Ihr seht. Hier waren sie zwar Fremde, aber doch so weit integriert, dass wir nie Anstoß zu übler Ausgrenzung und Hass gegeben haben. Es weiß ja jeder, dass wir von den Vorfahren her gewissermaßen Verwandte sind. Wir haben auch den Sabbat gehalten und an diesem Tag keine Arbeit verrichtet. Wir haben aber nicht, wie die meisten anderen unseres Volkes, den jüdischen Glauben angenommen. Wir haben Qoz verehrt. Wenn er mit dem Gott der Juden wohl nicht identisch war, so doch vielleicht verwandt, genau wie unsere Völker. Jedenfalls gab es keine großen Widersprüche. Früher gab es noch die eine oder andere edomitische Familie, mit der wir Kontakt hatten, aber die Kinder haben dann nach und nach fremd geheiratet und so sind die Familien ausgestorben. Dass ich als Fremder galt, hat mich vor dem Wehrdienst gerettet. So habe ich überlebt. Mit meiner Tochter."

„So hat alles auch seine gute Seite. Haha", schmunzelte Josephus, „bei mir übrigens auch. Als ich in Galiläa in Gefangenschaft geriet, habe ich General Vespasian und seinem Sohn Titus den römischen Kaiserthron prophezeit und als das eintraf, hat er mir hier in der Nähe ein Landgut geschenkt."

„Ja, das ist tröstlich, dass auch das Negative oft seine gute Seite hat. Aber über mein Täubchen mache ich mir trotzdem Sorgen. Da meine Frau sehr früh gestorben ist, habe ich sie alleine groß gezogen. Es gab aber auch Leute in Betanien, die mir sehr geholfen haben. Ich kann nicht sagen, dass die Juden alle schlecht sind. Es gibt Gute und Böse wie überall. Also ich kann mich da nicht beklagen."

Hier machte der Alte eine Pause, doch dann wischte er irgendwelche schwermütigen Gedanken mit einer Handbewegung beiseite.

„Vielleicht wird ja auch ein Jude oder ein Römer mein Schwiegersohn. Jedenfalls keiner von meinem Volk. Ich bin der letzte männliche Nachkomme, soweit ich weiß."

Dass er das nun schon so oft gesagt hat, zeigt, wie es ihn schmerzt. Ich muss deshalb behutsam sein.

„Das ist eine Frage, die mich persönlich ja auch beschäftigt. Ist man ein Verräter, wenn man sich aus Einsicht oder um eines besseren Lebens willen – manchmal bedingt das eine auch das andere - für ein anderes Volk und dessen Lebensweise entscheidet? Ich bin zum Beispiel fest überzeugt, dass die Römer von der Vorsehung her zum Herrschen bestimmt sind. Und sie machen es nicht schlecht. Da, wo die Völker das akzeptieren, profitieren sie auch davon. Herrschaft muss es ja auch geben. Und wenn es gute Herrschaft ist, umso besser. Was nutzt am Ende auch alle Freiheit, wenn man eine schlechte Herrschaft hat? Und die jüdische Herrschaft hier in Jerusalem, wo zum Schluss einer den anderen umbrachte und ein ganzes Volk, mehr als eine Million Menschen in den Tod gerissen wurden, war das etwa eine gute Herrschaft? War das die Freiheit? Nein, es war ein blinder Wahn von Freiheit. Ich trauere um mein Volk. Aber ich tröste mich auch, denn ich bin nicht der Letzte. Das ist der Unterschied zu Euch."

Beide schwiegen eine Zeit lang.

„Lassen wir doch diese gewichtigen Fragen für heute ruhen. Bewahrt das Pergament sorgfältig auf und überlegt, wem Ihr es anvertraut, wenn Ihr euch zum Sterben bereitet. Können wir uns morgen wieder treffen?"

„Das hoffe ich doch", zwitscherte da ein Täubchen, das zum Abschied noch einmal heran schwebte, „mein Vater ist zwar alt, aber im Kopf noch sehr klar. Er braucht natürlich seinen Schlaf, auch nach dem Mittagsbrot, aber dafür sorge ich schon. Nicht wahr, Vater?"

„Ihr seht", sagte schmunzelnd der Alte, „meinem Täubchen kann ich nichts abschlagen, selbst wenn ich wollte. Also bis morgen zur gleichen Zeit. Schalom."

„Ich freue mich. Schalom", flüsterte eine glockenhelle Stimme.

„Schalom. Ich danke Euch. Schalom."

Er verneigte sich zu beiden hin und machte sich auf den Heimweg.

Ich werde morgen wieder hier sein. Darauf könnt ihr euch verlassen. Ich habe einen doppelten Grund: des Vaters schöne Erzählungen und des Vaters schöne Tochter. Oder umgekehrt? Egal. Ich würde ja gerne mal ein paar Minuten länger mit ihr alleine sein. Vielleicht bin ich einfach etwas eher da? Wenn er noch schläft? Man kann sich doch mal in der Zeit vertun, nicht wahr? Haha. Bis morgen!

## 2. Fremde Weiber (nach Gen 36,1-3/ Gen 26,34-35/ Gen 28)

Er vertat sich tatsächlich in der Zeit. So etwas kommt vor! „Vater schläft noch", empfing ihn etwas aufgeregt Adamah. „Er braucht seinen Schlaf. Und ich habe auch noch nichts vorbereitet."

Sie deutete auf den Tisch.

„Aber das macht doch nichts. Ich muss mich ja entschuldigen. Irgendwie habe ich mich wohl in der Zeit vertan. Soll ich vielleicht noch mal gehen? Und später wiederkommen?"

34

„Auf keinen Fall. Ihr bleibt. Und wenn Ihr mit Eurer Dienerin vorliebnehmt, will ich Euch gern etwas Gesellschaft leisten. Ich bin freilich nicht so gebildet wie Vater, obwohl er mir Lesen und Schreiben und auch sonst manches beigebracht hat."

Flavius gefiel ihre unbekümmerte Natürlichkeit. Wo gab es so etwas noch in den angeblich gebildeten Schichten?

„Ich finde es wunderbar, wie Ihr hier bei Eurem alten Vater aushaltet. Aber in der Jugend schaut man sich doch auch nach Gleichaltrigen um, auch nach jungen Männern. Da hat man doch, besonders wenn man so schön ist wie Ihr, einen Freund. Oder hat euer Vater Euch das verboten?"

„Nein, nein. Er hat mir gute Regeln für meinen Lebensweg mitgegeben, aber verbieten, nein, von Verboten ist er kein Freund. Ich denke, er hat mir Maßstäbe beigebracht, damit ich selbst entscheiden kann, was gut oder schlecht für mich ist und ob das, was ich tue, gut oder böse ist. Und neulich sagte er, dass ich nun alt genug bin, selbst zu urteilen und um selbst entscheiden zu können."

„Ob ich einen Freund habe?" Sie zog die Stirne etwas kraus und um ihre Mundwinkel legte sich ein wehmütiger Zug. „Ich hatte einen", sagte sie leise, „aber er ist nicht wiedergekommen aus diesem schrecklichen Krieg. Reguel, was mag aus ihm geworden sein? Ob er tot ist oder in der Sklaverei?"

Tränen traten in ihre schönen Augen.

„Ich habe manche Nacht nicht geschlafen in Gedanken an ihn. Aber nun glaube ich nicht mehr, dass ich ihn noch jemals wiedersehe. Er hätte sich sonst gemeldet. Er ist ja schon vier Jahre weg."

Sie wischte sich über die Augen.

„Das Leben geht weiter. Und Vater sagt, dass ich noch jung bin und darüber hinwegkommen werde. Und müsse!"

„Das tut mir ja alles schrecklich leid. Wie viele Mädchen, Bräute und Mütter mögen in diesen schrecklichen Zeiten trauern. Aber Euer Vater hat recht. Ihr werdet über den Schmerz hinwegkommen. Ihr seid noch jung und seid hübsch und verständig und voller Kraft. Das Leben ist für Euch noch nicht vorbei. Im Gegenteil: es fängt erst an. Denkt nicht mehr an das Traurige, das war, sondern schaut auf das Schöne, das auf Euch zukommt."

„Danke, ich danke euch für eure Worte und Anteilnahme. Es tut mir gut. Ja, ich will nach vorne schauen."

Dabei sah sie ihn voller, ja, was? Liebe? Vertrauen? Glauben? an, so dass er etwas verwirrt die Augen senkte. Gut, dass sich in diesem Augenblick jemand in der Tür räusperte.

„Verzeihung, ich habe wohl etwas verschlafen. Danke, Täubchen, dass du userm Gast etwas die Zeit vertrieben hast. Nun aber bereite uns den Tisch. Wir müssen arbeiten. Mit dem Kopf, weißt du?"

Dabei zog er sie liebevoll an sich.

„Wenn ich dich nicht hätte!"

Als sie dann drinnen hantierte, sagte er: „Im Vertrauen: ich hatte Glück mit meinen Weibsbildern. Ich hatte eine gute Frau und mein Täubchen liebe ich über alles. Aber wie wird es weitergehen mit ihr? Als Vater macht man sich so seine Gedanken. Und in der allerersten Familiengeschichte unseres Volkes gab es ja mit den Weibern auch so manche Probleme. Einer hat Glück und der andere hat Pech."

Im Handumdrehen hatte seine Tochter den Tisch gedeckt. Nicht nur schön, auch geschickt war sie.

„Bin ich nicht ein glücklicher Mann mit solch einer Tochter?"

Dabei tätschelte er ihr den Arm.

„Das ist nicht selbstverständlich. Egal, ob Söhne oder Töchter, man kann auch Pech haben. Und die Geschwister untereinander erst. Na, da sind wir ja wieder bei unserem Thema. Wollt Ihr wirklich noch mehr hören von mir altem Kerl?"

„Mein lieber, verehrter Esau Bar-Qoz, Ihr glaubt gar nicht, wie dankbar ich bin, Euch getroffen zu haben. Eure Informationen über die Vorzeit und das Pergament von gestern – Ihr habt es doch wieder gut verwahrt? – einfach wunderbar. Und Ihr könnt so schön erzählen. Schade, dass Ihr nicht eine Schar von Enkeln um euch habt. Aber das kann ja noch kommen. Die werden begeistert sein über einen Opa, der ein echt orientalischer Märchenerzähler ist. So müsst Ihr heute wieder mit einem alten Juden vorlieb nehmen. Aber ich verspreche Euch, ich werde das Beste daraus machen. Also: Worum geht es heute?"

Der Alte war sichtlich geschmeichelt von diesem Lob und dem Interesse seines Gegenübers und rückte sich am Tisch zurecht. Noch nie im Leben hatte ihn jemand nach der Geschichte seines Volkes gefragt. Die Juden um ihn herum waren voll und ganz mit sich und den aktuellen Ereignissen ihres Volkes beschäftigt, auch schon vor der großen Katastrophe. Von ihm nahmen sie nur Notiz als von einem der eben auch hier wohnte und den man auch mal um Hilfe bitten konnte. Seine Vergangenheit? Gar die Vergangenheit seines Volkes? Das interessierte niemanden. Er war und blieb letztlich der Fremde.

„Ja, so ist das hier", sagte er laut.

„Verzeihung, ich war mit meinen Gedanken eben abwesend. Also, wenn es Euch so sehr interessiert, will ich gern erzählen, wie es nun mit den beiden inzwischen etwa vierzig Jahre alten beziehungsweise jungen Männern weiter ging.

*Unheil lag in der Luft. Rebecca hatte einmal mitbekommen, wie Esau in seiner Stube tobte und mit der Faust auf den Tisch schlug.*

*„Wenn Vater tot ist, bring ich ihn um." Rumms! „Er soll nicht denken, dass er damit durch kommt." Rumms! „Und Mutter auch nicht!" Rumms! „Ich lasse mir nicht alles gefallen. Jawohl! Verdammt und verflucht sei er!" Rumms! „Er wird es mir büßen! Was er mir mit List und Betrug weggenommen hat, werde ich mir mit meinem Schwert wiederholen!" Rumms. „Nur um deinetwillen, Vater, warte ich noch. Aber dann kommt der Tag der Rache! Jawohl!" Rumms!*

*Vater Isaak aber lebte noch, hatte sich sogar etwas erholt, konnte wieder aufstehen und die Dinge tun, die auch ohne Augenlicht getan werden konnten. Das ist gut, dachte Mutter Rebecca. Vielleicht beruhigt sich Esau wieder und es wird alles noch gut. Aber vergessen hat sie die Drohung nicht.*

*Doch nun entwickelte sich eine ganz neue Situation.*

*„Ich werde heiraten, jawohl", verkündete Esau beim Abendessen.*

*„Was? Und ohne uns zu fragen?" Mutter fühlte sich prompt übergangen. Vater schwieg. Jakob wohlweislich auch.*

*„Ich bin ja wohl alt genug, um darüber selbst zu entscheiden. Jawohl? Und ich weiß auch schon, welche ich heiraten werde, ohne euch zu fragen. Jawohl."*

*„Nun sag, mein Sohn, welche wird es sein? Du wirst doch gut gewählt haben?" Vater Isaak versuchte die Situation zu beruhigen.*

*„Ich heirate Ada, die Tochter von Elon. Wir sind uns schon einig. In zehn Tagen ist Hochzeit und Ich hoffe, Ihr seid alle dabei."*

*„Eine Hetiterin", flüsterte Mutter Rebecca. Vater schwieg und auch Jakob enthielt sich bewusst eines Kommentars und dachte nur: dass kann ja eine schöne Bescherung werden. Nicht, dass die Hetiter böse Menschen waren, nur, sie hatten eben eine ganz andere Kultur. Ob sich das vertragen würde?*

*Es vertrug sich nicht. Die Hochzeit war ja noch ganz friedlich verlaufen. Jeder hatte sich Mühe gegeben, alles Anstößige zu vermeiden. Als man aber nachher dicht nebeneinander wohnte, wurde das familiäre Miteinander mehr und mehr zu einem Problem. Esau hatte sich zwar nebenan ein eigenes Haus gebaut, aber man konnte sich ja nicht aus dem Weg gehen. Zumal Schwiegertochter Ada auch gar keine Hemmungen hatte. Wenn ihr etwas fehlte, trampelte sie mit ihren schmutzigen Sandalen in Rebeccas Küche herum, nahm unter lautem Reden mit, was sie brauchte, ohne je etwas wiederzugeben. Und als sie schwanger war, gehörte ihr überhaupt die Welt allein, nicht nur Rebeccas Küche, sondern auch der Hof, wo sie schon einen Spielplatz einrichtete, ohne jemand zu fragen. Und dann schleppte sie immer solch eine Holzfigur mit sich rum, ihren Baal, ihren Gott.*

*„Der soll mir ein gesundes Kind schenken", verkündete sie auf Nachfrage.*

*Das gefiel nun auch Vater Isaak gar nicht. Denn in seinem Haus rief man den Gott des Himmels an, den Gott, der Vater Abraham erschienen war. Aber es sollte noch schlimmer kommen.*

*Kaum, dass der kleine Elifas geboren war und jede Nacht mit seinem Geschrei die ganze Gegend wach hielt, heiratete Esau eine zweite Frau: Oholibama, die Tochter des Ana. Die übertraf Ada noch um Längen. Nicht nur in Sachen Unsauberkeit – um sich die Hände zu reinigen, spie sie einfach in dieselben und wischte sie dann an ihrem Rock ab - , nein, das war ja fast noch harmlos gegen ihre Verschwendungssucht. Sogar Esau wurde das zu bunt und man vernahm öfter einen heftigen Krach von drüben. Besonders Teppiche hatten es ihr angetan: Teppiche auf dem Fußboden, Teppiche an den Wänden, Teppiche für ihre Gebetsecke, wo gleich mehrere Baalim thronten, einer für die Fruchtbarkeit, einer für die Ernte, einer für das Vieh. Ja, sie wäre es so gewöhnt und das gehöre zu ihrer Kultur. Das war richtig teuer und das Geld gehörte leider nicht zu ihrer Kultur, sondern zum Hause Isaak. Da waren nun Streit und schlechte Laune im Hause Isaak vorprogrammiert.*

*Als nun auch Oholibama drei Söhne zur Welt brachte und die, größer und frecher werdend, sich als kleine Herren aufspielten und Großmutter Rebecca in keiner Weise gehorchten, dem blinden Großvater schon gar nicht – dem konnte man schöne Streiche machen – da kam es zum Eklat.*

*„Jakob, du bist unsere einzige Hoffnung. Wenn du auch noch eine Frau von hier heiratest, also eine, die unserem Wesen und unserer Kultur so fremd ist, wie diese beiden Weiber da – du weißt schon, von wem ich rede – dann gehe ich ins Wasser. Ich halte das nicht mehr aus. Deshalb: mein einziger Trost wäre, wenn du von hier weggehst zu meinem Bruder Laban nach Paddan-Aram am großen Strom. Such dir dort eine Frau. Ich will auf keinen Fall, dass du eine von den Kanaanäerinnen hier heiratest. Du siehst ja, welchen Ärger wir, Vater und ich, hier mit unseren Schwiegertöchtern haben. Wenn du uns auch noch solch ein Weib ins Haus bringst, nein, das würde ich nicht ertragen. Dann will ich nicht mehr leben. Und außerdem: Noch lebt Vater, aber wenn er stirbt, dann bist du hier keinen Tag mehr sicher. Esau hat geschworen, dich zu töten. Ich habe es selbst von ihm gehört. Also bist du einverstanden, um deiner Sicherheit und der Zukunft unserer Familie willen, in meine alte Heimat zu ziehen und dort eine Familie zu gründen? Gott wird dir ein gutes und schönes Mädchen zeigen. Da bin ich mir sicher. –*
*Nun sag doch mal was.“*

*„Na ja, es wird wohl nichts anderes übrig bleiben. Ich merke ja auch den Hass von Esau und dass er mir und dir zum Trotz diese fremden Weiber ins Haus geholt hat. Aber was wird Vater sa-*

gen? Ich sehe natürlich, wie der unter diesen Weibern und ihren Bälgern leidet. Aber hilft es ihm was, wenn ich weggehe?"

„Ich werde mit ihm reden. Es wird auch für ihn ein Trost sein, wenn er weiß, dass du dir eine ordentliche Frau suchst, eine, die zu uns passt, eine, die unsere Sitten und Gebräuche kennt und sich einfügen kann in unsere Kultur. Einverstanden?"

„Gut. Rede mit Vater."

Gesagt, getan.

„Mein Herr Isaak, ich halte es bald nicht mehr aus mit diesen fremden Weibern, die uns Esau ins Haus geschleppt hat. Du siehst es ja selbst und leidest auch darunter. Das merke ich doch. Aber nun denk an Jakob. Noch ist er ledig. Aber er ist im heiratsfähigen Alter. Willst du, dass er auch so eine von den Einheimischen hier nimmt, solch eine, die uns und unserer Kultur und unserm Gott völlig fremd ist? Und der unsere Kultur völlig egal ist? Willst du das?"

„Nein, nein, bloß nicht". Vater Isaak rang die Hände. „Aber was sollen wir machen. Jakob ist doch groß und muss selbst entscheiden, was er will."

„Darüber mach dir man keine Gedanken. Ich habe schon mit ihm gesprochen. Er ist bereit, nach Paddan-Aram zu gehen, zu meiner Familie und sich dort ein Mädchen zu suchen. Er wartet nur auf deine Erlaubnis."

„Die soll er haben. Es wird ja wohl das Beste sein. Ja, das Beste."

Als Jakob zu seinem Vater kam, rief der ihn näher zu sich heran, um ihm den Reisesegen zu erteilen und sprach: „Jakob, mein Sohn, nimm keine der Einheimischen hier zur Frau, sondern mach dich auf nach Paddan-Aram zum Hause Labans, des Bruders deiner Mutter."

Isaak richtete sich noch weiter auf und es war, als käme von oben eine Kraft über ihn und er erhob seine Hände und sprach:

*„Gott, der Allmächtige wird dich segnen. Viele Nachkommen wirst du haben und ganze Völker werden aus dir hervorgehen. Und er wird an dir die Verheißung Abrahams erfüllen und dir das Land geben, in dem du hier als Fremder lebst. Er sei mit dir und führe dich"* (Gen 28,1ff.).

*Dann verabschiedete er seinen Sohn mit einer herzlichen Umarmung und Jakob machte sich auf den Weg nach Paddan-Aram, um seinen Onkel Laban zu suchen.*

„Soweit kennt Ihr die Familiengeschichte ja bestimmt auch aus der jüdischen Überlieferung. Doch nun trennen sich unsere Wege. Jetzt folgt als edomitische Überlieferung eine Liebesgeschichte, von der im Tanach, eurem heiligen Buch, nur die dürren Fakten stehen (Gen 28,9). Für unser Volk aber war diese Geschichte wegen ihrer Romantik und gleichzeitigen Tragik so etwas wie ein Gründungsmythos und auch wichtig für dadurch neu entstandene Beziehungen zu anderen Völkern. Doch könnt Ihr noch zuhören?"

„Aber gewiss doch. Wo Ihr so spannend erzählt. Man kann gar nicht genug davon haben. Ich habe ja jetzt auch nicht viel notieren müssen, weil mir das meiste aus meiner Überlieferung vertraut war. Ich bin bereit, Neues zu notieren. Ich bitte darum."

*Esau war bei diesem Abschied dabei gewesen und merkte, dass Vater die einheimischen Hetiterinnen nicht gefielen. Sei es drum, dachte er. Jetzt ist es, wie es ist. Jawohl. Aber ich könnte versuchen, auch eine Frau aus ferner Verwandtschaft zu holen, eine, die Vater Isaak gefällt. Ich weiß auch, von wo ich sie hole. Jawohl. Da muss ich gar nicht so weit weg wie Jakob und bin bald wieder zurück, hoffentlich zur Freude des Vaters. Jakob ist nach Norden gegangen zur Verwandtschaft der Aramäer. Ja.*

*Ich gehe nach Süden zur Verwandtschaft der Ismaeliten. Jawohl.*

*Einigen vertrauenswürdigen Knechten vertraute er die Aufsicht über die Arbeit bei Vieh und Feldern an, seine Frauen hatten sowieso die Aufsicht über die Kinder und das Hauswesen. Dann machte er sich auf den Weg zu Ismael, dem Sohn Abrahams, der aus dem Haus Abrahams verstoßen worden war und in der Wüste nebenan inzwischen zu einem beachtlichen Volk herangewachsen war.*

*„Schalom, Onkel Ismael, ich bin Esau, der Sohn deines Bruders Isaak. Ich soll dich grüßen von deinem Bruder und seiner Frau, meiner Mutter Rebecca. Jawohl."*

*„Donnerwetter! Gibt es euch also noch. Welch eine Überraschung für mich alten Mann. Setz dich und erzähle. Wie geht es Isaak? Wie viele Kinder seid Ihr? Geht es euch gut? Na, erzähl mal."*

*Er humpelte zu einer Bank und ließ sich krachend nieder.*

*„Mein Knie macht nicht mehr mit. Das Alter. Aber sonst geht es. Also erzähle."*

*Esau berichtete alles. Von den Gebrechen des Vaters, von Mutters ewigem Gemecker, von seinen Frauen und Kindern, von Jakobs Brautschau in fernen Landen, von ihrem wachsenden Wohlstand, von seiner Jagdleidenschaft und so weiter. Die Zwistigkeiten mit Jakob ließ er weg.*

*Ismael aber hielt seine Gedanken nicht hinter dem Berge: „Und was ist der tiefere Grund deines Hierseins? Immerhin gab es Jahrzehnte lang keinen Kontakt mehr zwischen unseren Familien. Genau genommen, seit der Beerdigung von Vater, deinem Großvater Abraham. Du wirst ja gehört haben, dass seine Frau uns, mich und meine Mutter aus dem Haus geschmissen hatte. Aber das ist lange her. Ich trage euch nichts mehr nach. Du kannst ja auch nicht dafür. Es ist schön, dass du gekommen* bist. Wirklich. Ich freue mich. Was wollte ich noch wissen? Ach ja, warum du eigentlich nach so langer Zeit deinen alten Onkel besuchst. Na? Was bewegt dich? Es wird doch einen Grund haben? Du bist doch nicht gekommen, um dich nach meinem Befinden zu erkundigen? Hahaha!"

Esau kratzte sich etwas verlegen am Kopf. Wie soll ich es denn bloß erklären? Den ganzen Weg über hatte er schon gegrübelt und war zu keinem rechten Entschluss gekommen. Mutter wüsste genau, was er sagen und wie er sich ausdrücken musste, Jakob auch. Aber er? Er war ein Mann der Tat, jawohl, er sprach mit seinen Händen, nicht so gern und geschickt mit seiner Zunge. Jawohl. Doch dann kam ihm die Idee.

„Ja, weißt du, also es ist so. Vater Isaak möchte nicht, dass alles ganz aufhört. Ja. Ich meine, die Beziehungen zu euch. Auch er denkt nicht mehr an die alten Geschichten. Er sagt: das ist das Alter, da sieht man die Dinge anders. Jawohl. Kurz und gut: Es tut ihm leid. Und deshalb hat er zu mir gesagt: Geh zu meinem Bruder Ismael. Such dir dort eine Frau. Aus unserer Verwandtschaft. Jawohl. Ich weiß, dass ihm seine Schwiegertöchter, also meine Frauen aus den Hetitern nicht so gefallen. Sie sind ihm fremd. Es soll eine Frau aus der Verwandtschaft sein. Jawohl. Deshalb bin ich hier."

„Hahaha", Onkel Ismael lachte aus vollem Halse. „So war es bei euch schon immer. Schon für deinen Vater wurde deine Mutter extra aus fernem Lande hergeholt. Bloß nichts Fremdes. Und jetzt kommt sein Sohn mit demselben Anliegen. Hahaha. Das ist ja zum Lachen. Naja, auf jeden Fall zum Schmunzeln. Bei deiner Familie muss es immer was besonderes sein. Ihr könnt euch schwer anpassen. Immer was Extras. Na, meinetwegen. Es ehrt mich ja dann auch, wenn ich, also wir, ich meine unsere Mädchen, zu den Extras gehören."

*„Hahaha!" Wieder lachte er laut. Es war ihm zu komisch, dass, nachdem er früher nicht gut genug für das Haus Abrahams war, jetzt dessen Enkel zu ihm auf Brautschau kam.*

*„Such dir nur eine aus. Auswahl ist genug. Im Unterschied zu euch sind wir nicht nur eine große Familie, sondern schon ein großes Volk. Von meinen zwölf Söhnen habe ich eine riesige Schar von Enkeln, ich kann sie gar nicht alle zählen oder mir gar die Namen merken und die haben auch schon wieder Kinder, eine unzählige Schar von Urenkeln. Also, du hast bestimmt eine große Auswahl. Und wenn du nicht zu wählerisch bist, wird die Sache bald erledigt sein. Meine Auswahlkriterien waren immer: sie muss gut kochen können, nicht verschwenderisch sein und einen schönen Hintern haben. Hahaha. Naja. Jetzt bin ich ein alter Mann. Jetzt bleibt nur noch: gut kochen. Hahaha."*

*„Danke, Onkel Ismael. Danke. Ich werde mich umsehen."*

*„Da hast du in acht Tagen eine gute Gelegenheit. Da feiern wir das Sonnenfest. Eine Woche lang. Für Aton, den Gott der Ägypter. Meine Frau, leider ist sie schon lange tot, hat das einst eingeführt. Sie war aus Ägypten. Genau wie meine Mutter. Also da kommen sie aus allen Teilen unseres riesigen Siedlungsgebietes, auch viele schöne Mädchen. Halt die Augen auf. Es wird viel Spaß und Spiele und Essen geben. Du bist selbstverständlich mein Gast."*

*Es war ein buntes Treiben. Die jungen Männer veranstalteten mancherlei Wettkämpfe: Kamelreiten, Bogenschießen, Ringkampf und so weiter. Die Frauen und jungen Mädchen waren mit den Verkaufstischen beschäftigt, mit allerlei Chören und Instrumenten, mit Schmücken und viel Gekicher. Die Menge der Kinder aber tollte mit großem Lärm durch das ganze im Aufbau begriffene Lager. Ihr Geschrei vermischte sich mit dem Pfeifen, Trommeln und Zirpen der verschiedenen Instrumente, mit dem Beifall und Gejohle der Wettkämpfer, mit den Zurufen derer, die Tische und Zelte aufbauten und alsbald auch mit den Rufen der Verkäufer und Verkäuferinnen, die ihre Waren feilboten. Es war ein einziges großes Gewusel und Gewimmel, im Hintergrund untermalt vom Schreien, Grunzen und Meckern auf dem Viehmarkt.*

*Mittendrin ertönte dreimal ein starker Gong. Alle hielten inne und wandten sich einem Mittelpunkt zu, wo Priester offenbar eine religiöse Zeremonie für Aton abhielten. Die Menge nahm teil mit zwei oder drei Antwort-Riten, mit Verbeugungen und Niederwerfen. Dann war der religiöse Teil vorbei und das allgemeine Treiben nahm wieder seinen Lauf. Mittendrin Esau, der sichtlich beeindruckt war. Solch ein großes Fest hatte er noch nie erlebt. Weder bei den Hetitern noch gar in seinem Haus. Na ja, sie waren ja auch nicht viele, nicht mal eine große Familie, geschweige ein ganzes Volk. Onkel Ismael hatte ja recht. Jawohl. Da waren die Ismaeliten hier doch etwas ganz anderes. Jawohl. Beeindruckend. Hier möchte man gerne dazugehören. Jawohl.*

*So schlenderte er von einer Attraktion zur anderen. Verweilte längere Zeit bei den Bogenschützen – hier könnte er mithalten. Jawohl. Aber nicht jetzt. Erst mal alles angucken. Am Schluss langte er auch bei den Verkaufsständen an. Da faszinierte ihn auf Anhieb ein Mädchen, das mit kraftvoller Stimme seine Waren anbot. Sie hatte eine schlanke, untadelige Figur, anmutige Bewegungen, pechschwarzes lockiges Haar und ebenso dunkle Augen. Aber was waren das für Augen! Sie waren wie Vulkane, in denen eine große Glut und unzählige Funken sprühten. Er konnte sich an ihrer Schönheit nicht satt sehen und trat näher.*

*„Na, mein Herr, was darf ich euch anbieten?" Ihre Stimme klang hell und weich und stark. Sie zeigte ihm die Spiegel, Muschelketten, Dosen, bunte Steine, Tücher und vieles mehr. Er aber hatte nur Augen für sie.*

*„Nun schaut doch nicht immer mich an, schaut auf meine schö-*
*nen Waren. Wie wäre es mit diesem Spiegel hier für Eure Frau?*
*Oder mit dieser Dose für Euch selbst? Oder doch noch etwas*
*anderes? Ein Tuch?"*

*Da noch andere an den Tisch drängelten, musste Esau sich zu-*
*sammenreißen.*

*„Gut. Ich nehme den Spiegel. Ja."*

*Noch einmal schaute er in ihre blitzenden Augen. Dann riss er*
*sich los und stapfte wie blind durch das Gewühl. Er hörte nichts*
*mehr, außer ihre wunderbar weiche Stimme. Er sah nichts mehr*
*außer ihrer schönen Gestalt und diese unwiderstehlichen Au-*
*gen. So wanderte er umher wie ein Träumender, trunken von*
*einem ganz großen Gefühl, wie er es noch nie erlebt hatte. Zum*
*Glück kannte ihn hier niemand, so dass er niemandem Rede*
*und Antwort schuldig war.*

*„Hallo Fremder, wollt Ihr mitmachen?" fragte ihn ein Kamelrei-*
*ter. Er winkte ab.*

*„Hallo Fremder, wie wäre es mit diesem schönen Lammfell?"*
*fragte ihn eine Verkäuferin. Er winkte ab. Er schaute nicht mal*
*hin. Er war völlig gefangen von jenem Mädchen. Seine Sinne*
*und Gedanken waren erfüllt von ihrer Anmut und ihrem Feuer.*
*Ich muss sie wiedersehen. Ich muss sie kennenlernen. Sie und*
*keine andere! Jawohl.*

*Am nächsten Tag steuerte er wieder ihren Verkaufstisch an. In*
*einiger Entfernung blieb er stehen und schaute unentwegt zu*
*ihr hinüber. Natürlich entging ihr das nicht und immer wieder*
*hob sie den Kopf und schaute, wie zufällig, nach ihm hin.*

*So geht das nicht weiter, dachte er. Ich kann doch hier nicht*
*ewig stehenbleiben. Was wird sie von mir denken? Wir kennen*
*uns ja gar nicht. Jawohl. Ich benehme mich wie einer, der keine*
*Ahnung von Frauen hat. Dabei bin ich schon doppelt verheira-*
*tet. Aber da war alles ganz einfach. Jawohl. Da habe ich mit*

den Vätern geredet, wir wurden über den Brautpreis eins und das war es. Aber sie? Ja? Sie ist doch keine zum Verhandeln. Jawohl. Was ist bloß los mit mir? Schließlich riss er sich los, wanderte einmal um und durch das ganze Gewimmel, blieb brav stehen, als wieder der große Gong ertönte und nachher stand er wieder da, wo er vorher gestanden hatte und schaute zu ihr hinüber. Aber nicht lange. Dann fasste er sich ein Herz und ging zur ihrem Tisch.

„Na? Ist der Spiegel gut angekommen? Und was darf es heute sein?" Sie sah ihm bei diesen Worten direkt in die Augen. Welch ein Strahlen! Welch ein Funkeln! Welch eine Glut! Völlig verwirrt griff er nach einer der Dosen.

„Diese hier bitte."

Am dritten Tag kaufte er ihr ein Tuch ab, das keiner brauchte. Er merkte, dass es so nicht weiterging und er sich zum Affen machte. Jawohl. Zum Affen. Er war verliebt wie noch nie in seinem Leben. Er musste mit ihr reden. Jawohl. Er begehrte sie wie von Sinnen. Sie und keine andere. Jawohl. Deshalb passte er auf, wann sie den Tisch abräumte und alles einpackte. Als er sah, dass sie allein war, trat er zu ihr.

„Ich bin Esau. Darf ich helfen?"

Sie hob den Kopf und funkelte ihn fröhlich an: „Wenn Ihr wollt, so bringt diesen Ballen hinüber dort zu dem Zelt."

„Das mache ich doch gerne. Jawohl. Und wie heißt Ihr?"

„Mein Name ist Elah, jüngste Tochter von Kedma."

Mit Elan warf sich Esau den Ballen auf die Schulter und brachte ihn hinüber in das Zelt, das, wie sich herausstellte, ein Lagerzelt war für die verschiedensten Waren, die beim Fest angeboten wurden.

Suchend schaute er nach ihr zurück.

„Links hinten in der Ecke", rief sie ihm zu.

*Aha, ja, da waren ein paar Körbe, Kästen und Ballen extra. Ja-wohl. Er packte seinen Ballen darauf.*

*„Das hier auch?" Fragend deutete er auf die beiden Körbe. Ei-ner war schon voll.*

*„Einen Augenblick noch", sagte sie, „hier, die letzten Tonvasen müssen auch noch mit."*

*Als sie die Gefäße eingewickelt hatte und in den Korb legen wollte, hob er ihr den Korb entgegen. Dabei berührten sich ihre Hände. Es durchfuhr ihn wie ein Blitz. Und als er sie anschaute, merke er, dass auch sie ihn anschaute, anders anschaute als zuvor. Hatte sie auch den Blitz gemerkt? Oder prüfte sie ihn?*

*Als er die beiden Körbe im Lagerzelt verstaut hatte, kam er noch einmal zurück. Sie hatte sich schon ihren Beutel über die Schulter gehängt, bereit zum Abmarsch.*

*„Darf ich morgen wiederkommen zum Helfen? Ich habe ja Zeit. Ich bin als Gast hier. Jawohl. Ich tue es gern."*

*Seine Stimme war etwas unsicher. Wenn sie nun nein sagt? Wenn sie ihn gar nicht mag? Jawohl. Was dann?*

*Sie sagte: „Ja, das ist schön. Bis morgen dann. Schalom."*

*„Schalom, bis morgen. Schalom!"*

*Er sah ihr noch lange nach, wie sie festen Schrittes, mit kräfti-gen Armbewegungen und langen wehenden Haaren davon-ging. Morgen und übermorgen und immer so weiter. Jawohl. Bis in seine Träume hinein malte er sich aus wie es sein würde. Mit ihr. Für immer. Jawohl.*

*So ging das drei Tage lang. Ihre Gespräche wurden dabei im-mer etwas länger und ausführlicher. Er erzählte von seinem Zuhause, auch von seinen Frauen und Kindern, jawohl, und dass er sie geheiratet hatte, weil es so sein musste, ja, und weil er das Alter hatte, wo man Familie gründet. Jawohl. Also mehr aus Pflicht als aus großer Liebe. Aber dass er jetzt merke, dass es das gibt, die große Liebe. Jawohl. Dabei sah er ihr tief in die*

*Vulkane ihrer Augen. Sprühten da nicht die Funken ganz hell auf? Funken für ihn? Ja?*

*Er fragte sie auch nach ihrer Familie, nach ihren Geschwistern, nach ihrem Vater und dies und jenes. Nur eine Frage wagte er nicht, noch nicht. Ob sie noch frei sei. Aber beim nächsten Gespräch würde er die Frage stellen. Ganz bestimmt. Jawohl. Und sie würde Ja sagen, ganz bestimmt. Ich merke es doch. Jawooohl!*

*Die Frage erübrigte sich. Am vierten Tage war Esau gerade dabei, Elah beim Einpacken in die Körbe zu helfen, als plötzlich ein junger Mann vor ihm stand und ihn anfuhr: „Was macht Ihr hier und wer seid Ihr?"*

*„Ich bin Esau Ben-Isaak. Ich bin Gast hier und helfe Elah jeden Tag beim Packen. Sie hat ja sonst niemand. Habt Ihr etwas dagegen?"*

*„Und ob ich etwas dagegen habe. So, so, seit Tagen geht das also schon so. Und sie hat niemand. Hat sie dir das gesagt?"*

*Drohende Pause.*

*„Und nun sage ich dir mal was: Sie hat jemand! Nämlich mich, Omar Ben-Mischma. Und das du es weist, sie ist mir versprochen. Ich musste nur weit im Osten nach den Tieren sehen und komme nun etwas verspätet zum Fest. Und du nutzt das aus, um dich an meine Verlobte ranzumachen? Wenn du hier nicht Gast wärst, würde ich dich erwürgen. So kann ich nur sagen: Mach dich vom Acker und lass dich nicht mehr in ihrer Nähe sehen", zischte er Esau an. Der stand wie versteinert.*

*„Und nun zu dir, mein Täubchen. Du wagst es, in meiner Abwesenheit mit einem fremden Mann anzubändeln, ihm schöne Augen zu machen, mit ihm zu turteln. Na, dir werde ich es zeigen."*

*Er redete sich in Rage, griff nach ihren Haaren und wollte sie hinter sich herziehen, so dass sie aufschrie: „Du tust mir weh!"*

*Da erwachte Esau aus seiner Erstarrung, ging dazwischen und versuchte Elah vom Griff ihres Verlobten zu befreien. Der aber vergaß nun alle Gastfreundschaft und schlug in wilder Wut auf Esau ein: „Du fremder Schurke! Du Schwein! Du Sohn eines Schakals, dir werde ich deine Anmache austreiben. Wehe ich sehe dich noch einmal in ihrer Nähe!"*

*Esau hatte zuerst versucht, die Schläge abzuwehren, als aber sein Gegenüber immer wilder wurde, musste er sich verteidigen und schlug zurück. So entwickelte sich eine große Schlägerei. Esau war stärker, aber Omar war schneller. Als sie sich so prügelten, mal der eine, mal der andere am Boden, beim Ringkampf mal der eine, mal der andere unten, sammelt sich die Menge um sie und feuerte je nach Geschmack den einen oder den anderen an.*

*Elah aber schrie immer wieder vergeblich: „Hört auf! Hört doch endlich auf!"*

*Esau als der Ältere pustete schon ziemlich, als Omar sich noch einmal mit geballter Wut auf ihn stürzte. Erst im letzten Moment sah Esau, dass sein Gegner ein Messer in der Hand hatte. Beim Versuch, dieses abzuwehren, traf ihn das Messer im Arm, so dass das Blut im großen Bogen herausspritzte.*

*„Halt! Aufhören!" Die Menge vereinte sich in einem großen Geschrei und ging dazwischen. Die einen beschimpften Omar wegen des Messers, die anderen beschimpften Esau, dass er seine Gastfreundschaft missbraucht habe. Sie banden ihm den Arm ab, damit er nicht noch mehr Blut verliere und brachten den Willenlosen zu einer Frau, die sich auf heilende Kräuter und Salben verstand.*

*„Nun verschwinde in dein Zelt und lass in Zukunft die Finger von Elah. Verstanden?"*

*Er nickte. Alles Gefühl in ihm war erstorben. Nur der Arm schmerzte.*

An diesem Abend betrank er sich zum ersten Mal in seinem Leben sinnlos. In den nächsten Tagen ging er nicht mehr auf den Markt. Und dann war das Fest auch vorbei. Jawohl. Er sah Elah nie wieder. Aber Omar sah er wieder. Der kam mit einem Krug Wein, um sich wegen des Messers zu entschuldigen und ihn zu trösten: „Du findest bestimmt eine andere." Dabei brach zwar Esaus innere Wunde wieder auf, aber als sie zum dritten Mal miteinander anstießen, waren sie schon fast Freunde.

„Schöne Mädchen gibt es überall", lallte Omar. „Du musst nur die Augen aufmachen."

Er aber machte seine Augen zu und schlief in Esaus Armen ein. Der konnte mit Mühe seinen verletzten Arm retten und sich befreien. Dann legte er sich auch in eine Ecke. Jawohl. So ist das Leben. Dann schliefen sie beide friedlich vereint ihren Rausch aus.

Am nächsten Tag zog auch Omar wieder seiner Wege. Esau aber traf auf Onkel Ismael, wie er durch das Lager humpelte.

„Da ist ja unser verliebter Schläger", sagte der fröhlich. „Man hat mir natürlich alles brühwarm erzählt. Du hast dich also um ein Mädchen geprügelt. Das zeigt, dass du sehr verliebt warst. Aber es war die Falsche. Da drin", er tippte Esau auf die Brust, „tut es wahrscheinlich noch sehr weh. Mehr als dein Arm hier. Aber glaub einem alten Mann: Nun bist du durch. Der innere Schmerz wird noch eine ganz Weile dauern, aber dann hast du es für dein Leben hinter dir. Dieses große Gefühl gibt es nur einmal im Leben."

„Hast du es auch erlebt, Onkel Ismael?"

„Ja, freilich. Aber es ist ewige Zeiten her und der Alltag lässt keine Zeit für nostalgische Gefühle. Ich weiß nicht mal mehr ihren Namen. Aber du", er zog Esau auf eine Bank vor seinem Haus, „du sollst trotzdem nicht unverrichteter Dinge nach Hause ziehen. Ich werde mich kümmern, dass du ein gutes und schönes Mädchen von uns mitnimmst. Ich habe da auch schon eine Idee. Ich lasse es dich wissen, wenn es aktuell ist. In Ordnung?"

„Jawohl. Du weißt ja, wo du mich rufen lassen kannst. Schalom, Onkel Ismael."

„Schalom."

Zehn Tage später trifft Esau in Onkel Ismaels guter Stube auf Besuch, ein älterer Mann und seine Tochter?

„Mein Neffe Esau", wird er vorgestellt. „Sohn aus gutem Hause. Sein Vater Isaak ist mein Halbbruder."

„Lieber Esau, das ist mein Sohn Nebajoth, mein Ältester und hier neben ihm seine Schwester, seine jüngste Schwester und meine jüngste Tochter: meine liebe Basemat. Wie du siehst, ein hübsches Mädchen. Als sie noch klein war, hat sie viel auf Papas Knien gesessen. Die Jüngsten haben es ja immer am leichtesten. Da haben die Älteren schon alle Probleme in der Erziehung abgeräumt. Nicht wahr, mein Täubchen?" Dabei streichelte er ihr mit väterlichem Wohlwollen über die gekrausten Haare. „Aber jetzt machen meine Knie nicht mehr mit und – sie ist ja auch etwas größer geworden. Haha. Vielleicht würde sie jetzt auch lieber auf anderen Knien sitzen, was?" Er zog sie leicht an sich und deutete schmunzelnd auf Esau: „Wie wäre es mit ihm? Na?"

„Nun mal langsam. Ja.", stoppte der den Versuch seines Onkels, sie beide zu verkuppeln. „Wir kennen uns ja noch gar nicht. Jawohl. Und außerdem…"

„Weiß ich doch", unterbrach der Onkel seinen Neffen, „deshalb wollten wir, also Nebajoth und ich, euch sowieso vorschlagen, erst mal zu zweit eine Runde durch die Felder zu machen und euch etwas zu beschnuppern. Dann sehen wir weiter. Einverstanden?"

*Eigentlich hatte Esau einwenden wollen, dass das „Mädchen"*
*wohl nicht mehr die Jüngste war und Onkel Ismael sie jetzt*
*endlich unter die Haube bringen wollte.*
*Doch dann nickten er und auch Basemat mit dem Kopf.*
*„Gut."*
*„Wir werden sehen."*
*Unterwegs sprachen sie über dies und jenes, über ihr und sein*
*Zuhause, über ihre und seine Hobbys, über ihre und seine Lieb-*
*lingsgerichte. Es war ein ganz alltäglicher Plausch. Sie hätten*
*auch über das Wetter sprechen können. Ab und an, wenn sie*
*schweigend ein Stück gingen, sah er in ihre gutmütigen, aber*
*matten Augen. Da knisterte und funkelte nichts. Jawohl. Weh-*
*mütig dachte er an die eine, deren Augen Vulkane, deren Be-*
*wegungen verwirrend und deren Stimme Musik in seinen Ohren*
*gewesen waren. Aus, Esau, aus. Jawohl. Vergiss es. Mit ihr hier*
*würde er eine Frau haben, die gutmütig alles tat, was er wollte,*
*ohne Aufregung, ohne Scherereien, aber auch – ohne Feuer.*
*Stinknormal eben. Jawohl. Es gab nichts zu beanstanden, au-*
*ßer, dass das Feuer fehlte – dass Feuer in ihren Augen und in*
*seinen Gliedern. Aber vielleicht war es auch gut so, dass es fehl-*
*te. Feuer ist ja auch gefährlich. Jawohl. Da gibt es leicht Ver-*
*brennungen. Vielleicht passte das gar nicht zu ihm. Und doch*
*war es schön gewesen, unglaublich schön und aufregend. Er*
*würde es nie vergessen. Er würde sie nie vergessen: Elah! Ja-*
*wohl.*
*Wieder bei Onkel Ismaels Zelten angekommen, wurden sie*
*schnell handelseinig. Der Brautpreis war landesüblich und in*
*Ordnung. Und nun konnte er zu Hause bei den Eltern endlich*
*eine Frau aus der Verwandtschaft vorweisen.*

Der Alte machte eine lange Pause.

„Hat ihm übrigens nichts genutzt. Von Ismael und dem ‚ägyptischen Blut' in seiner Sippe wollten die Eltern auch nichts wissen. Es musste ‚reines', es musste aramäisches Blut sein. Das war übrigens typisch für die Juden, nicht nur für die Anfänge, sondern für ihre ganze Geschichte. Immer wieder gab es große Säuberungsaktionen mit vielen Tränen wegen sogenannter Mischehen. Es hing mit ihrer Religion zusammen. Ihr Gott duldete keine Fremden, weil er keine fremden Götter neben sich wollte. Und so warteten die Eltern sehnsüchtig, ob Jakob nicht endlich einmal mit Familie von der aramäischen Heimat beim großen Strom zurückkehren würde. Aber der blieb noch lange aus."

Wieder Pause.

„Esau war also wieder einmal doppelter Verlierer. Einmal wegen seiner großen Liebe Elah, zum anderen, weil seine Anpassung an Onkel Ismael und Basemat ihm zu Hause keinerlei Anerkennung einbrachte. Aber für das Volk, das aus den Söhnen seiner Frauen erwuchs, also die Edomiter, brachte es doch etwas, nämlich eine enge Bindung an die Ismaeliten mit gegenseitiger Hilfe und Beistand an vielen Brennpunkten ihrer gemeinsamen Geschichte. Und noch etwas brachte seine zwiespältige Brautschau: eine Liebesromanze um Esau und Elah, die sowohl an den Lagerfeuern der Edomiter wie auch der Ismaeliten besungen wurde. Sie wurde so etwas wie der Gründungsmythos unseres Volkes. Ich sagte das schon."

„Kennt oder habt Ihr da noch irgendeinen Text?"

„Ach, das ist ja so lange her. Da gab es viele unterschiedliche Texte, die je auf ihre Weise den heldenhaften Kampf Esaus um die schöne Lelah erzählen und wie nur ein Messer ihn stoppen konnte. Die Schlusszeile aber haben wir als Jugendliche noch gekannt und viel gesungen: ‚Und die Moral von der Geschicht, nimm keines Andern Mädchen nicht.' Hahaha."

„Haha. Das gilt natürlich immer und überall, wird nur nicht immer befolgt. Manchmal entscheidet ein Messer auch für den, der kein Anrecht hat. Aber es war eine schöne Geschichte, auch wenn ich sie wohl nicht in mein Buch aufnehmen werde. Ich will ja kein Legendenbuch schreiben und keinen Liebesroman, sondern ein Geschichtsbuch mit nackten Fakten. Also danke für heute. Es war wieder sehr amüsant, Euch zuzuhören. Was wäre denn morgen dran?"

„Na, da müsste es nun um die heikle Situation des Wiedersehens mit Jakob gehen. Natürlich aus edomitischer Sicht, wie sonst."

„Einverstanden. Ich bin gespannt. Schalom.

„Gerne. Schalom."

Aus der Tür winkte noch eine schlanke Mädchenhand und eine glockenhelle Stimme rief ihm zu: „Bis morgen. Wir freuen uns, wenn Ihr wiederkommt. Schalom."

Er drehte sich noch ein paar Mal um und winkte zurück. Er fühlte sich innerlich so fröhlich und voller Friede, wenn er an sie dachte. Manchmal sagte er sich freilich, dass er fast zwanzig Jahre älter sei als sie. Na und? Ist das hinderlich für ein großes Glück? Ich bringe meine Erfahrung und sie ihre jugendliche Unbekümmertheit ein. Der Schmerz um ihre verlorene Jugendliebe wird sie reifen und eine neue Liebe vertiefen lassen. Ob sie mich mag? Ich hoffe, nicht nur als alten und großen Onkel, nicht nur als Schriftsteller, sondern als Mensch und – Mann. Ich will mir alle Mühe geben. Die Götter mögen mir beistehen.

## 3. Misstrauische Brüder (nach Gen 32/33 und 36)

Trübe Wolken zogen über den Himmel, als er sich der bekannten Hütte näherte. Diesmal war Adamah nicht zu sehen. Er war wieder früher gekommen als vereinbart, aber nichts rührte sich. Die Tür der Hütte war geschlossen, doch er wagte nicht zu klopfen. Der Alte schlief bestimmt noch. Und Adamah war wohl weggegangen, um irgendwelche Besorgungen zu machen. Bestimmt. Sonst würde sie sich rühren. Vielleicht treffe ich sie.

So machte er sich auf den kurzen Weg nach Betanien als nächstgelegenem Ort. Hier schien das Leben fast ausgestorben. Die meisten Häuser waren offenbar verlassen, die Dächer ungepflegt, die Türen offen. Hatten sie sich alle nach Jerusalem geflüchtet und waren dort mit umgekommen? Wahrscheinlich. Das ganze Land war in ein unbeschreibliches Elend gestürzt. Josephus seufzte. Und ich habe nichts verhindern können. Vielleicht wäre es doch besser gewesen, ich wäre auf der jüdischen Seite mit untergegangen. Wie meine Eltern und meine erste Frau. Und meine zweite Frau hat mich wegen meiner politischen Wende verlassen. Habe ich alles falsch gemacht? Jedenfalls bin ich nun allein übrig.

Aber vielleicht nicht mehr lange? Das Leben geht weiter. Wo ist sie?

„Hallo, Herr Josephus", ruft da plötzlich die glockenhelle Stimme hinter ihm. Abrupt dreht er sich um und sieht Adamah aus einem offenbar noch bewohnten Haus kommen und ihm zuwinken.

„Ich habe ein Huhn und ein paar Eier erhandelt", erzählt sie. „Gehen wir gemeinsam zurück? Vater wird jeden Augenblick aufwachen und denken, dass ich nicht da bin."

Seine trüben Gedanken sind wie weggeblasen. Hell wird es in ihm und um ihn. Und auch am Himmel reißen die Wolken auf und ein Sonnenstrahl taucht die Gegend in ein gleißendes Licht. So schnell geht es manchmal.

„Aber gerne. Ich habe Euch ja schon gesucht. Schön, dass wir uns nun hier gefunden haben. Ja, gehen wir zurück."

Damit nahm er ihr den Beutel ab und sie schlugen gemeinsam den Heimweg ein. Ein Weg war es ja nicht. Es ging vielmehr über Stock und Stein und bei den ständigen Ausweichmanövern geschah es, dass ihre Hände und Körper sich berührten. Es war ein wunderbares Gefühl der Nähe. Wie warme Wellen durchströmte es ihn. Wann hatte er das zum letzten Mal erlebt? Es war eine gespürte Ewigkeit her. Dabei drehte sich ihr Gespräch, wie bei den meisten Menschen dieser Gegend und Zeit, um die Folgen des schrecklichen Krieges. Wie die meisten Einwohner Betaniens in der Tat nach Jerusalem geflohen und dort dem Tod in die Arme gefallen waren. Und er erzählte ihr seine Geschichte, vom Vater, der Priester gewesen war, vom Hungertod der Eltern und dass er allein übrig geblieben war. Auch die Überlebenden waren, der eine so, die anderen anders, von dem großen Unglück betroffen.

„Umso glücklicher bin ich, dass ich Euch getroffen habe. Euren Vater und Euch, liebe Adamah. Eigentlich war es ja ein Zufall, unser Zusammentreffen. Aber wie das manchmal so ist. Die Götter ließen es mir zufallen: das Glück, euch beide kennenzulernen. Darf ich du zu Euch sagen?"

„Gerne", antwortete sie und errötete leicht, „aber dann bitte mit der Abkürzung, wie es hier alle machen: Ada. Anders kenne ich es von klein auf gar nicht."

„Gut denn: Ada. Aber wir sind da."

Aus der Tür trat eben der Vater: „Schalom, da seid Ihr ja. Ich dachte schon, Ihr wolltet mich heute allein lassen.

„Wo denkt Ihr hin, Vater. Ich habe Euch doch gesagt, dass ich ein paar Besorgungen machen muss und unser lieber Gast hier hat mich begleitet, mir meine Last abgenommen und mich vor den wilden Tieren beschützt. Haha."

Ihr Lachen war wie Glockenläuten.

„Ach, das hatte ich schon wieder vergessen. Das Alter. Aber nun", zu Josephus gewandt, „nehmen wir doch Platz."

Ada deckte, flink wie immer, den Tisch, während der Alte erklärte: „Betanien war einmal ein schmucker Ort, aber wie Ihr selbst gesehen habt, verfällt jetzt alles. Zwei Familien sind noch da, mit denen wir einen gewissen Austausch haben, was gegenseitige Hilfe betrifft und Tausch von Waren, die sie oder wir benötigen. Früher war der Ort voller Leben, als die Felder noch bestellt und die Herden durchs Dorf getrieben wurden, als die Jugend miteinander schäkerte und die Kinder durch das Dorf tobten und abends die Alten vor der Tür saßen und miteinander plauderten. Ich bin ja dort auch aufgewachsen, bis ich bei meiner Heirat hier das Grundstück übernommen habe. Aber in Betanien habe ich meine Kindheit und Jugend verbracht. Besonders gern denke ich da auch an unsere Nachbarfamilie zurück, mit der wir sehr verbunden waren. Darauf komme ich vielleicht am Schluss unserer Rückschau noch einmal zu sprechen. Muss ich sogar. Das ist wichtig. Aber das ist neuere Geschichte und Ihr wollt ja alte Geschichten hören."

Der Alte überlegte und kratzte sich am Kopf.

„Wo waren wir gestern gleich stehen geblieben?"

„Ihr hattet von Esaus Familiengründung erzählt, von seiner Liebesromanze und so weiter."

„Ach ja. Dann müssen wir heute, wenn es recht ist, die Familiengeschichte zu Ende bringen."

„Wohlan. Ich höre."

*Esau saß gähnend vor seiner Hütte. Seine Blicke schweiften zufrieden über sein Anwesen. Da waren die Häuser seiner drei Frauen, aus Lehm gebaut, mit genügend Platz für die immer größer werdende Kinderschar, deren Stimmen wie Musik zu ihm herüberdrangen. Da war das Haus mit der großen Küche, wo sie sich alle bald zum großen Abendessen treffen würden. Und da war das alte Haus von Vater Isaak, der doch tatsächlich noch immer unter den Lebenden weilte. Wer hätte das gedacht? Mutter Rebecca war schon lange tot und im Familiengrab von Hebron beigesetzt. Weiter herum standen die Zelte seiner vielen Knechte und Mägde und dazwischen die Felder mit Getreide und Gemüse. Und weiter draußen die großen Viehherden: Rinder, Kamele, Esel, Schafe, Ziegen. Einige trächtige Tiere und Milchkühe waren in der Nähe eingezäunt. Eigentlich konnte er ganz zufrieden sein. Wenn nicht eine Nachricht von gestern an ihm nagen würde. Einer seiner Knechte hatte sie gebracht. Der hatte es von den Beduinen im Norden gehört. Jakob kam zurück. Er kam mit großen Herden, mit vielen Frauen samt den Kindern und vielen Knechten.*

*„Wie viele?" hatte er gefragt. Aber die Antwort war unbestimmt.*

*„Sehr viele. Bestimmt hundert."*

*„Wie schnell sind sie?"*

*„Nicht so schnell. Sie werden bestimmt noch fünf Tage brauchen bis hier. Sollen wir sie aufhalten?"*

*Unter den Knechten tuschelte man natürlich über die Familiengeschichten ihres Herrn und dass das Verhältnis zu dem fernen Bruder nicht gut war. Der soll ihn ja betrogen haben: um einen Sack Gold sagten die einen, um ein Versprechen des Vaters sagten die andern, nein, um das Erbe versicherten die dritten. Aber das sei alles lange her. Und die meisten der Knechte waren damals noch gar nicht hier in Arbeit und Brot.*

*„Ich muss darüber nachdenken", hatte er geantwortet.*

*Und nun dachte er nach. Ich weiß nicht, ob Jakob in guter Absicht kommt oder in böser. Ich weiß nur, dass man ihm nicht trauen kann. Vielleicht will er sein Erbe. Aber da ist nichts mehr.*

*Über zwanzig Jahre ist er jetzt weg. Jawohl. Und Vater hat mir alles übergeben. Jawohl. Es ging ja auch nicht anders. Er konnte den Betrieb ja nicht mehr leiten, blind und wacklig wie er ist. Jawohl. Aber abgesehen von dem allen: ich habe noch eine Rechnung mit meinem Bruder offen. Ich habe damals geschworen, ihn zu töten. Ich werde mich wappnen. Jawohl.*

*Beim Abendessen besprach er diese Dinge mit seinen Frauen. Oholibama verlangte sofort drastische Maßnahmen: „Nach allem, was du von deinem Bruder erzählt hast, ist er ein böser Mensch. Er verdient eine mächtige Tracht Prügel. Und wenn er dabei zu Tode kommt, gut so. Wappne dich!"*

*Dabei spie sie in ihre Hände und rieb sie an ihrem Rock trocken. Essen hin oder her.*

*Ada pflichtete ihr bei: „Richtig. Jakob kommt doch bloß, um dich wieder zu betrügen. Du musst diesen Spuk nun ein für allemal beenden. Lass dich bloß nicht wieder übertölpeln."*

*Elifas, ihr ältester Sohn aber ereiferte sich: „Einen Onkel, der so viel Zwietracht in die Familie gebracht hat, will ich hier nicht sehen. Ein Betrüger. Ein Halunke. Ein Feigling, der einfach abhaut und die alten Eltern im Stich lässt. Und jetzt kommt er wieder? Und will sich ins gemachte Nest setzen? Mit unseren Waffen werden wir das verhindern!"*

*Dabei sprang er auf und streckte den Dolch, den er am Gürtel trug, in die Höhe.*

*Nur Basemat meinte ganz leise: „Vielleicht könnt Ihr euch doch versöhnen. Brudermord ist nicht gut."*

*Doch auf ihre Stimme hörte niemand, auch nicht Esau. Er beorderte alle Knechte, sich zu bewaffnen und in zwei Tagen im Lager einzufinden. Als er dann durchzählen ließ, waren es vierhundertsiebenunddreißig Männer.*

*„Das reicht", sagte er, „dreißig Knechte sollen bei den Herden bleiben und sieben hier im Lager. Jawohl. Mit vierhundert will*

*ich meinem Bruder entgegen ziehen. Er wird sich fürchten und sich wieder zurückziehen. Jawohl. Oder wir werden ihn erschlagen. Jawohl."*

*Allgemeine Zustimmung. Fäuste, Dolche und Spieße werden hochgereckt.*

*Dann gibt Esau noch strategische Anweisungen: „Morgen in der Frühe gehen wir los. Wir beziehen Stellung in einiger Entfernung vom Jabbok, ohne dass man uns von dort sehen kann. Mein Bruder muss die Furt im Fluss passieren, um in unserer Richtung weiterzukommen. Wir werden Späher auf den Bergen ringsum postieren, die jeden seiner Schritte beobachten und seine Mannschaftsstärke melden. Das weitere Vorgehen werden wir dann entscheiden."*

*„Urrah!"*

*So geschah es. Esau brauchte nicht lange warten, da wurden ihm Boten von Jakob gemeldet.*

*Sie überbrachten ihm folgende Botschaft: „Unser Herr lässt euch sagen: „Ich bin Jakob, Euer Knecht. Durch die Umstände habe ich mich so lange bei Laban aufgehalten und komme erst jetzt zurück. Ich sende jetzt durch diese meine Knechte Nachricht an Esau, meinen Herren, in der Hoffnung, dass er mir wohl gesinnt sei. Ich brauche nichts, denn ich habe selbst genug Ochsen und Esel, Kamele und anderes Vieh, wenn dein Knecht nur dein Wohlwollen findet."*

*Esau hatte aufmerksam zugehört. Jakob nennt sich seinen Knecht? Was steckt denn da wieder für eine Teufelei dahinter? Ich werde auf der Hut sein.*

*Laut aber sagte er: „Meldet eurem Herrn, dass ich bereit bin, ihn zu empfangen."*

*Dabei wies er mit einer großen Handbewegung auf die bewaffneten Reihen seiner vierhundert Männer.*

„Und erzählt ihm, Esau, sein Herr, hat vierhundert Männer bei sich."

Mit einem Wink entließ er die Boten.

Nun galt es, weiterhin abzuwarten und wachsam zu sein.

Am übernächsten Tag meldete ein Späher: „Jakob ist übergesetzt mit allem, was er hat."

Ein zweiter meldete: „Jakob hat seine Herden und Knechte in zwei Lager eingeteilt."

Etwas später meldete der nächste: „Einzelne Herden kommen uns mit ihren Knechten entgegen."

„Wie viele Männer sind es?"

„Zusammen mit den beiden Lagern haben wir einhundertvierzehn Männer gezählt."

„Gut. Abwarten."

Die Spannung wuchs. Die Knechte waren sehr konzentriert, eine Hand am Dolch, die andere am Speer.

Dann kam noch einer der Kundschafter: „Ganz hinten hinter den Herden kommt Jakob mit Frauen und Kindern. Andere Bewegungen sind nicht zu erkennen. Wir bleiben aber wachsam."

Esau nickte: „Gut so."

Inzwischen war schon das Meckern von Ziegen zu hören. Und da kamen sie auch schon um die Ecke, eine Herde von vielleicht zweihundert Stück mit ihren Hirten.

Als Esau sah, dass sie unbewaffnet waren, hielt er sie an und fragte: „Wer ist euer Herr und wem gehört die Herde? Und wohin wollt Ihr?"

Sie antworteten: „Die Herde gehört deinem Knecht Jakob und sie ist ein Geschenk für dich, für Esau, seinen Herrn. Seht, er kommt selbst dahinten."

So ging es auch mit der zweiten und dritten Herde, Schafe und Rinder. Jedes Mal hieß es: „Ein Geschenk von Jakob für Esau, seinen Herren. Schaut, da kommt er selbst."

*Esau und seine Männer waren verblüfft. Hier war keine Gefahr zu erkennen. Auch die Späher auf den Gipfeln zuckten mit den Schultern: „Nichts."*

*Und dann kam er selbst, Jakob. Unbewaffnet. Als er seinen Bruder Esau mit seinen Hundertschaften sah, warf er sich schon ferne nieder. Immer wieder, je näher er kam. Siebenmal warf er sich nieder und zeigte damit, dass er sich völlig an Esau auslieferte. Hinter ihm liefen Frauen und Kinder.*

*Esau fragte ihn: „Wer sind diese?"*

*Jakob ließ zwei Mägde vortreten: „Bilha und Silpa mit den Kindern, die sie von mir haben."*

*Die beiden Mägde warfen sich mit den Kindern vor Esau nieder.*

*Dann trat eine Frau mit vielen Söhnen vor: „Meine Frau Lea, Labans Tochter, mit den Kindern, die mir unser Gott geschenkt hat."*

*Auch Lea warf sich mit ihren Kindern vor Esau nieder.*

*Dann trat noch eine Frau vor, der man trotz ihrer vorgerückten Jahre noch ihre Schönheit ansah. Sie hatte einen Sohn an der Hand: „Meine Frau Rahel, Labans zweite Tochter, mit unserem Sohn Josef."*

*Auch Rahel verbeugte sich mit ihrem Sohn tief vor Esau.*

*Esau stand unschlüssig, genau wie seine Männer. Auf demütige Verbeugungen mit harter Hand reagieren? Auf unbewaffnete Männer einschlagen? Den Bruder töten? ‚Brudermord ist nicht gut', hatte er noch im Ohr. Er sah auf die Frauen und Kinder, die ängstlich auf ihn schauten. Er sah Jakob ins Gesicht. Es war gealtert und da war aller Hochmut verschwunden. Da war nur noch Heimweh und der Wunsch nach Frieden. Da konnte Esau nicht länger an sich halten. Tränen traten ihm in die Augen und er lief Jakob entgegen, umarmte und küsste ihn. Dann weinten sie beide über dieses Wiedersehen.*

*Auch Jakobs Männer nahmen die Hand vom Dolch und legten den Speer zur Seite. Erleichterung war auch ihnen anzumerken. Schnell kamen sie mit den Knechten Jakobs ins Gespräch. Wohin? Woher? Wie lebt es sich am großen Strom?*

*Esau aber wollte von seinem Bruder wissen: „Was willst du mit den Herden, die hier vor dir her gegangen sind?"*

*„Sie sind Geschenke für dich, meinen Herrn, damit du siehst, dass ich in guter Absicht komme."*

*„Lieber Bruder, ich habe selber genug. Behalte, was dein ist. Ich brauche es nicht. Jawohl. Wirklich!"*

*Jakob aber drängte weiter: „Nein, nein, du hast mich wohlwollend empfangen. Als ich dein Angesicht sah, war mir, als würde Gott mir begegnen. Nimm deshalb bitte mein Begrüßungsgeschenk an. Durch die Güte Gottes habe ich alles, was ich brauche. Bitte, nimm die Herden als Geschenk deines Knechtes."*

*So bedrängte er Esau, bis er sagte: „Na gut. Dass ich es annehme, soll auch dir ein Zeichen sein, dass ich dir wohlgesonnen bin. Jawohl. Die alten Geschichten sollen nicht mehr zwischen uns stehen. Jawohl."*

*Sie standen trotzdem. Jedenfalls im Hintergrund.*

*Zunächst aber ließ man sich miteinander nieder, und tauschte alle Neuigkeiten miteinander aus: Wie es Vater Isaak geht, wann Mutter Rebecca verstorben war, wie die Familien gewachsen sind, wie sich die politischen Verhältnisse und insbesondere die Siedlungsgebiete entwickelt haben und ob es genügend Regen gab.*

*Als dann aber Jakob aufstand und sich verabschieden wollte, um sich „einen eigenen Weg nach Süden zu suchen, damit wir uns mit den vielen Menschen und dem vielen Vieh nicht gegenseitig tot treten", da war es wieder da, das alte Misstrauen. Warum will er plötzlich alleine gehen? Es ist doch Platz genug für uns alle. Sollen wir vielleicht etwas nicht sehen?*

*Laut aber sagte Esau: „Nicht doch, ich schlage vor, wir gehen Seite an Seite, wie Brüder eben. Es ist doch Platz genug."*

*Will er mich kontrollieren? Oder in eine Falle locken? Es ist besser, wir halten etwas Abstand zwischen uns.*

*Laut aber sagte Jakob: „Das geht doch nicht. Sieh, Ihr seid lauter erwachsene Männer. Ich aber habe meine kleinen Kinder dabei. Die können euren Schritt nicht mithalten. Da muss ich Rücksicht nehmen. Das verstehst du doch. Außerdem muss ich mich um etliche säugende Schafe und Rinder kümmern. Die brauchen dringend Schonung. Wir sind ja schon lange unterwegs. Und wenn man die nur einen Tag überanstrengt, dann können sie eingehen. Das kennt Ihr doch, mein Herr. Deshalb zieht Ihr nur getrost voraus. Ich passe mich den Kindern und dem Vieh an. Wir kommen langsam hinter euch her."*

*Er will mich partout los werden. Jawohl. Was steckt da wieder dahinter?*

*„Gut, das sehe ich ein. So will ich dir einige meiner Männer zuweisen. Jawohl. Zu eurem Schutz. Einverstanden?"*

*Er will mich beobachten.*

*„Ach, das ist doch nicht nötig, mein Herr. Jeder in dieser Gegend weiß nun, dass ich unter eurem Schutz stehe. Da wird niemand etwas Böses wagen. Und mit wilden Tieren werden meine Leute schon selbst fertig. Das sind sie gewöhnt. Also, lasst es gut sein. Ich folge Euch. Wir sehen uns dann wieder in Seir."*

*Da gab Esau nach: „Gut. Dann bis auf bald."*

Der Alte unterbrach sich, gähnte laut, stand auf und machte ein paar Schritte. Gähnte wieder, legte eine Hand auf den offenbar schmerzenden Rücken und fuhr sich mit der anderen über die Augen.

„Entschuldigung."

Er setzte sich wieder.

„Wo waren wir stehen geblieben?"

„Bei der alten Heimat. Seir."

„Richtig. Seir war die Landschaft, die Esau zu besiedeln begann. Er wartete aber vergeblich auf seinen Bruder. Wie er hörte, hatte der sich nördlich bei Sichem und Bethel niedergelassen, dort Ländereien aufgekauft und Häuser gebaut. Seine Weidegebiete aber erstreckten sich bald bis zu den Weidegebieten Esaus. Und das ergab ein neues Problem."

*„Herr, so geht das nicht weiter", eiferten sich etliche Knechte auf der Dienstbesprechung mit Esau. „Euer Bruder breitet sich immer weiter aus!"*

*„Auf unsere Kosten, jawohl!"*

*„Wir haben uns mit seinen Knechten schon geprügelt. Aber die behaupten, sie hätten ein Recht auf die Weiden."*

*„Und sie wollen immer die besten Weiden. Und wir haben das Nachsehen."*

*„Und wenn wir zu den Brunnen kommen, ist kaum noch Wasser da für unsere Herden, weil sein Vieh schon alles weggesoffen hat."*

*„Seine Herden wachsen auch über alle Maßen. Deshalb macht er sich so dicke. Und wo bleiben wir?"*

*„Wegen seiner großen Herden stellt er dauernd neue Knechte ein. Die sind jetzt schon viel mehr als wir. Und die neuen Knechte nehmen überhaupt keine Rücksicht und behaupten, dass seien alles die Weiden ihres Herrn."*

*„Herr, Ihr müsst ein Machtwort reden. So geht es nicht weiter."*

*Nein, so ging es nicht weiter. Jawohl.*

*Esau traf sich mit seinem Bruder an der Grenze ihrer Weiden, gewissermaßen auf neutralem Boden. Bei einem Brunnen ließen sie sich im Schatten einer Terebinthe nieder und plauderten eine Stunde lang über das Wetter und andere Neuigkeiten. Dann hielt es Esau für angebracht, endlich zur Sache zu kommen. Jawohl. Drohen kann ich ihm nicht, dachte er, denn er hat inzwischen mehr Männer zur Verfügung als ich. Der Schaden bei einer kriegerischen Auseinandersetzung wäre auch für beide Seiten zu groß. Ich muss ihn anders packen. Jawohl.*

*„Mein Bruder, du hast sicher auch von den Streitigkeiten unserer Knechte gehört. Ja? So geht das nicht weiter. Jawohl. Wir wollen uns doch nicht wieder verfeinden oder?"*

*„Aber nicht doch. Was schlägst du denn vor?"*

*„Dass Ihr euch andere Weidegebiete sucht. Wir waren schließlich zuerst hier. Und wer zu spät kommt, den bestraft bekanntlich das Leben, jawohl, also, der muss sich hinten anstellen, jawohl. Ich meine, Ihr müsst euch umsehen, wo noch Weidegebiete zu haben sind. Oder willst du mir wieder einmal etwas wegnehmen? Ich dachte, du hast dich geändert und fängst nicht wieder auf die alte Tour an. Jawohl. Anderen einfach wegnehmen, was dir nicht zusteht. Ja? Also?"*

*Jakob rutschte hin und her. Wie soll ich es ihm bloß sagen? Er versteht es doch nicht. Er kann es ja nicht verstehen. Man muss es selbst erlebt haben. Trotzdem, ich will es versuchen.*

*„Hört zu, mein Herr, ich bin Euer Knecht und will alles Gute für Euch. Aber die Sache ist so: Gott hat zu mir gesagt, dass er mir dieses ganze Land hier geben will."*

*Er stand auf, hatte ein sehr ernstes Gesicht und machte eine große Bewegung mit beiden Armen: „Alles Land hier."*

*„So, so. Dein Gott kann reden?"*

*„Ja, er hat schon mehrmals mit mir gesprochen. Das erste Mal, als ich auf der Flucht vor dir war. Damals. Und neulich hat er mir befohlen, dass ich in Bethel einen Altar für ihn bauen soll. Das habe ich auch gemacht. Und dann hat er mir gesagt, dass*

*mir und meinen Nachkommen das ganze Land hier gehören soll."*

*Wieder die große Armbewegung. Wieder ein ernstes Gesicht.*

*„Hat dir Gott auch damals gesagt, dass du mich betrügen sollst, um den Segen zu bekommen?"*

*„Nein, das hat Gott nicht gesagt. Das hat Mutter gesagt. Aber die hatte es auch nicht von Gott. Es war ihre Idee."*

*„Und dein Gott redet wirklich? So etwas habe ich noch nie gehört. Qoz hat noch nie zu mir gesprochen. Oder vielleicht habe ich es nicht gehört. Jawohl. Kann ja sein. Ein Gott, der spricht und andern die Weideplätze wegnimmt. Und das soll ich glauben?"*

*„Es tut mir ja leid. Aber was soll ich machen? Mein Gott lässt meine Familie wachsen, er lässt die Herden wachsen über alle Maßen, er lässt meinen Reichtum wachsen, ja, das macht alles er. Er hat mir auch einen neuen Namen gegeben. Ich soll Israel heißen, Gottesstreiter. Oder: Gott streitet? Egal, er macht es, wie er will. Und man kann nichts dagegen tun. Du nicht und ich auch nicht. Das ist das Problem."*

*„Und was machen wir nun?"*

*Jakob setzte sich wieder und zuckte die Achseln. Dann schwiegen sie eine lange Zeit.*

*„Ich muss über das alles nachdenken", sagte Esau schließlich. „Ich gebe dir Bescheid. Schalom."*

*„Schalom."*

*Esau ließ sich Zeit zum Nachdenken.*

*Doch seine Knechte rumorten: „So geht es nicht weiter!"*

*Und Oholibama sagte: „Gib ihm eins aufs Dach!"*

*Und Ada sagte: „Denk an unsere Kinder! Sollen die in einer Höhle leben, wenn er uns alles wegnimmt?"*

*Basemat aber schwieg.*

*Du musst eine Entscheidung treffen, du kannst es nicht schlei-*
*fen lassen, jawohl, bohrte es in seinem Kopf. Also, wenn er lügt,*
*wenn das alles nur erfunden ist mit seinem redenden Gott,*
*dann muss ich mich zur Wehr setzen. Jawohl. Ich habe nicht so*
*viele Männer wie er, aber mit einer nächtlichen Überra-*
*schungsaktion könnte ich ihn in Bedrängnis bringen und zwin-*
*gen, sich zurückzuziehen. Jawohl. Andererseits, was nutzt das*
*alles, wenn er wirklich einen Gott auf seiner Seite hat? Ja? Und*
*das ist doch wirklich auffällig: seine Herden und sein Wohlstand*
*wachsen, ohne dass er mehr arbeitet als wir alle. Auch die Ka-*
*naanäer und die Hetiter um ihn herum murren schon, dass er*
*sich zu breit macht. Jawohl. Woher kommt das? Ja? Alle bestä-*
*tigen, dass er gerechten Handel treibt. Man kann ihm nichts*
*nachweisen. Und trotzdem: Irgendetwas steckt dahinter. Ja-*
*wohl. Steckt er dahinter? Der redende Gott? Alle haben hier*
*ihre Götter, manche sogar viele. Wir haben ja nur Qoz. Aber*
*reden tut keiner von denen, auch Qoz nicht. Habe ich jedenfalls*
*noch nie davon gehört. Jawohl. Freilich, wenn ich mich jetzt*
*zurückziehe, dann hat er wieder gewonnen. Und ich stehe mal*
*wieder als Trottel da, vor meinen Weibern, vor den Knechten,*
*vor der Welt. Jawohl. Aber wenn es das Klügere ist? Wenn man*
*gegen einen redenden Gott gar nicht ankommt? Hatte Vater*
*Isaak ihn nicht im Namen dieses Gottes gesegnet mit Fett und*
*Reichtum? Der Segen war erschlichen, aber er gilt, hatte Vater*
*gesagt. Und nun sehen es alle. Jawohl. Und Jakob hatte solch*
*ein ernstes Gesicht dabei. Da war keine Lüge zu erkennen. Es ist*
*wohl das Klügste: wir ziehen uns zurück. Jawohl.*
*Für die kommende Woche rief Esau eine große Volksversamm-*
*lung aus.*
*Da teilte er ihnen, seinen Weibern und Kindern, seinen Knech-*
*ten und Mägden und allen, die es hören sollten, mit: „Wir zie-*
*hen uns nach Seir zurück. Jawohl. Dort gibt es zwar nicht so*

*gute Weiden, die Böden sind trockner, weniger Wasser, aber das ganze große Gebiet gehört uns. Wir haben unsere Freiheit und keine bösen Nachbarn. Jawohl. Wir packen unsere Sachen und dann auf in das rote Land, auf nach Edom. Wir werden Edomiter, ein freies Volk auf freiem Boden und werden es denen da oben im Norden schon zeigen. Jawohl."*
*Er reckte die Faust in die Höhe. Es war die gewaltigste Rede, die er je im Leben gehalten hatte. Die Seinen waren begeistert. Auch Oholibama und Ada waren mitgerissen: „Nach Edom! Wir die Edomiter! Und Ihr da im Norden, seht doch zu!"*
*Und hoch die Fäuste und begeistertes Geschrei.*

Der Alte machte eine lange Pause. Stand auf. Lief ein paar Schritte hin und her. Dann holte er tief Luft: „Esau oder Edom, wie er von nun an hieß, der Rote, hatte wieder einmal nachgegeben, war wieder einmal der Verlierer. Aber in seinem Gedächtnis war auch dies eingemeißelt: „Wenn du durchhältst, wirst du das Joch deines Bruders abschütteln." Er konnte warten. Und außerdem: so schlecht war das Gebiet von Seir nun auch wieder nicht.

„Ihr kennt es?"

„Natürlich. Ich war da und habe mich gründlich umgesehen. Es war schließlich mal die Heimat unseres Volkes, auch wenn das lange her ist. Aber heute möchte ich davon nichts mehr erzählen. Ich bin müde. Entschuldigt mich. Schalom!"

Ging und machte die Tür zu.

Flavius Josephus legte seine Papyri vorsichtig übereinander. Die Sache mit den redenden Göttern beschäftigte ihn. Er, als er noch Joseph hieß und kein Römer war, hatte jüdische Theologie studiert und kannte sich aus mit den Überlieferungen der Juden. Er wusste, dass die Götter, nein, der eine Gott, häufig mit den Vätern gesprochen hatte. Im Unterschied zu den ande-

ren Völkern hatten die Juden ja nur einen Gott, der leider auch noch unsichtbar war. So hatten sie immer Probleme mit den anderen Völkern, die ihre Götter vorzeigen konnten. Für ihn war das damals alles ganz selbstverständlich. Es erfüllte ihn sogar mit Stolz. Doch dann kam der große Knick in seinem Leben. Wieder einmal hatte ein fanatischer Jude behauptet, Gott habe mit ihm gesprochen und der Messias würde jetzt bald kommen und dieser Lügner hatte das Volk zu einer messianischen Begeisterung aufgehetzt und gegen die Römer angestachelt. Und dann hatte sich alles als falsch erwiesen, wie die Trümmer da unten und die Massengräber belegten. Wer also konnte sicher sein, dass Gott mit ihm geredet hatte und nicht alles nur Einbildung war? Gott war einfach zu weit weg. Das war das Problem. Und wenn er durch die Trümmer Jerusalems ging, fragte er sich, wo der Gott der Juden geblieben war. Waren die anderen Götter, Jupiter und Mars, etwa stärker? Der Kaiser hatte dem sol invictus eine große Statue gebaut, dem ‚unbesiegten Gott'. Und Titus hatte die Insignien des jüdischen Gottes mitgenommen, um sie in Rom bei einem großen Triumphzug vorführen zu lassen. Der Gott aber schwieg. Oder, doch das wagte Josephus nicht zu Ende zu denken: vielleicht gab es ihn gar nicht? Er, Josephus, hatte ihn jedenfalls noch niemals gehört, weder damals, als er sich noch intensiv mit ihm beschäftigt hatte, noch jetzt, da er die Dinge etwas mit Abstand und Fragezeichen betrachtete. Da ging es ihm nicht besser als dem Alten mit seinem Gott Qoz. Schlussendlich: Ich werde mich an die Fakten und Realitäten halten. Basta. Schalom Alter, Esau Ben-Qoz, Göttersohn, haha!
Doch plötzlich stand sie vor ihm: Ada. Und alle schweren Gedanken und alle Zweifel waren wie weggeblasen, so, als wenn die aufgehende Sonne alle Finsternis und Schrecken der Nacht vertreibt. Meine Sonne! Er schaute sie innig an, schaute in ihre

reinen, fröhlichen Augen und sagte: „Ada, es war heute ein schöner Weg mit dir. Ich bin so froh, dass ich durch deinen Vater auch dir begegnet bin. Vielleicht können wir morgen wieder ein Stück laufen? Vor der Geschichtsstunde mit deinem Vater? Was meinst du?"

„Nun, wenn Ihr wieder früher kommt, kann ich es schon einrichten."

„Ich komme und freue mich schon heute darauf. Schalom."

„Ich freue mich auch. Schalom."

Wieder winkten sie einander zu, bis sie sich nicht mehr sahen. Sie winkt mir zu. Das ist ehrlich. Sie mag mich. Aber als was? Als älteren Freund? Als guten Bekannten? Als berühmten Schriftsteller? Als vornehmen Römer? Ich werde es herausfinden. Ihr Götter, weckt die Liebe in ihr!

## 4. Die Wege trennen sich

Am nächsten Tag gingen sie nicht weit weg, sondern um das Haus herum, zuerst durch den Olivenhain, der voller Früchte hing, dann durch die Felder, die Ada mit ihrem Vater bearbeitete, Getreide war dabei für das Fladenbrot und Flachs zur Fasergewinnung für Leinenstoff und zur Gewinnung von Leinöl. Eine kleine Herde Ziegen meckerte in einiger Entfernung und irgendwo blökten Schafe. Ein Esel aber stand in einem Gatter und blickte stur geradeaus.

Ada wies fröhlich auf dies und jenes hin und meinte, dass im Augenblick eine günstige Zeit sei für einen kleinen Spaziergang, weil die Ernte vorbei und die neuen Pflanzen und Samen in der Erde waren. Und dass Vater sich nicht mehr so bücken konnte, weshalb sie selbst das machen musste. Und morgen müssten sie wieder alles wässern. Und sie hätten ja zum Glück einen Brunnen hinter dem Haus.

Ada war ganz bei der Sache. Klar, es war nicht nur ihr Leben, es war ihre Existenz. Im Stillen bewunderter er sie. Sie war nicht nur jung und schön, sondern auch eine Kämpferin. Ihn, Flavius Josephus bewegte aber nicht erst seit heute eine ganz andere Frage.

„Ada, entschuldige, wenn ich dich unterbreche. Ich finde das alles großartig, wie du dich hier mit und für deinen Vater durchkämpfst, aber gestatte mir eine andere Frage: Machst du dir manchmal Gedanken über die Zukunft? Du hast mir ja von deinem Freund erzählt, der nun nicht mehr unter den Lebenden weilt und um den du trauerst. Und ich habe den Eindruck, dass du überhaupt keine jungen Leute in deiner Umgebung hast, keine Freundinnen, keine Freunde, mit denen du dich mal triffst. Ich erinnere mich, wie ich in deinem Alter mit Gleichaltrigen viel unternommen habe. Aber hier…"

„Ja, das macht mich auch manchmal traurig, aber ich sage mir, dass das mein Anteil ist an dem großen Leiden, das dieses Land getroffen hat. Es hat die Jugend dahin gerafft oder sie sind geflohen. Nicht nur Vater ist übrig, ich in gewisser Weise auch. Das stimmt schon. Da hilft nur: arbeiten."

„Großartig, wie du das einordnest. In deinem Alter hatte ich nur Spaß und Spiele im Kopf. Aber sag, gibt es hier überhaupt noch einen Mann, vielleicht einen Witwer, den du heiraten könntest? Rein theoretisch? Denn du willst doch bestimmt auch mal Familie gründen?"

„Ja, freilich möchte ich das. Welches Mädchen möchte das nicht? Aber da gehören eben immer zwei dazu, damit es drei oder vier oder fünf werden."

Sie lachte wieder ihr helles Glockenlachen.

„In der Tat, der einzige Heiratskandidat weit und breit wäre ein Witwer drüben in Betanien, dessen Sohn unten in Jerusalem umgekommen ist. Der Vater konnte nicht kämpfen, weil er hinkt."

„Und wie alt ist der Mann?"

„Na, wenigstens zwanzig Jahre älter als ich. Aber das würde mir nichts ausmachen. Nur, er ist immer so griesgrämig. Das mag ich nicht. Da seid Ihr ganz anders, so fröhlich und offen für die Welt und eure Umgebung."

Und mit einem neckischen Augenblinzeln zu ihm hin: „Das gefällt mir."

„Aber ich bin auch viel älter."

„Na und? Wir heiraten ja nicht. Und wenn, hätte ich damit auch keine Probleme."

„Und wenn ich dich heiraten wollte? Was würdest du sagen? Ganz ehrlich?"

Errötend und etwas verwirrt blieb sie stehen: „Mit so etwas macht man keine Scherze."

Inzwischen waren sie wieder beim Ausgangspunkt angelangt und sahen den Alten schon unruhig hin und her laufen.

„Da seid Ihr ja endlich. Habt Ihr mich ganz vergessen?"

„Aber Vater, ich habe userm Gast nur unsere Landwirtschaft gezeigt. Er war sehr interessiert."

„So, so. Ihr interessiert euch wohl für alles: für Militär, für alte Völker, für Landwirtschaft und – für meine Tochter."

Betretenes Schweigen.

„Ich decke dann mal den Tisch", sagte Ada und verschwand.

„Entschuldigung. Auch für gestern Abend, wo ich wohl etwas kurz angebunden war. Aber ich war schrecklich müde, weil ich schlecht geschlafen hatte. Mir gehen die Dinge der Vergangenheit immer noch nach und ich überlege, was die damals hätten besser machen können oder müssen. Aber eigentlich ist das

Unsinn. Meine Erfahrung sagt mir, dass man wohl dies und jenes hätte anders machen können, dass es aber völlig ungewiss ist, ob das dann besser gewesen wäre. Egal, letzte Nacht habe ich mir keinen Kopf gemacht, sondern geschlafen, so dass ich Euch heute wieder frisch zur Verfügung stehe. Seid Ihr noch interessiert?"

„Aber selbstverständlich. Sonst wäre ich ja nicht wieder hier. Für die ‚Altertümer', also das Buch, das ich schreiben will, muss ich noch viel Stoff sammeln. Stoff sammeln ist für einen Schriftsteller immer das Wichtigste, egal, ob man es nachher braucht oder nicht. Also, Edom in Seir."

Josephus legte Pergament, Tinte und Feder zurecht.

„Wie gesagt, ich habe das Gebiet bereist. Die Landschaft hat sich nicht groß verändert. Aber dass dort einmal mein Volk gelebt hat, davon ist natürlich nichts mehr zu sehen, außer der Straße. Aber die war auch schon vor unserm Volk da."

„Verzeihung, welche Straße?"

„Na die Königsstraße. Die Nordsyrien und das Rote Meer verbindet."

„Ach so, die."

„Na ja, mit der via maris da drüben", er zeigte in Richtung Mittelmeer, „kann sie nicht mithalten. Überhaupt, die modernen Römerstraßen… Aber die Königsstraße wird heute noch von Handelskarawanen benutzt, besonders von den Nabatäern, die sich da ausgebreitet und ihr Petra in die Felsen gehauen haben. Damals, in der guten alten Zeit aber war sie die Lebensader unseres Volkes…

Aber setzten wir uns doch erst mal."

Als Ada den Tisch gedeckt hatte, begann der Hausherr zu erzählen.

*Ein Eilbote hatte die Nachricht gebracht: „Vater ist tot. In zwei Tagen Beisetzung in Hebron"* (Gen 35,27-29). *Nun hat er es geschafft, dachte Esau. Genug der langen Jahre der Blindheit und der anderen Altersgebrechen. Natürlich komme ich, mein Vater.*

*Nachdem er dem Aufseher für die Zeit seiner Abwesenheit die nötigen Anweisungen erteilt hatte, machte er sich mit Elifas, seinem ältesten Sohn, auf den Weg nach Kanaan. Ein Esel trug ihre wenigen Gepäckstücke, in denen sich auch ein paar schön geschliffene Steine für die Familiengräber befanden.*

*Pünktlich erreichten sie ihr Ziel, wo wenig später auch Jakob mit einer kleinen Prozession eintraf. Die Brüder umarmten sich freundlich, allen früheren Streit beiseite lassend.*

*„Er hat es geschafft", sagte Esau.*

*„Er ist ganz friedlich eingeschlafen", sagte Jakob.*

*Dann trugen sie den Toten in die Höhle von Mamre, wo schon ein frisches Grab ausgehoben war. Vorsichtig ließen sie den Leichnam hinunter.*

*„Gottes Friede sei mit dir", sagte Jakob.*

*„Danke für alles", sagte Esau.*

*Auch Elifas und Ruben, der Älteste von Jakob, traten ans Grab: „Machs gut, Großvater."*

*Ebenso traten alle mitgereisten Angehörigen vor und warfen kleine Steinchen ins Grab.*

*Als dann das Grab zugeschüttet und ein kleiner Hügel darauf glatt geklopft war, holte Esau die schön geschliffenen Steine hervor. Den größten mit der Aufschrift „Für Vater Isaak" legte er auf das frische Grab. Jakob aber, der sich hier auskannte, zeigte ihm das Grab von Mutter Rebecca. „Schalom, Mutter", sagte Esau, „hier auch ein Gruß für dich" und schmückte ihr Grab mit dem Stein „Für Mutter Rebecca". Ebenso geschah es mit den Steinen „Für Großvater Abraham" und „Für Großmut-*

ter Sarah". Auch Jakob mit den Seinen legten auf allen Grab-
stellen kleine Steine nieder.

Nachdem sich alle noch einmal vor den Gräbern verneigt hatten, fand sich die Familie zu einem kleinen Leichenschmaus
zusammen, der Gelegenheit bot zu mancherlei Gesprächen und
Austausch von Neuigkeiten.

„Wie geht es euch in Seir, Esau, erzähl mal. Ich war da noch
nie."

„Also, was die Familie betrifft: sie wächst und wächst. Jawohl.
Stimmt´s, Elifas?"

„Das kann man wohl sagen. Wenn wir uns einmal im Jahr alle
treffen, dann müssen wir schon ein ganzes Lager aufbauen. Da
gibt es viel Spaß. Haha."

„Und was das Land betrifft", fuhr Vater Esau fort, „im Gebirge
Seir gibt es schöne Jagdreviere. Da habe ich schon so manchen
Steinbock geschossen. Jawohl. Und gute Weiden für die Herden. Die Arabah aber, die Verlängerung des großen Grabens
zwischen dem Salzmeer und dem Roten Meer hat gute Böden
für Getreide und andere wichtige Früchte. Jedenfalls der nördli-
che Teil. Im Süden ist es trocken. Aber im nördlichen Teil lässt
sich einiges machen. So betreiben wir Ackerbau und Viehzucht.
Jawohl. Und alles klappt wunderbar – wenn der Regen pünktlich kommt."

„Ja, der Regen", ergriff nun Jakob das Wort. „Es sieht fast so
aus, als würde sich da eine Klimakatastrophe anbahnen. Jedenfalls wird der Regen immer weniger. Wir müssen schon Korn in
Ägypten einkaufen."

„Es ist ein Katastrophe", warf Ruben ein, „wir müssen das Vieh
zu Billigpreisen verkaufen, weil die Brunnen kaum noch Wasser
führen. Wir wissen nicht, wo das noch hinführen soll. Eine einzige Katastrophe!"

*„Dazu kommt noch ein großer Verlust für mich alten Mann",* *führte Jakob weiter aus. „nachdem ich schon seine Mutter Rahel beerdigen musste, ist auch Joseph, mein geliebter Sohn, ums Leben gekommen. Wilde Tiere haben ihn gefressen. Man hat nur noch seinen blutgetränkten Rock gefunden. Es hat mir das Herz gebrochen. Weißt du, wenn der Vater im hohen Alter stirbt, ist das normal. Aber der Sohn im jugendlichen Alter? Das ist so bitter."*

*Tränen traten ihm in die Augen.*

*„Mein Beileid", sagte Esau und umarmte seinen Bruder.*

*„Wir konnten ihn ja nicht einmal beerdigen. Es fand sich keine Spur von ihm. Er hat nicht einmal ein Grab."*

*Jakob seufzte tief auf und wischte sich mit der Hand über die Augen.*

*Auch er, der sich immer durchzusetzen wusste, wird nicht verschont vom Schicksal, dachte Esau bei sich. Jawohl. Oder vielleicht ist es ja auch die Strafe für alle seine Jugendsünden. Aber er tut mir auch leid. Jawohl. Er ist ja ein gebrochener Mann.*

*Als sie sich verabschiedeten, wünschten sie sich gegenseitig: „Wenn wir einmal sterben, möge uns beide das Schicksal, möge uns der Gott Abrahams und Isaaks, hier bei unsern Vätern wieder vereinen. Jawohl!"*

„Dazu kam es nie", kehrte der Alte nun wieder zur Sachlichkeit zurück. „Wenige Zeit später hörte Esau, also Edom, dass sein Bruder mit der ganzen Familie nach Ägypten emigriert sei. Sonst wären sie verhungert. Auch die Edomiter hatten mit der Trockenheit zu kämpfen, denn von der Dürre waren ja alle Länder betroffen. Übrigens auch Ägypten. Aber die hatten dort gut vorgesorgt und gewaltige Vorräte von Getreide angelegt. Alle Völker gingen jetzt dort einkaufen, auch die Edomiter. Die hatten zum Glück noch zwei andere Einnahmequellen, um sich davon Brot kaufen zu können."

„Das interessiert mich ", unterbrach ihn Josephus. „Aus dem Tanach kenne ich natürlich die spannenden Geschichten um Joseph und Ägypten. Aber ich habe mich schon immer gefragt: Wie haben die anderen Völker diese Notjahre überstanden. Was also habt Ihr da zu berichten?"

„Na ja, wie gesagt. Es gab zwei neue, ungeahnte Einnahmequellen. Das eine war die Königsstraße, von der ich schon gesprochen hatte. Die war eine wichtige Handelsstraße und brachte viele Zolleinnahmen. Da waren die großen Karawanen unterwegs von Norden nach Ägypten und von Ägypten nach Norden, nach Syrien und bis in das Land der zwei Ströme. Und in der Dürrezeit waren noch mehr Karawanen unterwegs, eben, um Korn in Ägypten zu kaufen. So ist das, die Not des einen bringt dem anderen zusätzlichen Gewinn."

„Sehr interessant. Und die zweite Einnahmequelle?"

„Das waren Kupferminen! Jawohl! In der westlichen Arabah wurde Kupfererz gefunden, abgebaut und verarbeitet. Kupfer wurde gebraucht für Haushaltsgeräte, für Werkzeuge, für Waffen und vieles mehr, auch für Schmuck. Aber das wisst Ihr ja auch. Das war ein wichtiges Standbein im Überlebenskampf jener Hungerjahre."

Josephus schrieb eifrig mit.

„Und als es dann wieder regnete und auch Landwirtschaft und Viehzucht sich wieder regenerierten, da blühte Edom förmlich auf. Sogar Wein wurde angebaut und die Überlieferung sagt, dass er nicht einmal schlecht war. Es kam gewissermaßen das goldene Zeitalter. Die Kupfertechnologie wurde verfeinert und die Produkte von den Handelskarawanen in alle Länder der Welt gebracht. Das zahlreich gewordene Volk der Edomiter aber begann sich auch als Staat zu etablieren, mit Häuptlingen für die einzelnen Stämme, mit Soldaten und am Ende hatten sie sogar Könige, lange bevor Israel einen König hatte."

„Da war doch Esau aber sicherlich schon lange tot."

„Richtig. Man erzählte, dass es ein Jagdunglück war. Er sei, wieder einmal, bei der Verfolgung eines Steinbocks ausgerutscht und in die Tiefe einer Schlucht gestürzt. Er muss gleich tot gewesen sein. Denn da man oben keinen Laut mehr vernahm und die Bergung des Leichnams zu gefährlich war, hielt man oben auf dem Plateau die Trauerzeremonie und übergab ihn den ewigen Jagdgründen. Mit einer Nachtwache ebendort nahmen seine Söhne von ihm Abschied. Ja, so wurde nichts aus dem letzten Zusammensein mit Jakob im Familiengrab von Hebron."

Verschnaufpause.

„Ach ja, Jakob soll dort noch beigesetzt worden sein. Mit einer aufwendigen Trauerprozession soll sein Leichnam von Ägypten aus nach Hebron gebracht worden sein. Das war Gesprächsstoff und Spekulation über die Hintergründe für lange Zeiten. Jedenfalls ist seine Familie nach der Trauerfeier wieder zurück nach Ägypten. Dort schienen sie dann für immer verschwunden. Bis sie nach etwa vierhundert Jahren vor Edoms Tür standen. Aber das ist eine neue Geschichte und eine neue Epoche. Morgen weiter? Einverstanden?"

„Aber ja. Es war wieder hochinteressant für mich. Ich muss doch mal sehen, ob ich irgendwo noch eine alte Karte von der Gegend auftreiben kann, damit ich alles noch plastischer vor Augen habe, wenn ich schreibe. Für heute danke ich euch vielmals und auch eurer lieben Tochter für die Führung zuvor und alle liebe Bewirtung. Ach, da kommt sie ja…"

„Liebe Ada, noch einmal danke für den reich gedeckten Tisch und den schönen Rundgang. Darf ich mich morgen wieder etwas früher einfinden?"

„Ich würde gerne ja sagen, aber morgen müssen unbedingt die Felder gewässert werden. Vater hilft mir bis Mittag, aber dann braucht er seine Ruhe und ich mache noch weiter, während ihr hier alte Geschichten erinnert. Aber ich denke, wir sehen uns danach bestimmt noch. Ich muss mich noch um die Lämmer kümmern. Schalom bis morgen."

„Schalom."

Der Alte hatte dem Dialog mit hochgezogenen Brauen zugehört.

„Na ja, wenn Ihr dann mit mir vorlieb nehmen wollt, bitte sehr. Schalom."

„Ohne Euch könnte ich mein Buch nicht schreiben. Also: bis morgen. Schalom."

Wieder fröhliches Winken.

Gut, einen Tag überstehe ich schon mal, auch ohne nähere Begegnung mit ihr. Ein paar Minuten werde ich sie schon sehen. Und sogar ein zwanzig Jahre älterer Mann würde ihr nichts ausmachen, sagt sie. Er darf nur kein Griesgram sein. Haha. Na, das passt doch auf mich. Haha. Flavius, du bist ein Glückspilz. Haha.


## 5. Hebräer in die Wüste! (nach Gen 20,14-21/21)

„Man muss sich das einmal vorstellen: nach vierhundert Jahren! Da taucht ein Volk auf und sagt zum anderen Volk: Wir sind verwandt mit euch. Lasst uns mal schön durch. Nach vierhundert Jahren! Also das gab einige Aufregung im Hause Edom."

„Erzählt mal."

„Die Hebräer sind wieder da", der Bote wischte sich den Schweiß von der Stirn, „sie sagen, sie sind mit uns verwandt und wollen durch."

„Wer?", fragte König Huscham unwirsch, „wer will hier was? Ich verstehe nicht."

„Na die Hebräer, die vor zwei Jahren aus Ägypten gekommen sind. Da wurden doch wundersame Dinge von ihrem Durchzug durch das Schilfmeer erzählt. Und nachher hörte man, dass sie sich lange Zeit beim Sinai aufhielten. Davon muss doch mein König auch gehört haben."

„Sicher, sicher. Bloß was haben die mit uns zu tun?"

„Die sagen, wir seien Brüder. Haha."

„Ja, da kann man nur lachen. Und die wollen bei uns durch?"

„Ja, sie suchen den kürzesten Weg nach Kanaan Und das wäre der Königsweg. Und berufen sich auf unsere Verwandtschaft. Haha."

„Sie sprechen also richtig hebräisch, so wie wir?"

„Na ja, nicht ganz so. Aber im Prinzip schon. Wir können sie verstehen und sie uns."

„Komisch, habe ich noch nie von gehört, dass es außer uns noch andere richtige Hebräer gibt. Aber interessant. Sag ihnen am besten, dass sie zwei oder drei Leute herschicken sollen. Wir wollen da erst mal Näheres hören. Doch jetzt erfrisch dich erst einmal. Siehst ja scheußlich aus."

Merkwürdig, sehr merkwürdig. Sprachlich sind ja auch die Moabiter, Ammoniter und Amalekiter mit uns verwandt und noch einige kleinere Stämme. Aber richtige Hebräer aus Ägypten? Wer könnte denn da Bescheid wissen? Ich habe mich nie mit Geschichte befasst, habe mit der Gegenwart genug Probleme. König Huscham kratzte sich am Kopf. Die Priester, ich muss die Priester fragen. Jemand anderes fällt mir nicht ein.

*Er ließ den Oberpriester rufen: „Wisst Ihr etwas über ein Volk der Hebräer in Ägypten? Habt Ihr da irgendwelche Überlieferungen?"*

*„Wie kommt mein König auf solche Fragen?"*

*„Sie stehen an unseren Grenzen und wollen rein."*

*„Ach was."*

*„Ja, es gibt Dinge, die gibt es gar nicht. Also war da mal was vor ewigen Zeiten, was ich wissen sollte?"*

*„Ich denke, ja. Es gibt etwas, das im priesterlichen Geheimwissen aufbewahrt ist."*

*„Das wäre?"*

*Mit einer Handbewegung lud er den Oberpriester ein, Platz zu nehmen.*

*„Also die Sache verhält sich so: Unser Bruder hieß Jakob. Er war der Bruder unseres Oheims Esau oder Edom."*

*„Das weiß ich doch. Das weiß doch jedes Kind bei uns. Und dieser Jakob liegt in Hebron begraben. Aber was hat das mit Ägypten zu tun? Und mit Hebräern, die aus Ägypten gekommen sind?"*

*„Die Söhne dieses Jakob sind einst, also vor mehr als vier Jahrhunderten, bei einer großen Hungersnot nach Ägypten emigriert."*

*„Das ist ja eine Weile her. Und da klopfen sie nun an: Hallo! Wie geht's? Wie steht's? Und können wir mal kurz hier durch? Das ist ja eine große Kacke."*

*Nachdenkliche Pause.*

*„Na gut. Warten wir mal ihre Abgesandten ab, was die uns noch zu erzählen haben. Ich lasse euch dann wieder rufen. Und einige unserer Häuptlinge auch."*

*„Nicht ganz so schnell. Ich muss meinen König noch über eine wichtige Überlieferung in Kenntnis setzen. Es geht um den Segen für die beiden Brüder Esau und Jakob. Jakob bekam durch*

Betrug den Hauptsegen. Zu Esau aber sagte damals Vater Isaak etwa so: Du wirst von deinem Schwert leben. Und wenn du durchhältst, wirst du Jakob abschütteln. Vielleicht ist das für Euch wichtig zu wissen, wenn Ihr jetzt mit den Nachkommen Jakobs über die Zukunft verhandelt."

„Danke. Ich werde darüber nachdenken."

Die Abgesandten der Hebräer kamen und warfen sich vor König Huscham nieder. Und berichteten von der großen Unterdrückung, die sie in Ägypten erdulden mussten und dass Gott ihnen dann einen Retter gesandt hatte, der sie aus Ägypten heraus geführt habe.

„Wie heißt denn euer Gott?" unterbrach sie der König.

„Sein Name ist Jahwe."

„Hm. Ich bin, der ich bin. Ein merkwürdiger Name. Unser Gott heißt Qoz, das heißt Bogen. Das versteht jeder. Da denkt man an den Regenbogen und an die Waffe, mit der ich den Steinbock schieße. Aber Jahwe? Hm. Und wie heißt euer Retter oder Anführer?"

„Das ist Mose. Der hat auf dem Berg Sinai mit Gott gesprochen und hat uns von oben das Gesetz Gottes mitgebracht. Auf Steintafeln. Das ist das Zeichen des Bundes, den Gott mit uns geschlossen hat."

Der Oberpriester hatte bei diesen Worten die Stirne kraus gezogen, die Häuptlinge tuschelten und der König wusste nicht, was er sagen sollte.

Schließlich fragte er: „Und wo wollt ihr eigentlich hin? Hat euch das euer Gott auch gesagt?"

„Gewiss doch", erwiderten die Gesandten in aller Unschuld, „Gott will uns das schöne Land Kanaan geben, das Land am Jordan."

So, so", der König konnte sich einen gewissen Spott nicht verkneifen. „Und ihr denkt, da warten die Kanaanäer schon auf

*euch, ja? Die haben auf einem schönen Kissen schon die Schlüssel ihrer Städte für euch parat und sagen: Nun kommt mal, ihr lieben Hebräer, wir warten schon lange auf euch, um euch endlich unsere Häuser und Städte, unser Vieh und unsere Vorräte zu überlassen. Schön, dass Ihr endlich da seid. Haha."
Auch die Häuptlinge brachen in großes Gelächter aus. So etwas hatten sie noch nie gehört.*

*Der Oberpriester hakte nach: „Nun, was hat euch euer Gott zu diesem Problem gesagt, ob sie euch rein lassen, ob ihr da willkommen seid? Vielleicht empfangen sie euch mit ihrem Schwert?"*

*Die Abgesandten räusperten sich: „Das wissen wir nicht. Gott hat uns nur versprochen, dass wir das Land bekommen sollen."*

*„Und er hat euch also auch gesagt, dass Ihr hier durch unser Land ziehen sollt, ja?"*

*„Nein, das hat er nicht gesagt. Aber wir haben uns erkundigt, dass der kürzeste Weg nach Kanaan hier über die Königsstraße geht und das heißt durch euer Land. Und Mose hat uns aufgetragen", sie wurden jetzt ganz eifrig, „zu sagen, dass wir keinen Schaden anrichten, sondern so schnell wie möglich durchziehen werden. Wir werden euch kein Vieh wegnehmen, nicht die Äcker zertreten und keine Weintrauben pflücken. Und Wasser wird selbstverständlich bezahlt und Wegegeld auch. Ach ja, und wenn Ihr irgendeinen Schaden erleiden solltet, so stellt uns das in Rechnung."*

*„Wie viele seid Ihr eigentlich?" fragte einer der Häuptlinge.*

*„Wir sind viele Zehntausende, genau wissen wir das nicht."*

*„Hm."*

*„Gut", beendete der König das Gespräch, „für ein paar Tage seid Ihr unsere Gäste. Wir müssen uns erst beraten. Wir müssen uns auch mit unseren Nachbarn im Norden, mit den Moabi-*

tern, besprechen, denn die Königsstraße geht schließlich auch durch deren Gebiet. Wir geben euch danach Bescheid."

Als die moabitischen Minister für Äußeres und Inneres mit ihren Beratern eingetroffen waren, kam es zu einer denkwürdigen Versammlung mit den zuständigen Häuptlingen und Beratern der Edomiter. Weil der König gerade auf der Jagd war, kam er erst später hinzu. Als sein Vertreter war der Oberpriester dabei, der im Namen des Königs die Verhandlungen eröffnete.

„Meine Herren, wir haben Sie alle eingeladen, um eine langfristig bedeutsame Entscheidung zu treffen. An unsern Grenzen steht ein fremdes Volk, die Hebräer aus Ägypten, und begehren, auf der Königsstraße durch unsere Länder hindurch ziehen zu dürfen. Sie behaupten, ihr Gott habe ihnen das Land Kanaan versprochen. Dort wollen sie hin. Weil also das Ganze eine religiöse Dimension hat, bat mich König Huscham hier bei unserer Besprechung dabei zu sein. Die Sitzung ist hiermit eröffnet."

„Wie groß ist das fremde Volk? Ist es eine Gefahr für uns?"

„Dass sie sich Hebräer nennen, hört sich so an, als wären sie mit uns verwandt?"

„Welche Bedingungen stellen sie, beziehungsweise was bieten sie, wenn wir sie durchlassen?"

„Wie heißt ihr Gott und wie sieht er aus?"

Auf diese und andere Fragen bemühten sich die Verantwortlichen umfassend zu antworten.

So sagte der Häuptling der Verteidigung: „Die Hebräer sind mehr als zehntausend Männer, mit ihren Frauen und Kindern also mehr als vierzigtausend Personen. Sie sind aber kaum bewaffnet und machen einen friedlichen Eindruck. Sie drohen auch nicht, den Durchlass zu erzwingen. Eine militärische Gefahr kann ich also nicht erkennen."

„Das ist ja erst einmal gut zu hören", ergriff nun der Innenminister aus Moab das Wort, „aber bei solch einem großen Volk sehe ich doch mächtige Probleme für unsere Infrastruktur. Wovon wollen die leben bei ihrem Durchzug? Wo soll das viele Wasser herkommen? Wie viel Müll hinterlassen die uns? Da wird ja die Königsstraße zu einer einzigen langen Kloake. Das wird sich rumsprechen und die gewohnten Karawanen bleiben aus. Also, ich bin dagegen."

„Andererseits bringt uns dieser Durchzug mindestens die Zolleinnahmen eines ganzen Jahres", warf sein edomitischer Kollege ein. „Ein schönes Geschäft. Und sie haben versprochen, die Äcker und Weinberge zu schonen, sowie jeden eventuellen Schaden zu bezahlen. Und auch das Wasser wollen sie nicht umsonst. Man muss also Schaden und Nutzen gegeneinander abwägen."

„Das Risiko ist zu groß", gab nun der moabitische Außenminister zu bedenken. „Wenn denen unser Land plötzlich gefällt und sie nicht mehr weiter wollen! Versprechen kann man ja viel, aber nachher hat man alles vergessen. Wir sind der Situation mit solch einem großen Volk einfach nicht gewachsen. Unsere Truppenstärke ist viel zu schwach, um die dann etwa raus zu werfen. Nein, ich bin dagegen. Das Risiko ist mir zu groß. Da kann ihr Gott sagen, was er will."

„Ich habe den Eindruck", meldete sich nun der Oberpriester wieder zu Wort, „dass auf unserer Seite eine gewisse Neigung besteht, die Hebräer durchzulassen, während auf moabitischer Seite die Bedenken überwiegen. Lasst mich deshalb die Dinge noch vom religiösen Aspekt her etwas beleuchten. Da ist zunächst die Frage nach den verwandtschaftlichen Verhältnissen. Soweit es unsere Überlieferungen hergeben, stammen wir, die Edomiter und die Hebräer, von Zwillingen ab, die sich vor langen Zeiten getrennt haben: Esau und Jakob. Die Nachkommen Jakobs sollen dann nach Ägypten emigriert sein, wo es inzwischen großen Ärger mit den Hebräern gab und der Pharao sie *aus dem Land gejagt hat. Und nun stehen sie vor unserer Tür. Unsere Brüder. Auch sprachlich sind wir ja eindeutig verwandt."* Er machte eine Pause.

*"Es besteht also eine gewisse moralische Pflicht, dem Brudervolk zu helfen. Andererseits"*, wieder eine bedeutsame Pause, *"andererseits scheint mir dieses Volk ein störrisches Volk zu sein. Was man so hört, grenzen sie sich ziemlich ab. Sie lehnen nicht nur andere Götter ab, sie verbieten auch die Heirat mit fremden Frauen und Männern. Sie wollen irgendwie reinrassig bleiben. Verrückt! Oder hochnäsig? Sie würden, so heißt es, sogar behaupten, dass sie das auserwählte Volk seien unter allen Völkern der Welt. Also arroganter geht es ja nicht."*

*"Und wie heißt ihr Gott?"*

*"Ach ja. Er heißt Jahwe und sagt ihnen das alles. Übrigens hat er ihnen auch gesagt, dass sie am siebenten Tag der Woche nicht arbeiten, sondern ihm dienen sollen. Und auch alle Fremden in ihrer Nähe sollen sich danach richten. Nun stelle ich mir vor, die blockieren also am siebenten Tag die Königsstraße. Die Karawanen kommen nicht durch, unsere Soldaten, die gerade zu einer Übung ausrücken, unsere Bauern, die gerade die Ernte einholen, unsere Viehherden, die die Weide wechseln wollen, alle sollen warten oder einen riesigen Umweg machen, bis dieser siebente Tag oder Sabbat, wie sie sagen, vorbei ist. Da ist Ärger vorprogrammiert."*

Allgemeines Kopfnicken.

*"Dass es von ihrem Gott kein Abbild gibt, mag ja noch angehen. Auch von Qoz haben wir ja kein Bild. Vielleicht ist der deshalb auch mit Jahwe verwandt. Aber Qoz ist doch umgänglich. Er passt sich an die Situation an. Wenn die Zeit dran ist, schenkt er Früchte und Lämmer und wenn Winter ist, dann ist Pause. Da weiß jeder, woran man ist. Und vor allem: Er redet uns nicht dazwischen. Er macht seine göttlichen Sachen, das Wetter und*

*die Fruchtbarkeit und wir machen unsere Sachen, unsere Arbeit, die Politik, ob Krieg oder Frieden, ob durchlassen oder nicht durchlassen dran ist und wen immer wir heiraten wollen. Aber mit Jahwe und seinem Volk ist das alles schwierig. Also ich schwanke hin und her, zwischen brüderlicher Gastfreundschaft, die wir sonst wahrlich hoch in Ehren halten und der Vernunft, die mir sagt, zu den Hebräern lieber Abstand halten."*

*Auf diese Ausführungen hin erhebt sich ein allgemeines Palaver. Die einen plädieren für die Erlaubnis des Durchzuges, andere sind energisch dagegen, wieder andere schwanken ähnlich wie der Oberpriester.*

*Plötzlich ertönt von weitem ein Hornsignal, das den König ankündigt. Alle erheben sich und das Stimmengewirr legt sich. Der Oberpriester aber eilt nach draußen, um den König zu empfangen.*

*„Mein König, willkommen. Hattet Ihr eine gute Jagd? Ich sehe schon: ein kapitaler Steinbock!...*

*... Und ein Hirsch dazu! Ich gratuliere."*

*„Jawohl. Das Jagdglück war mir hold. Dank sei Qoz."*

*Dabei strahlt sein jugendliches, von der Jagdleidenschaft gerötetes Gesicht. Die rötlichen Haare aber flattern im Wind. Mit seiner Lederkleidung und seiner Körpergröße – er überragt fast alle um Haupteslänge – macht er wahrhaftig eine königliche Figur.*

*„Und wie stehen die Dinge drinnen?" Er deutet auf das große Zelt der Versammlung.*

*Der Oberpriester berichtet vom Stand der Diskussion und dass die Bedenkenträger, besonders bei den Moabitern, überwiegen.*

*„Und was ratet Ihr mir?"*

*„Wenn der Gott der Hebräer wirklich redet und er ihnen das Land Kanaan versprochen hat, dann können wir hoch und nieder springen und nichts daran ändern. Aber er hat nicht ver-*

*langt, nicht von ihnen und nicht von uns, dass sie die Königs-*
*straße benutzen. Deshalb, wenn wir ihnen den Durchgang ver-*
*wehren, dann müssen sie den Riesenumweg um Edom und*
*Moab machen und kriegen es auch noch mit anderen Königen*
*zu tun. Und mit der Wüste!*
*Also was mich betrifft: Ich möchte nicht mit ihnen ziehen. Und*
*dann werden wir sehen, ob ihr Gott sie führt oder ob alles nur*
*Eitelkeit und religiöser Wahn war. Wir werden sehen, ob sie*
*nach Kanaan kommen oder ob sie in der Wüste elendiglich*
*umkommen, sei es durch Hunger, Durst oder Schwert. Der*
*Himmel wird es entscheiden."*
*„Also Durchgang verboten?"*
*„Ja."*
*Als der König drinnen auf seinem Thron sitzt, lässt er seine Au-*
*gen über die Runde schweifen und hebt grüßend die Hand in*
*Richtung der moabitischen Gesandten.*
*„Wie mir mein Oberpriester mitgeteilt hat, habt Ihr schwerwie-*
*gende Bedenken gegen den Durchzug der Hebräer. Könnt Ihr*
*das bestätigen?"*
*„So ist es, verehrter König Huscham."*
*Dann nennen sie noch einmal ihre Argumente, bis der König*
*abwinkt.*
*„Gut", sagt er, „ich verstehe. Das bedeutet für uns, dass wir ein*
*Problem haben, wenn wir die Hebräer durchziehen lassen.*
*Dann sitzen die nachher an der Grenze zu euch fest. Aber auf*
*unserem Staatsgebiet. Und dann vermehren sie sich bei uns*
*hier genau wie in Ägypten. Das ist Kacke. Und da sie nicht ge-*
*willt sind, sich zu integrieren und eine andere Kultur anzuneh-*
*men, sondern ihre eigene Kultur wo und wie auch immer durch-*
*setzen werden, wird eine Parallelgesellschaft entstehen. Die*
*Edomiter werden sich  bald nur noch als Gäste im eigenen Land*
*fühlen. Und dann ist die Kacke richtig am Dampfen. Dann gibt*

*es Unruhe und Mord und Totschlag, weil wir die Hebräer mit Gewalt vertreiben müssten. Oder uns an sie anpassen müssten. Deshalb bin ich dafür, dass wir die Grenze dichtmachen. Wer das auch so sieht, hebe die Hand."*

*Alle heben die Hand zum Zeichen der Zustimmung. Nur einer stimmt dagegen. Es ist der Häuptling für Finanzen.*

*„Es ist doch nur wegen der schönen Zolleinnahmen", sagt er entschuldigend.*

*Dann wird noch beschlossen, dass Späher den Zug der Hebräer beobachten und alle Auffälligkeiten melden sollen. Zuerst würde Edom die Beobachtung übernehmen, nachher, falls die Fremden überhaupt so weit kämen, Moab an seinen Grenzen.*

*So geschah es. Und ja, ab und an hatten die Späher etwas zu berichten, wie folgende Überlieferungen bezeugen.*

*Kommt ein Späher mit der Nachricht: „Der König von Arad hat die Israeliten angegriffen und viele gefangen weggeführt. Man hört im Volk ein großes Geschrei"* (Num 21,1-3).

*Kommt eine Woche später ein weiterer Späher und meldet: „Israel hat zurück geschlagen, alle Gefangenen befreit und den König von Arad und seine Städte vollkommen vernichtet. Vorsicht, die Hebräer haben kämpfen gelernt."*

*Jahre später kommt wieder ein Späher und sagt: „Im Lager der Hebräer ist Aufruhr. Sie bedrohen ihren Anführer Mose, weil sie Hunger haben und zurück wollen nach Ägypten. Mose sei schuld, wenn sie hier in der Wüste verrecken. Es kann nicht mehr lange dauern, dann bringen sie sich gegenseitig um und wir sind sie endgültig los"* (Num 21,4-5).

*Kurz darauf kommt ein weiterer Späher: „Ein weiteres Unglück hat die Israeliten ereilt. Die Wüstenviper hat sich offenbar plötzlich so vermehrt, dass viele Israeliten an ihrem giftigen Biss sterben. Nachts hört man die Angstschreie aus ihren Zelten, wenn die giftigen Viecher auftauchen. Es sieht also nicht gut aus für die Fremden. Sie haben viele Tote"* (Num 21,6-7). *Eine Woche später kommt wieder ein Späher: „Es ist merkwürdig. Dieser Mose hat eine Schlange aus Kupfer gemacht und an einer langen Stange aufgestellt. Das sieht aus wie ein Kreuz. Und alle, die von einer Viper gebissen sind, kommen zu der Kupferschlange und werden wieder gesund. Der Aufstand ist auch vorbei und sie packen ihre Sachen, um weiter zu ziehen. Anscheinend geht es Richtung Obot"* (Num 21,8-9). *Nach Jahren kommt ein moabitischer Späher und meldet: „Die Israeliten waren schon am Verdursten. Fast wäre es aus gewesen mit ihnen. Da haben ihre Anführer mit ihren Stäben an den Fels geschlagen und heraus kam so viel Wasser, dass sie jetzt einen großen Brunnen gegraben haben, der sie und ihr Vieh versorgt. Das ganze Lager singt vor Freude. Ich konnte aber nichts verstehen außer das Wort Brunnen"* (Num 21,10-18). *Wieder Jahre später meldet ein anderer Moabiter: „Das Volk Israel ist im Norden in unser Grünland eingefallen und hat dort Sihon, den König der Amoriter besiegt, der uns das Land weggenommen hatte. Aber nun breiten sie sich selbst dort aus und sind schon viel mehr als wir. Was sollen wir nur machen?"* *Nach einiger Zeit bringt ein letzter Späher die Nachricht: „Og, der König von Baschan, hat auch versucht, die Hebräer mit Gewalt am Weitermarsch zu hindern. Aber sie haben ihn geschlagen und sich nun auch in seinem Land niedergelassen. Sie stehen schon bei Jerichow am Jordan. Wer soll sie jetzt noch aufhalten"* (Num 21,21-35)?

Der Alte schwieg.

„Danke. Damit habt Ihr bestätigt, was der Tanach nur andeutet: Durchgang verboten. Aber die Folgen waren langfristig. Wären die Hebräer, also die Juden, auf dem Königsweg gewandert, so hätte es vielleicht drei Monate gedauert. Jetzt, auf dem Umweg um Edom und Moab hat es mehr als dreißig Jahre gedauert."

„So ist es. Am Ende waren die meisten der Ägypten-Auswanderer gestorben. Doch die Kinder und Enkel, also als Wanderer auf der einen und als Beobachter auf der anderen Seite, sahen mit Staunen, dass die Juden weder durch die Herausforderungen der Wüste, nicht durch Hunger und Durst, nicht durch Giftschlangen oder andere wilde Tiere, noch mit Gewalt gestoppt oder gar vernichtet werden konnten. Im Gegenteil, das Volk wuchs an Zahl und Kraft und konnte sogar die Könige von Heschbon und Baschan, die sich den Hebräern mit dem Schwert entgegenstellten, im Kampf besiegen. Es sah so aus, dass nichts und niemand sie aufhalten konnte. Die Völker ringsum bekamen es gewaltig mit der Angst zu tun. Auch König Huscham, alt und grau, aber immer noch rüstig, traf sich ab und an mit dem neuen König der Moabiter, mit Balak, dem Sohn Zippors, um die Lage zu besprechen."

„Ich erinnere mich, dass sie deshalb noch einen letzten Versuch machten, die Juden los zu werden: Ein Zauberer sollte die Juden verfluchen, stimmt`s?"

„Na, nicht ganz. Aber trotzdem: Eine wunderbare Geschichte. Doch wie sagt man: Wenn`s am schönsten wird, soll man aufhören. Und am nächsten Tag weitermachen. Einverstanden?"

„Einverstanden. Sonst wird es zu spät."

Suchend ließ Josephus seine Augen umher schweifen.

„Ach, Ihr sucht wohl Ada? Ihr wollt ihr auch noch Schalom sagen? Ja? Na ja."

Schmunzelte, ging er um das Haus und rief laut: „Ada, komm doch mal. Unser Gast möchte sich verabschieden. Ada?"

„Ich komme ja schon", ließ sich die von den Ohren des jüdisch-römischen Schriftstellers so ersehnte Stimme vernehmen.

Dann bog sie auch schon um die Ecke, sich mit den Händen noch die Haare richtend. Sie hatte ein sauberes helles Kleid an. „Ich habe alles geschafft", rief sie fröhlich, „musste mich aber noch sauber machen. Doch nun bin ich fertig. Ach, ist das schön, wenn man die Arbeit hinter sich hat, wenn Felder und Vieh zufrieden sind."

„Mein Täubchen, wenn ich dich nicht hätte." Dabei umarmte ihr Vater sie wieder mit inniger Liebe.

„Mein Vater, darf ich Herrn Josephus noch ein Stück begleiten? Wir haben ja heute noch kein Wort gewechselt."

„Natürlich nur, wenn es Euch recht ist", wandte sie sich dann auch an Josephus.

„Ich könnte mir keinen schöneren Abschluss meines Besuches und des Gespräches mit deinem Vater vorstellen. Also, ehrwürdiger Vater, darf sie?"

„Bitte, bitte, Vater!"

„Nun denn, zwei solch liebevolle Bitten kann ich wohl nicht abschlagen. Aber schickt mir mein Täubchen noch vor Dunkelheit zurück!"

Mit schelmischem Lächeln hob er drohend den Zeigefinger zu seinem Gast.

„Sonst gibt es morgen keine Geschichte mehr!"

„Ich habe verstanden. Und verspreche unter Eid, dass das Täubchen zur festgesetzten Zeit wieder wohlbehalten einfliegen wird. Schalom Esau Bar-Qoz."

„Schalom!"

„Ich bin bald wieder hier, Vater. Ganz bestimmt."

Fröhlich winkend machten sie sich auf den Weg. Er, der Mitte-Dreißiger und ehemalige General mit festem Schritt, sie, das jungfräuliche Mädchen leichtfüßig, fast schwebend.

„Wo habt Ihr eigentlich Euer Zuhause?" wollte sie wissen.

Er wies nach unten: „Etwa eine Wegstunde von hier. Dort, in Richtung Bethlehem bewirtschafte ich ein kleines Landgut, das mir die kaiserliche Familie zusammen mit anderen Gunstbezeugungen überlassen hat. Ich lebe dort allein mit ein paar Bediensteten und kann mich ganz meiner schriftstellerischen Arbeit widmen."

Er erzählte nicht, dass er mit seiner jetzigen Frau in Scheidung lebt und sich auch schon davor von einer jüdischen Frau getrennt hatte. Ach, das war alles zu traurig. Erst die große Liebe, die großen gemeinsamen Hoffnungen, die heißen Liebesschwüre und dann? Frust, Streit, Langeweile, Entfremdung. Lag das an ihm? Würde er auch Ada unglücklich machen oder sie ihn? Nein, sie wäre gewiss nicht schuld. Sie ist die Unschuld in Person. Ein rechtes Täubchen, mit dem man behutsam und liebevoll umgehen muss. Wie sie da so von ihrer heutigen Arbeit erzählt und dabei über die Steine hüpft, fast noch ein Kind und doch schon von einer selbstbewussten Reife. Nein, es war nicht nur die Stimme, es war nicht nur die sinnliche Ausstrahlung ihrer jugendlichen Figur, es war auch ihre Haltung, die ein gesundes Selbstbewusstsein verriet und die Akzeptanz einer vorgegebenen Ordnung. Da war nichts Leichtfertiges und nichts Leichtsinniges, wie das bei jungen Leuten so häufig anzutreffen ist, sondern ein tiefes, vielleicht sogar intuitives Wissen um das, was jeweils dran ist. Es war ihr Gesamtbild, das ihn so innerlich berührte wie noch bei keiner Frau vor ihr.

Dann erzählte er ihr, wie er die Gunst der Flavier erlangt hatte, weil er dem Vater Vespasian und dessen Sohn Titus, der jetzt römischer Caesar war, die Kaiserwürde prophezeit hatte. Als das eingetroffen war, hatten sie ihn freigelassen und mit mancherlei Ehrungen überhäuft. Ja, er durfte sich ihrer Gunst und sogar etwas ihrer Freundschaft gewiss sein. Ihnen zu Ehren hatte er nun auch den Namen Flavius angenommen.

„Da seid Ihr es ja gewöhnt, mit ganz hohen Leuten zu verkehren. Und hier gebt Ihr Euch mit uns ab, mit ganz armen und unbedeutenden Menschen. Ich habe zwar lesen und schreiben gelernt, aber sonst weiß ich nicht viel von der Welt. Meine Welt, das ist Vater, die Hütte, das Vieh und die Felder. Muss ich mir da eigentlich klein vorkommen?"

„Auf keinen Fall. Ich weiß aus eigener Erfahrung, dass die eigentliche Größe oder Bestimmung eines Menschen nicht von seinem Vermögen, nicht von seinen Titeln und Ehrungen abhängt, sondern, ja, ich würde sagen von seinem Auftreten als Mensch, als wahrer Mensch, also ohne Heuchelei, sondern mit einem natürlichen Anstand gegenüber den höheren und einem natürlichen Mitempfinden mit den schwächeren Mitmenschen. Und das alles meine ich bei dir, liebe Ada, entdeckt zu haben. Du brauchst dich also in keiner Weise zu genieren oder klein vorzukommen. Mir kommst du in deinem Tun und Auftreten ganz groß vor. Wirklich."

Er blieb stehen, erfasste ihre beiden Hände und sagte: „Du bist wunderbar, Ada, nicht nur schön vom Aussehen, sondern auch von deiner inneren Ausstrahlung her. Bleib so, wie du bist. Ich mag dich sehr."

Errötend entzog sie ihm ihre Hände, schaute ihm aber unbefangen in die Augen und sagte: „Auch Ihr seid ja trotz aller hohen Ehren ganz natürlich geblieben. Sonst würde ich hier nicht mit Euch gehen. Das gefällt mir und – ich mag Euch auch."

Ein kleines knisterndes Schweigen.

„Aber nun", deutete sie zum Himmel, „kommt bald die Dunkelheit. Ich muss umkehren. Sonst wird Vater unruhig."

„Ich bringe dich noch zurück bis zur Höhe. Keine Widerrede", sage er energisch, als sie abwehren wollte. „In diesen Nachkriegszeiten treibt sich noch genügend Gesindel rum und ich habe deinem Vater versprochen, ihm sein Täubchen unversehrt zurück zu bringen."

„Danke. Ihr seid sehr freundlich zu mir."

Während sie so zurückschritten, überlegte er laut, ob sie mit ihrem Vater nicht einmal zu ihm zu Besuch kommen könnten. Er würde ihnen beiden gerne einmal sein Landgut zeigen. Aber könne Vater noch so weit laufen? Und natürlich müssten sie etwas Zeit einplanen, wenn es gerade einmal mit der Arbeit passt.

„Die Einladung würde ich gern annehmen. Ich will sie schon einmal mit Vater besprechen. Nur beschreibt mir noch genauer, wo wir Euch finden."

Josephus beeilte sich, seine Adresse so genau wie möglich zu erklären und da sie die Gegend diesseits und jenseits des Ölbergs von klein auf gut kannte, konnte sie sein Zuhause gut einordnen.

„Wenn Ihr morgen wieder bei uns seid, können wir ja zu Dritt noch einmal darüber sprechen, falls Vater prinzipiell einverstanden ist. Aber nun ist mein Zuhause schon in Sicht und wir müssen für heute Abschied nehmen. Danke für den Weg und das Gespräch. Ihr habt mir damit eine große Ehre gemacht."

„Liebe Ada, du hast mir nicht nur eine Ehre gemacht, mich alten Mann zu begleiten, du hast mich glücklich gemacht. Ja, das sollst du wissen, du machst mich glücklich. So glücklich war ich schon lange nicht mehr – oder vielleicht noch nie."

Dabei ergriff er wieder ihre beiden Hände und drückte sie unter ihren errötenden Blicken zart und innig.

„Schalom Ada."

„Bis morgen. Schalom."

# 6. Verflucht sei Israel! (nach Num 22-24)

„Schalom Esau Bar-Qoz, Schalom Ada. Wie geht es Euch?"
„Gut. Wir sind zufrieden und hoffen von Euch dasselbe. Doch wie Ihr seht, haben wir heute nicht hier vorn den Tisch bereitet, sondern werden uns in den Schatten hinter der Hütte zurück ziehen. Hier vorn wird es zu heiß. Die Sonne brennt doch heute ganz schön."

„Meine Herren, darf ich bitten", mit ihrer Glockenstimme und einer anmutigen Handbewegung lud Ada die Männer nach hinten ein. Sie gingen um die Hütte herum, an allerlei Holz und Gerümpel vorbei und ließen sich dann im Schatten einer Dattelpalme nieder. Schwarzbraune Früchte hingen in großen Trauben unter ihrem Wipfel. Manche lagen unten auf der Erde. Auf dem Tisch stand eine Schale voll der süßen Früchte.

„Lasst Euch unsere Datteln schmecken und den Wein könnt Ihr mit etwas Wasser mischen. Ich muss mich heute und morgen um die Ernte kümmern, die vor dem Winter im Trockenen sein muss. Ihr kommt doch ohne mich aus? Falls nicht, ich bin ja in erreichbarer Nähe."

Sie stellte die Krüge ab, winkte noch einmal und eilte zu den Hürden.

„Nun sind wir Kerle wieder unter uns", nahm der Alte das Wort, „aber es ist doch beruhigend zu wissen, dass mein Täubchen in der Nähe ist. Ich darf gar nicht daran denken, dass ich sie eines Tages hergeben muss, was ja der natürliche Lauf der Dinge wäre."

„Ja, alles hat seine Zeit", wie schon Kohelet sagt (Koh 3), „auch Zeit zum Kinder kriegen und Zeit, die Kinder wieder herzugeben, Zeit zum Lieben und wiederum Zeit zum Hassen, Zeit zum Schweigen und Zeit zum Reden. Ich finde die Weisheit der Väter immer wieder großartig und eine Stütze im Alltag und inmitten der Vergänglichkeit unseres Lebens. Schön, dass wir uns heute den positiven Seiten zuwenden können, wie dem Kinderkriegen beim Vieh da drüben", er deutete hinüber zum Gatter, wo man Ada emsig beim Jungvieh beschäftigt sah, „und dem Reden und Hören von alten Geschichten hier mit uns beiden. Heute also der Zauberer?"

„Ja, gleich. Aber zuvor möchte ich noch auf die Einladung zu sprechen kommen, die mir Ada gestern Abend überbrachte."

Er räusperte sich und rückte sich am Tisch zurecht.

„Also, die Sache ist so. Der Weg ist mir zu weit und zu beschwerlich, zumal es zurück doch beträchtlich bergauf geht. Nein, das ist nichts mehr für mich alten Mann. Früher, ja, früher, aber jetzt: nein. Das ist nichts mehr für mich…"

„Ich kann Euch, wenn ich Euch kurz unterbrechen darf, gern mit einem Gespann holen und wieder zurück bringen lassen."

„Dieses großmütige Angebot habe ich von Euch erwartet. Aber nein. Wie Ihr selbst wisst, geht der Weg über Stock und Stein. Und was Ihr nicht wisst: Seit vielen Jahren plagt mich ein Rückenleiden, das ich mir bei schwerer Arbeit zugezogen habe. Eine Fahrt über Stock und Stein hält mein Rücken einfach nicht mehr aus. Diese Schmerzen muss ich mir nicht mehr antun. Es ist von Euch gut gemeint, aber ich muss auf den Besuch bei Euch verzichten."

„Schade, sehr schade. Ich hätte mich gefreut."

„Ich weiß Euer Angebot auch zu schätzen. Aber erspart mir ein Übermaß an Rückenschmerzen. Doch", und hier machte der Alte eine bedeutungsvolle Pause, „was mein Täubchen betrifft, so bin ich bereit, ihr einen Besuch bei Euch zu erlauben. Wenn sie will. Obwohl das in unserer Tradition – und übrigens auch bei den Juden – nicht eben gern gesehen ist: eine Jungfrau allein bei einem Mann. Aber das wisst Ihr wohl selbst. Deshalb, bitte unterbrecht mich nicht", er hob abwehrend den Arm, als er merkte, dass sein Gast etwas erwidern wollte, „deshalb nehme ich Euch in die Pflicht, dass Ihr sie mir unverletzt und vor Sonnenuntergang zurück bringt. Ich betone: unverletzt! In jeder Hinsicht! Ada weiß wohl selbst, wie sie sich zu verhalten hat, aber ich appelliere auch an Euch, als Mann Eurer Bildung und Erfahrung, Euch entsprechend zu verhalten."

„Aber gewiss. Ich weiß, was ich Euch und ihr schuldig bin. Ich bin doch kein junger Heißsporn mehr…"

„Und doch habt Ihr ein Auge auf das junge Ding geworfen – auf mein Täubchen. Es ist mir nicht entgangen. Und außerdem: Alter schützt vor Torheit nicht. Aber es hat auch keinen Zweck, ihr diesen Besuch zu verbieten. Denn sie muss so und so selbst lernen zu entscheiden. Auch wie es um ihre und Eure Gefühle steht. Dazu ist es vielleicht ganz gut, wenn Ihr mal zwei Stunden Zeit füreinander habt und euch näher kennenlernen könnt. Ich vertraue Euch und ihr. Punkt. Wir werden sie nachher fragen, ob sie Euch auch allein besuchen will, ohne mich. Sie soll entscheiden."

„Ich danke für Euer Vertrauen und verspreche, Euch nicht zu enttäuschen. Ja, ich gestehe, dass ich mich sehr wohl fühle in Adas Nähe, so wohl wie noch nie bei einem weiblichen Wesen. Aber was daraus wird, ich weiß es auch noch nicht genau. Ihr habt recht, wir müssen uns noch besser kennenlernen. Ich habe ja auch schon zwei große Enttäuschungen hinter mir. Aber jetzt lebe ich allein. Nochmals: Danke für Euer Vertrauen."

„Gut denn. Widmen wir uns jetzt wieder der alten Geschichte."

„Ich bin gespannt wie immer."

*Wieder einmal hatten sie sich zu einer Lagebesprechung getroffen: Huscham, der alte König von Edom und Balak, der neue König von Moab. Dazu kamen Abgesandte von Midian, weil* auch deren Land und Volk vom Druck der Israeliten betroffen waren. *Deshalb gab es zwischen Moab und Midian schon ein Abkommen auf gegenseitigen Beistand und dass hier oben auf dem Späherfeld beim Gipfel des Pisga Kundschafter beider Partner Dienst taten.*

Für König Huscham war die Reise über das Ostgebirge und der Aufstieg auf den Pisga etwas mühselig gewesen, aber seine Augen und Gedanken waren noch klar.

*„Es ist ja nicht zu fassen"*, sagte er, als er in der Ferne das riesige Lager der Juden sah. *„Wie konnten die sich so vermehren? Nach den Strapazen? Jetzt sind sie mehr als wir alle zusammen. Eine große Kacke."*

*„Das kann man wohl sagen"*, erwiderte Balak. *„Mein Volk wird schon unruhig und verlangt, dass ich die Fremden vertreibe. Aber wie und womit? Sie sind ja wie die Heuschrecken, breiten sich nach allen Seiten aus und fressen alles kahl. Für uns bleibt am Ende nichts übrig. Was soll ich bloß tun?"*

*„Wie viele Soldaten würden wir denn auf die Beine bringen, wenn wir uns zusammenschließen?"*

Sie zählten und zählten und kamen doch immer nur zu dem Ergebnis: Es reicht nicht. Und im Stillen dachte jede Seite: Warum sollen wir für die anderen bluten?

Da hatte König Huscham eine Idee: *„Mir fällt etwas ein, wie wir das Judenproblem vielleicht ohne Blutvergießen lösen können. Wir haben da bei uns einen Mann Gottes, einen Seher. Von ihm wissen wir: Wen er segnet, der ist gesegne und wen er verflucht, der ist verflucht. Einmal habe ich gehört, wie er einen armen Mann für eine Hilfeleistung gesegnet hat. Und siehe da, die Felder des Mannes hatten plötzlich Erträge wie noch nie. Er wurde wohlhabend und andere Arme kamen zu ihm, um Hilfe zu erbitten. Und einmal brauchten wir Bileam, so heißt der Seher, ganz offiziell, gewissermaßen im Dienste des Volkes. Da* war einmal eine schlimme Räuberbande. Die hatten ein Höhlenlabyrinth im Gebirge Seir, von wo aus sie Raubzüge unternahmen. Unsere Soldaten wurden nicht fertig mit ihnen. Da baten wir Bileam, sie im Namen von Qoz zu verfluchen. Das tat er auch. Und was geschah? In wenigen Tagen starb das Räuberpack an einer unerklärlichen Krankheit. Unsere Soldaten fanden sie tot und konnten das Raubgut aus den Höhlen holen. Na, was meint ihr?"

„Das hört sich gut an", antwortete Balak, König von Moab, ganz begeistert. „Dann bittet ihn mal, für uns tätig zu werden." Die Ratgeber der Midianiter nickten eifrig mit dem Kopf.

Doch Huscham, König von Edom, bremste: „So einfach geht das nicht. Er kann das nicht von ferne machen. Ihr müsst ihn schon hierher holen, damit er einen Blick auf das fremde Volk hat. Es geht ja schließlich auch nicht um unsere, sondern um Eure Grenzen und Ländereien. Ihr müsst handelseinig werden mit ihm. Einer unserer Leute kann Euch gewiss hinführen zu ihm. Aber ansonsten ist es Eure Sache."

Da beschlossen der Moabiterkönig und die Midianiter Boten zu dem Edomiter Bileam zu senden, damit er das Volk Israel verfluche. Voller Hoffnung löste sich danach die Versammlung auf dem Pisga auf. Und als die Boten sich bei König Balak sammelten, um den Seher Bileam aus Edom zu holen, gab er ihnen mit auf den Weg: „Erklärt ihm die Lage. Sagt ihm, dass dieses fremde Hebräervolk so groß und mächtig geworden ist, dass es uns alle bedroht. Und dass er kommen soll, um das Volk zu verfluchen."

Im Stillen aber dachte Balak, dass er, wenn Israel durch den Fluch wirklich schwach werden würde, dieses Volk vernichten und all sein Vermögen an sich bringen könnte.

Als seine Boten Bileam gefunden hatten, teilten sie ihm die ihnen aufgetragene Botschaft mit und schwenkten vor seinen

Augen auch mit einem Beutel: „Das wäre der Lohn. Und das ist nicht wenig. Kannst du gleich mitkommen? Es eilt."

„Ich verstehe den Wunsch Eures Königs und würde dem gern entsprechen", antwortete ihnen der Seher, „aber ich kann nichts von mir aus tun. Ich kann nur sagen, was Gott mir eingibt. Deshalb übernachtet hier bei mir. Ich will hören, ob er mir etwas sagt."

Am nächsten Morgen teilte er den Moabitern mit: „Ich kann nicht mit euch kommen. Denn Gott hat mich in dieser Nacht gefragt, was ihr hier von mir wollt. Da habe ich ihm erzählt, dass euer König mir anträgt: Verfluch mir dieses Volk der Hebräer. Aber Gott sagte zu mir: Geh nicht mit ihnen. Ich habe jenes Volk gesegnet. Und dabei bleibt es."

So zogen die Boten unverrichteter Dinge wieder ab und berichteten Balak, dass Bileam sich geweigert habe, mit ihnen zu gehen.

Der König besprach sich daraufhin mit seinen Beratern und sie kamen überein, dass man Bileam wohl mehr bieten müsste. Denn mit Geld und Schmeicheleien könne man doch jeden kaufen. Die nächste Delegation, die bei Bileam erschien, war deshalb größer und vornehmer als die erste. Auch der Beutel, den sie schwenkten, war von beachtlicher Größe und Schwere.

Doch Bileam setzte ihnen, ähnlich wie beim ersten Mal, auseinander: „Ihr könnt mir noch so viel Geld und Gold anbieten. Das hilft alles nichts, wenn Gott anders entscheidet. Damit Ihr das begreift: Es liegt nicht an mir! Es liegt allein bei Gott. Deshalb übernachtet auch Ihr hier. Morgen früh will ich euch Bescheid geben."

Gott aber sagte in dieser Nacht zu ihm: „Folge den Boten. Doch ich warne dich: Lass dich nicht von ihrem Geld, nicht von ihrer Vornehmheit, nicht vom Schmeicheln oder Drohen ihres Königs beeinflussen. Sage nur, was ich dir auftrage."

*Gott aber gedachte Bileam eine Lektion zu erteilen.*

*Als Bileam auf seinem Esel so dahin ritt, sann er darüber nach, wie schön es wäre, dieses hochnäsige Volk Israel so zu verfluchen, dass es niemals mehr auf die Beine käme. Was hatten diese Hebräer hier verloren? Sie verbreiteten nur Angst und Schrecken und brachten das ganze politische Gleichgewicht durcheinander. Mit ihrem ewigen Anderssein, mit ihrer exklusiven Gottesverehrung waren sie einfach ein Fremdkörper. Sie passten nicht hierher. Ich werde ihnen die Pest an den Hals wünschen! Hahaha! Freilich – nur wenn Gott einverstanden ist.*

*Gott war ganz und gar nicht damit einverstanden. Deshalb stellte er Bileam einen Engel in den Weg mit einem gezückten Schwert. Doch Bileam, der große Seher, sah den Engel nicht. Aber der Esel, auf dem er ritt, der sah ihn und wich aus auf die Felder. Da wurde Bileam böse und schlug den Esel mit seinem Stock, dass er wieder auf den Weg zurückgehe. Doch der Engel des Herrn stellte sich an einer engen Stelle zwischen zwei Mauern wieder in den Weg. Da drückte sich der Esel ganz eng an eine Seite, um vorbei zu kommen und quetschte dabei Bileams Bein ein. Der schrie auf vor Schmerz: „Du blöder Esel!" Und schlug ihn wieder mit seinem Stock. Der Engel aber trat ihnen ein drittes Mal in den Weg und diesmal sah der Esel keine Möglichkeit mehr zum Ausweichen. So ließ er sich denn auf die Knie nieder, um sich und Bileam nicht in Gefahr zu bringen. Der aber trat zur Seite und schlug voller Wut auf den Esel ein: „Du blödes Vieh! Du störrischer Esel. Dir werde ich Beine machen!"*

*Nun aber geschah etwas Außergewöhnliches. Gott löste dem Esel die Zunge, er konnte reden und sprach zu Bileam: „Ist das gerecht? Habe ich dir irgendetwas getan, dass du mich jetzt schon zum dritten Mal schlägst?"*

*„Weil du störrisch bist und mich vor den Moabitern da vorn zum Narren machst. Die lachen schon über mich, weil ich solch*

einen sturen Esel habe. Sei froh, dass ich kein Schwert dabei habe. Sonst wäre es jetzt aus mit dir."

„Habe ich mich jemals störrisch benommen", ereiferte sich nun der Esel, „so dass ich dir nicht gehorcht hätte? Habe ich nicht immer brav alle Lasten getragen? Habe ich meinen Herrn jemals im Stich gelassen in all den Jahren?"

„Das stimmt schon, aber heute benimmst du dich völlig daneben. Warte nur..."

Da öffnete Gott dem Bileam die Augen und der sah nun auch den Engel mit dem gezückten Schwert im Weg stehen. Da warf sich der Seher nicht nur auf die Knie, sondern mit dem Gesicht auf die Erde, so erschrocken war er über den Engel und über sich selbst.

Der Engel Gottes aber sprach zu ihm: „Warum hast du deinen treuen Esel dreimal geschlagen? War ich es nicht, der dir in den Weg getreten ist, weil der Weg deiner Gedanken mir nicht gefallen hat? Wäre der Esel nicht ausgewichen, wärst du jetzt tot!"

Bileam antwortete ganz zerknirscht: „Ich habe dich doch nicht gesehen. Deshalb habe ich mich versündigt. Aber es tut mir leid und ich will umkehren, wenn dir mein Weg mit den Moabitern nicht gefällt. Wirklich."

Der Engel Gottes aber hatte anderes mit ihm im Sinn: „Geh mit den Männern, aber wage nicht, etwas anderes kundzutun, als was ich dir sage. Hast du verstanden?"

Da verneigte sich Bileam noch einmal tief und sagte: „Ich bin Euer Knecht. Euer Wort ist mir Befehl."

Danach trabten Bileam und sein Esel im Schlepptau der Vornehmen Moabs in Richtung Grenze. Dort wartete schon ungeduldig Balak, der König von Moab und empfing ihn vorwurfsvoll: „Warum kommst du so spät? Und warum musste ich dich *zweimal bitten lassen, zu kommen? Habe ich nicht Macht, dir einen großen Lohn zu geben?"*

*„Ich bin doch jetzt hier", entgegnete ihm daraufhin Bileam. „Aber damit der König es gleich weiß: Ich kann nur das kund tun, was Gott mir sagt, sei es Segen oder Fluch. Ich bin nur sein Werkzeug."*

*„Gut, gut. Wir werden sehen. Heute passiert sowieso nichts mehr, außer dass wir es uns jetzt gut sein lassen. Du bist mein Gast."*

*Gesagt, getan. Einige gute Stück Vieh wurden geschlachtet und zubereitet und Bileam und die Vornehmen, die ihn geholt hatten, sowie der König mit seinem Gesinde verbrachten einen gelungenen Abend. Auch der Esel bekam gutes Futter. Er hatte es sich wahrlich verdient.*

*Am nächsten Morgen unterbreitete der König dem Seher seinen Plan und führte ihn auf die Baalshöhen hinauf. Dort wurde normalerweise den Baalim geopfert, den Göttern des Landes, von wegen Fruchtbarkeit und guter Ernte und Kriegsglück.*

*„Sieh, da hinten, das ist Israel. Weit breitet sich das fremde Pack aus. Sie wimmeln wie die Ameisen und fressen wie die Heuschrecken."*

*„Ja, ich sehe es weit in der Ferne", sagte Bileam. „Aber nun seht zu, dass Ihr hier sieben Altäre errichtet beziehungsweise wieder nutzbar macht. Und stellt zu jedem Altar einen Widder und einen jungen Stier bereit zum Brandopfer für den lebendigen Gott. Ich gehe dann, während Ihr opfert, etwas abseits, um zu hören, was Gott mir aufträgt."*

*Bileam ging ein Stück beiseite auf eine kahle Anhöhe. Dort traf er Gott und sagte, sich verneigend: „Ich habe sieben Altäre mit Brandopfern herrichten lassen."*

*Gott aber sagte nur: „Geh zu Balak zurück und sag ihm, was ich dir eingebe."*

*„Der König hat mich rufen lassen", begann Bileam, als er wieder zum König trat, der das Brandopfer beobachtete. Alle Vornehmen Moabs standen um ihn.*

*„Er hat mich rufen lassen, auf dass ich die Kinder Jakobs verfluche. Er hat gewünscht, dass ich Israel drohe. Doch wie kann ich verfluchen, wen Gott nicht verflucht? Wie soll ich drohen, wenn Gott nicht droht? Deshalb hört, was Gott mich von dieser Höhe sehen lässt. Da hinten das Volk, es ist ausgegrenzt aus den anderen Völkern. Niemand kann es zählen, so zahlreich ist es. Niemand kann es überwältigen. Besser wäre es, den Tod eines Gerechten zu sterben."*

*Nach diesem Spruch empörte sich Balak: „Wie kannst du es wagen, von diesem Volk da Gutes zu reden? Habe ich dich nicht holen lassen, damit du es verfluchst?"*

*„Verzeiht mir", antwortete der Seher, „ich muss Gott gehorchen und das Wort sagen, dass er mir auf die Zunge legt."*

*„Na schön. Vielleicht hast du das Volk da hinten in der Ferne nicht richtig sehen können. Wir werden auf eine andere Anhöhe gehen, wo du es besser im Blick hast. Und von dort aus verwünscht du mir das Volk. Klar?"*

*In seinem Innern aber dachte Balak: Ich kann mir das nicht bieten lassen. Was bildet dieser Edomiter sich ein. Er wird noch merken, mit wem er es hier zu tun hat!*

*„Ich will sehen, was ich tun kann", sagte Bileam leise.*

*Aber er merkte die Spannung, die sich zwischen Balak und ihm aufbaute. Ich würde ja Israel nur allzu gern verfluchen, dachte er. Aber komme ich gegen Gott an? Nein.*

*Nach einem längeren Fußmarsch kamen sie zum Späherfeld auf dem Pisga, wo dieses ganze Projekt begonnen hatte. Auch hier bauten sie wieder sieben Altäre mit je einem jungen Stier und einem Widder.*

*Als schon der Rauch aufstieg, wandte sich der Seher wieder an den König: „Bleib hier bei deinem Brandopfer. Ich will ein Stück da hinüber laufen und hören, ob Gott mir etwas aufträgt."*

*Und Gott trug ihm dasselbe auf wie beim ersten Mal: „Geh zu Balak zurück und sag ihm, was ich dir eingebe."*

*Balak war begierig zu hören, dass Bileam endlich die gewünschten Worte aussprechen würde. Doch dann musste er sich als erstes eine Zurechtweisung anhören: „Auf Balak, höre. Lausche mir, Sohn Zippors. Gott ist kein Mensch der lügt, kein Menschenkind, das etwas bereut. Spricht er etwas und tut es dann nicht? Sagt er etwas und hält es dann nicht"* (4 Mose 23,18f.)*?*

*„Schau her mein König, ich habe von Gott den Auftrag zu segnen. Und ich kann nichts daran ändern. Sieh: Jakob geht es gut. Kein Unheil macht ihm zu schaffen. Im Gegenteil: Jahwe, sein Gott behütet ihn vor allem Bösen. Da hilft keine Zauberei, da ist jede von Menschen gemachte Verwünschung umsonst. Wie vom Schild des Helden, so prallt alles bei ihm ab. Gott ist Israels Schild."*

*Der König rang verzweifelt die Hände: „Ich könnte dich töten lassen. Aber was bringt das? Davon wird Israel auch nicht ins Unglück gestürzt. Höchstens ich selbst. Deshalb machen wir noch einen letzten Versuch. Wir wollen direkt bis an die Grenze gehen, auf den Gipfel des Pegor. Da siehst du die ganze Gefahr, die von diesem Volk ausgeht. Und es könnte ja sein, dass Gott von dort aus auch einen anderen Blickwinkel hat."*

*So geschah es. Wieder wurden die Brandopfer auf sieben Altären dargebracht. Und wieder merkte Bileam mit größter Bestimmtheit, dass er Israel segnen sollte. Ganz gegen seine eigenen Gefühle. Und dann kam der Geist Gottes über ihn, er reckte sich auf und sprach: „Ich bin Bileam, der Seher aus Edom. Es ist große Stille – und doch höre ich die Worte des allmächtigen Gottes. Meine Augen sind geschlossen – und doch sehe ich Is-*

rael, wie herrlich und wohlhabend seine Zelte sind. Ich sehe, wie sein Gott es reichlich regnen lässt und die Saat prall aufwächst zur Ernte. Ja, Jakob wird immer stärker und wird die Völker vernichten, die sich gegen ihn stellen. Er ist wie ein Löwe, der auf der Lauer liegt. Wohl denen, die Jakob segnen und wehe denen, die ihn verfluchen."

Bileam atmete tief durch und wischte sich über die Augen. Balak aber tobte vor Wut: „Habe ich dich dafür gerufen, dass du meine Feinde segnest, statt sie zu verfluchen? Aus meinen Augen! Ehe ich es mir anders überlege! Und den großen Lohn, den ich dir geben wollte, kannst du vergessen. Keine Leistung, also kein Lohn. Verschwinde!"

Bileam hielt es für ratsam, diese Aufforderung schnellstens zu befolgen und sich auf den Weg zu machen. So griff er nach seinem Bündel und dem Esel. Doch in einiger Entfernung musste er sich noch einmal umdrehen. Gott wollte es so: „Hört!", rief er laut. „Ich sehe einen Stern aufgehen in Jakob. Ein König wird auf den Thron kommen, der Moab schwer zerschlagen wird. Auch meine Heimat, Edom, wird sein Eigentum und sich fügen müssen. Auch die Amalekiter und die Keniter und viele andere Völkerstämme werden untergehen. Wer will widerstehen, wenn Gott das tut" (Num 24,17ff.)?

Als die Vornehmen von Moab zu ihren Schwertern greifen wollten, schwang sich Bileam flugs auf seinen Esel. Der aber lief mit seiner Last so schnell davon wie noch nie in seinem Leben. Erst in Midean, hinter der nächstgelegenen Grenze, kam er keuchend zum Stehen. Das war auch gut so, denn die Sonne war schon untergegangen und es war Zeit, dass sie beide, Bileam und sein Esel, etwas in den Magen bekamen.

In dieser Nacht träumte er, dass er Israel einen gewaltigen Schaden zufügte. Und auch am folgenden Morgen ging ihm die Frage durch den Kopf, ob es nicht irgendeinen Weg gab bezie-

*hungsweise einen Umweg, um den Willen Gottes in Sachen Israel zu umgehen. Hatte er, Bileam, nicht die Vollmacht bekommen, den Menschen in bestimmten Nöten zu helfen? Natürlich hatte er diese Gabe! Nur, ihm fiel nichts ein.*

*Als er sich nachher mit seinem Esel die Stadt anschaute, geriet er immer mehr ins Staunen. Nicht wegen der Häuser, nein, die waren auch nur aus Stroh und Lehm, wie in Edom. Es waren die vielen schönen jungen Frauen, die seine Sinne zum Schwingen und seine Augen zum Leuchten brachten! Welch ein Liebreiz, welche Männer verwirrende Fülle und Schönheit, von farbigen Gewändern gerade eben verhüllt. Er konnte sich gar nicht satt sehen und dachte, dass er hier gern bleiben würde. Schließlich war er noch nicht zu alt. Und vielleicht...? Zunächst aber würde er nach Edom ziehen müssen, um dem König zu berichten.*

*Doch dann kam ihm die Idee. Er suchte die Ratgeber auf, die seinerzeit auf dem Späherfeld den Pakt gegen Israel mit geschlossen hatten und die durch das Eindringen der Hebräer in das Grünland existenziell betroffen waren. Er berichtete Ihnen, dass seine Bemühungen erfolglos geblieben waren, weil Jahwe, der Gott des Hauses Jakob, alles verhindert habe, ja, ihn sogar gezwungen habe, die Fremden zu segnen. Aber jetzt habe er einen Vorschlag.*

*„Ich habe gesehen, welch schöne Töchter die Midianiter haben. Und was weder die Wüste, noch ein Schwert, noch ein Orakel vermochten, das könnten eure Töchter schaffen, nämlich die Israeliten zum Abfall von Gott zu verführen. Ihnen ist nämlich verboten, fremde Frauen zu heiraten. Also besprecht euch mit Balak, dem König von Moab, und lasst viele eurer schönen Mädchen im Zuge eines Projektes, wie etwa ‚friedliche Nachbarschaft', mit den Hebräern in Berührung kommen. Die Hebräer mögen noch so abgehoben sein, aber ich wette, sie sind*

auch nur Männer von Fleisch und Blut und werden dem Liebreiz eurer Töchter nicht wiederstehen können. Und dann…"

„Na und", unterbrachen ihn die Ratgeber, „ was soll das bewirken? Da schenken wir ihnen zu allem, was sie sich schon genommen haben, auch noch unsere Töchter?"

„Moment! Lasst mich doch ausreden. Wenn die Hebräer eure schönen Mädchen heiraten wollen – und das werden sie – dann sollen eure Töchter aus Gründen der allgemeinen Menschenrechte, von wegen Recht auf eigene Religion, Kultur und Identität, die Bedingung stellen, ihre eigenen Götter mitzubringen. Und weil ihr Herz von der Schönheit eurer jungen Frauen gefangen sein wird, werden die Hebräer alles zugestehen. Und dann sollt Ihr mal sehen, was passiert. Wie ich den Gott der Juden kenne, wird er ihnen das nicht durchgehen lassen und sie furchtbar strafen. Und Ihr könnt genüsslich zusehen. Na?"

Da sich die Ratgeber der Könige über diese Idee nicht einigen konnten, berieten sich die Midianiter mit den Moabitern noch einmal auf dem Späherfeld und befanden schließlich die Idee des Sehers aus Edom für gut. Zum nächsten Frühjahrsfest würde man das Projekt „friedliche Nachbarschaft" anlaufen lassen.

In Edom angekommen, berichtete Bileam seinem alten König vom Misserfolg seiner Orakel, aber auch von seiner Idee, den Willen und die Gebote Gottes auszutricksen.

„Wenn Gott sie auch stark gemacht hat, der Wüste und dem Schwert zu widerstehen, wenn er sie auch bewahrt hat vor jeglicher Verfluchung, so wette ich bei meinem Bart, dass die Hebräer dem Angriff auf ihre Sinnlichkeit nicht widerstehen können. Wie man so sagt: Blut ist dicker als Wasser. Und wenn ihr Blut in Hitze ist, was können da die Gebote Gottes noch ausrichten? Da hilft von Gott aus nur noch: drein hauen!"

„Das leuchtet mir ein", schloss der König die Unterredung, „dann wird in Israel die Kacke am Dampfen sein."

*Dass das Haus Jakob gemäß der göttlichen Vorsehung auch das Haus Esau, also Edom, einst unterwerfen würde, verschwieg Bileam. Wozu unnütz Staub aufwirbeln, wenn das noch lange hin war? Vielleicht klappte ja auch die Sache mit der friedlichen Nachbarschaft und dann sah die Welt an Jordan und Salzmeer wieder ganz anders aus. Und da er doch neugierig war, ob seine Idee Frucht bringen würde, sattelte er im nächsten Frühjahr wieder seinen Esel und zog nach Midian. Offiziell hatte er verlauten lassen, er wolle miterleben, wie Israel gedemütigt würde (durch seine Idee!), im Geheimen aber hoffte er, auch für sich selbst eine von den Schönen erobern zu können.*

„Meine Güte", sagte Josphus, als der Alte seine Erzählung beendet hatte, „so habe ich das ja noch nie gehört und gesehen. Natürlich wusste ich aus dem Tanach von Bileam, aber wie das alles zusammenhing, welches innere und äußere Ringen, welche religiöse und machtpolitische Dimension damit verbunden war, ist mir erst durch Euren Bericht bewusst geworden. Danke, vielen Dank. Ich habe mir alles notiert."

„So hat mir das alles schon mein Vater erzählt", erwiderte der Alte schmunzelnd. „Und ich habe es so auch Ada erzählt. So ging das von Generation zu Generation. Aber ob meine Tochter es noch einmal weitererzählt? Wer weiß. Wo ist sie überhaupt? Ada?"

„Hi.ier!" Nicht nur ihre Glockenstimme, auch sie selbst schwebte um die Hausecke. Sie hatte noch das Kopftuch und den schmutzigen Arbeitskittel von ihren Beschäftigungen an.

„Ihr müsst mich mal so nehmen, wie Ihr mich hier seht. Ich muss nämlich gleich noch einmal zu den Tieren. Zwei Lämmern geht es nicht gut."

„Wie tüchtig du bist, mein Täubchen, doch bevor du wieder verschwindest, noch eine Frage: Du hast mir doch gestern, die

Einladung von Herrn Josephus hier überbracht. Nun habe ich ihm gesagt, du weißt das ja, dass ich nicht mehr so weit laufen kann und wegen meiner Rückenschmerzen auch nicht einen Wagen benutzen möchte, den mir unser Gast freundlicherweise angeboten hat. Aber nun fragen wir dich, ob du auch allein seiner Einladung folgen würdest. Meine Erlaubnis hättest du."

„Du würdest mir eine große Freude machen", fügte Josephus hinzu, „auch wenn es schade ist, dass Vater nicht dabei sein kann. Ich würde dich auch mit dem Wagen holen und dich zurückbringen. Du musst nur sehen, wann du mal ein paar Stunden frei nehmen kannst. Bitte."

Etwas verlegen schaute sie von einem zum anderen, spielte etwas mit ihren Fingern und sagte schließlich: „Gut. Ich weiß, dass Ihr ein vornehmer und gebildeter Mann seid. Ich vertraue Euch und werde kommen."

Nach einer kleinen Pause fügte sie hinzu: „Ich werde gerne kommen."

„Ada, du machst mich glücklich mit dieser Zusage. Und", betonte Josephus, „du stehst nicht unter Zeitdruck. Schau, wann es passt. Dein Vater und ich haben ja mit unseren Recherchen noch ein paar Tage zu tun."

Man hörte das laute Meckern der Ziegen.

„Ich sage Bescheid. Aber jetzt muss ich wieder an die Arbeit. Da wollen welche die Milch los werden! Schalom. Bis morgen!"

Als sie um die Ecke verschwand, winkte sie noch über die Schulter zurück.

„Sie ist meine Altersversorgung", sagte der Alte, „aber eines Tages werde ich sie loslassen müssen. Ich weiß. Dann muss ich allein zurechtkommen. So ist das Leben."

„Ihr seid stark. Und wer weiß, vielleicht kommen Euch ja dann Enkel zu Hilfe. So ist das Leben doch auch. Haha. Aber eins interessiert mich an der Bileamgeschichte nun doch noch: Wie ist die Sache mit den schönen Mädchen ausgegangen? Hatte dieser Plan den erhofften Effekt?"

„Die Frag ist gut. Und soweit ich mich erinnere hat der Plan im Prinzip geklappt. Das heißt, die infrage kommenden Männer der Juden reagierten wie alle Männer der Welt. Sie rissen sich um die Schönen aus Midian und Moab. Und als sie sie heiraten wollten, akzeptierten viele Juden – nicht alle! – aber doch viele die Bedingungen der Midianiter, wenn auch oft mit schlechtem Gewissen. Aber was ist das Flämmchen des Gewissens gegen die Glut des Eros? Das heißt, jene Frauen konnten ihre Religion mitbringen und damit auch ihre Götter, allen voran den Baal-Pegor. Insofern war Bileams Idee ein Erfolg.

Dann aber schlug der Plan ins Gegenteil um (Num 25). Im Sommer nämlich kamen etliche der schönen Mädchen schreiend zurück in die Heimat gerannt und berichteten, dass eine führende jüdische Priesterfamilie im Verein mit ihrem Führer, dem Mose und auf Geheiß ihres Gottes Jahwe alle Männer, die sich mit Midianiterinnen eingelassen hatten, samt ihren fremden Frauen töten ließ. Sie selbst seien von ihren Männern schnell weggeschickt worden. Ob die Männer überlebt hätten, wüssten sie aber nicht. Aber es kam noch schlimmer. Noch war das Geschrei und Geheule nicht verstummt, da marschierten die Truppen der Hebräer ein und erschlugen alle Männer, deren sie habhaft wurden, auch die Frauen, die sich hergeflüchtet hatten und natürlich auch die Ratgeber und die königliche Familie. Und ganz gegen ihr Erwarten bekamen sie durch Verrat auch Bileam zu fassen. Sein Plan kostete ihn letztendlich das Leben. War es der Wille Gottes, der ihn schon auf dem Weg nach Moab behindert und ihm gedroht hatte? Ich vermute es. Jedenfalls sank er statt in ein heißes Liebesnest in ein kühles Grab. Seinen Esel aber nahmen die Hebräer zusammen mit ungeheuren Mengen an Vieh, Gold und Silber, mit. Dabei konnte er am wenigsten dafür. Ja, so war das. Der Gott der Hebräer ist ein eifersüchtiger Gott. Der lässt nichts anderes neben sich gelten. So sind die anderen Götter nicht. Da kann man nicht gegen an."

„Danke. Ich werde darüber nachdenken. Vielleicht schreibe ich auch noch ein Buch über die Götter im Allgemeinen und über den jüdischen Gott im Besonderen. Vielleicht. Aber heute bestimmt nicht mehr."

Josephus lachte.

„Und nochmals danke für das heutige Treffen. Und noch ein Gruß an das Täubchen! Schalom."

„Wird gemacht. Schalom."

Auf dem Heimweg, den er, wie immer, zu Fuß antrat, dachte er voll Freude über ihren zugesagten Besuch bei ihm nach. Ich werde ihr ehrlich von meinen beiden gescheiterten Ehen erzählen. Ja, das muss ich. Und dann werde ich sie fragen, ob sie mich heiraten würde. Und wenn sie wieder antwortet, dass man damit nicht scherzt, dann werde ich ihr sagen, dass ich es ernst meine. Sie würde mich sehr, sehr glücklich machen. Ja, so mache ich es.


## 7. „Nicht noch einmal!" (nach 1 Sam 21 u.22)

„Welch ein wunderbarer Tag heute", begrüßte ihn der Alte, „ein kleines Lüftchen bringt vom Meer her etwas Abkühlung und jetzt noch unser lieber Gast. Was will man mehr. Willkommen."

Damit streckte er Josephus beide Hände entgegen und bat ihn wieder nach hinten in den Palmenschatten. Das freute den

Gast besonders, weil er von hier aus Ada zuwinken konnte, die in der Ferne beschäftigt war. Sie winkte fröhlich zurück.

„Ada hatte schon alles auf dieses Tablett gestellt", sagte der Alte weiter, „ich brauchte es nur noch hierher zu tragen. Ja, so ist mein Täubchen. Sie hat immer das Wohl aller im Blick."

„Deshalb erlaube ich mir", meldete sich nun endlich auch Josephus zu Wort, „zu allem Wunderbaren dieses Tages noch hinzuzufügen, dass Ihr eine bezaubernde Tochter habt. Ihr könnt Euch glücklich schätzen. Ich habe noch keine Kinder und leider nach mancherlei Enttäuschung auch keine Frau. Aber ich bin fest überzeugt, dass ich mit Eurer Tochter glücklich werden könnte. Das ist ganz anders als bei den Frauen, die ich bisher kennengelernt hatte. Und deshalb möchte ich keinerlei Druck ausüben, möchte auch nicht, dass, wie sonst so oft, der Vater entscheidet. Verzeiht mir, wenn ich das so sage, aber mir läge viel daran, dass sie selbst entscheidet. Und ich werde der glücklichste Mann der Welt sein, wenn sie sich für mich entscheidet."

„So sei es. Und ich denke, in den nächsten Tagen wird sie etwas mehr Luft haben und kann mal ein paar Stunden frei nehmen zu eurer Verabredung. Aber nun schlage ich vor, dass wir uns in der Geschichte unserer Völker etwas weiter bewegen."

„Bis wo?"

„Bis zur Zeit Eures großen Königs David. Der war doch der Stern, den der Seher Bileam für das Haus Jakob vorher gesagt hatte. Oder nicht?"

„Doch, gewiss. Er war der große Stern, der sein Licht warf auf alle vorherige Geschichte und alle Versprechen des Gottes Israels und der bis heute nicht verblasst ist. Die Hoffnung auf den Sohn Davids, den Messias, hat schließlich diesen schrecklichen Krieg ausgelöst, an dem die Juden nun zugrunde gegangen sind. Wir waren ja alle wie verblendet. Ich auch. Bis mir die

Augen aufgingen und ich begriff, dass wir keinem guten Stern, sondern einem Irrlicht gefolgt waren. Ob es realistisch ist, auf den guten Judenstern, auf den Sohn Davids, den Messias, noch zu warten, ich kann es mir nicht vorstellen. Aber dass wir Juden uns mit Stolz und Wehmut und manchmal eben auch mit falschen Hoffnungen an die große Zeit Davids erinnern, ist ja verständlich. Ich vermute, dass Eure Erinnerung an jene Zeit nicht nur anders, sondern ziemlich entgegengesetzt ist. Richtig?"

„Das kann man wohl sagen. Für Edom war die Davidzeit eine große Demütigung. Aber gestattet mir eine Bemerkung zu Eurer Messiasfrage. Ich habe hier in Betanien vor vielen Jahren einen Juden kennengelernt, der sich mir tief eingeprägt hat. Von ihm behauptet eine bestimmte jüdische Richtung – oder würdet Ihr sagen Sekte? – er sei der Messias gewesen. Und nach meinen Erfahrungen kann ich nur sagen: Ich glaube, sie haben recht."

„Erzählt doch mal."

„Äh, nein. Das sollten wir uns zum Schluss aufheben. Ich sagte ja schon neulich: das ist neuere Geschichte. Könnt Ihr Euch noch gedulden?"

„Na gut. Gehen wir der Reihe nach vor. Also zuerst Vater David und zum Schluss der Davidssohn."

„Genau genommen fing die, wie soll ich sagen, die militärische Begegnung zwischen Edom und Israel schon beim ersten jüdischen König an, bei Saul."

„Na, dann erzählt mal wieder. Ich bin, wie immer, gespannt auf Eure Sicht der Dinge."

*200 Jahre später. Bozra. In der Hauptstadt, im königlichen Palast treffen sich auf Betreiben der Häuptlinge alle Ratgeber des Königs und der Oberpriester mit Hadad, König von Edom, zu einer außerordentlichen Sitzung.*

„Mein König, wir hatten lange Jahre Ruhe und Frieden. Wir konnten unsere Felder beackern und das Vieh ungestört auf die Weiden treiben. Wir konnten unser Kupfer schmelzen und Handel treiben in alle Richtungen. Aber jetzt droht Gefahr!“ Haliel, oberster Priester und Berater des edomitischen Königs Hadad zog die Stirne kraus und versuchte, den König aus seiner Lethargie aufzurütteln. Der aber kraulte seinen Lieblingshund Zis, einen hochbeinigen Slughi, hinter den Ohren.

„Gefahr? Haha. Wir beide kennen keine Gefahr, nicht wahr, Zis? Wir beide, ja, brav. Wenn wir beide auf Jagd gehen, dann besteht Gefahr immer nur für andere, nicht wahr, Zis? Bist ein Guter.“

Nun schaltete sich Doeg, der Häuptling für Landwirtschaft, ein: „Leider muss ich die bedrohliche Situation bestätigen. Seit die Israeliten einen eigenen König haben, wird der Druck auf unsere Weiden im Westen immer stärker. Aber es geht nicht nur um unser Vieh und die Weiden, nein, sie wollen, wie sagen sie? Ach ja, sie wollen eine Grenzbereinigung. Ihr Gott habe ihnen alles Land jenseits der Arabah zugesprochen und wir sollen uns in die Arabah zurückziehen. Aber wenn wir das tun, sind auch unsere Kupferhütten und der Zugang zu unserem Hafen Elat bedroht. Wir können da auf keinen Fall nachgeben.“

„So schlimm ist es? Ach was, das hätte ich ja nicht gedacht. Was machen wir denn da?“, fragte König Hadad ganz entsetzt und kraulte, wie um sich zu beruhigen, um so intensiver seinen Hund.

„Wir müssen uns wehren…“

„Eine bewaffnete Truppe aufstellen…“

„Den Feinden eine Falle stellen…“

Die Ratschläge der Häuptlinge und Ratgeber des Königs schwirrten wild durcheinander.

*Schließlich raffte sich der König zu einer königlichen Order auf: „Zum nächsten Neumond treffen wir uns mit allen waffenfähigen Männern bei Timna. Bis dahin könnt Ihr einen Plan ausarbeiten, wie wir den Israeliten kräftig aufs Haupt schlagen, so dass sie nie wieder auf solch dumme Gedanken kommen, nicht wahr, Zis?" Der wedelte zur Bestätigung mit dem Schwanz.*

*„Ihr Gott habe ihnen das versprochen. Nicht zu fassen. Oder was meinst du, Zis?"*

*Der Hund jaulte nur etwas. War es Zustimmung oder Unverständnis? Das wusste nur er selbst. Auf jeden Fall sammelten sich die edomitischen Mannen zur verabredeten Zeit. Einige hatten Schwerter mit, andere führten Spieße oder Hacken mit sich, die meisten aber kamen ohne. Sie bekamen jeder einen ordentlichen Knüppel in die Hand. Dann wuselten alle wild durcheinander, denn einen Krieg hatten sie alle noch nicht führen müssen und kannten entsprechend auch keine Kriegsordnung.*

*Als König Saul schließlich an der Spitze einiger wohlgeordneter Hundertschaften vor Timna erschien, kam Panik über unsere Leute. Saul alleine muss schon eine beeindruckende Gestalt gewesen sein, alle anderen um Haupteslänge überragend, mit einer blinkenden Rüstung angetan und den Waffenträger neben sich.*

*Der einzige von unserer Seite, der es wagte, sich ihm entgegenzustellen, war Zis. Doch als Sauls Rüstung in der Sonne blinkte und der Hund merkte, dass niemand ihm folgte, zog auch er den Schwanz ein und trabte zurück.*

*Saul aber, als er nahe genug heran war, rief in königlicher Manier: „Legt eure Waffen nieder, dann geschieht euch nichts."*

*Brav legten die Häuptlinge ihre Schwerter und Spieße nieder. Die Mannen taten es ihnen gleich und warfen ihre Knüppel weg. Schließlich legte auch Hadad Schild und Schwert nieder.*

*König Saul aber rief den König und seine Häuptlinge zu sich und sagte: „Wir wollen keinen Streit mit euch. Aber dieses Land, das hier an die Arabah grenzt, ist uns von unserem Gott schon zu Väterzeiten zugesagt. Wir nehmen es jetzt in Besitz und erwarten, dass Ihr das respektiert. Dann werden wir eine gute, für beide Seiten gewinnbringende Nachbarschaft haben. Die Kupferhütten könnt Ihr weiter betreiben. Aber unser Bergbauminister wird mit Eurem Hütten-Häuptling eine gewissen Abgabe an uns aushandeln. Haben das alle verstanden?"*

*Die Edomiter nickten  mürrisch mit dem Kopf.*

*„Noch eins, ich suche Fachleute für bestimmte Ämter in unserem neuen Staatswesen Israel. Wer von Euch Häuptlingen kommt mit mir?"*

*Schweigen.*

*„Ich zahle gute Gehälter."*

*Die Edomiter starren verbissen auf den Boden.*

*Doch dann tritt einer vor: „Ich komme mit."*

*„Wie heißt du?"*

*„Doeg."*

*„Verräter", hört man es durch zusammengebissene Zähne murmeln. „Verräter!"*

*König Saul war das egal.*

*„Gut. Folge mir, Doeg. Da drüben ist ein Esel für dich."*

*Damit schwang er sich auf sein Pferd und jagte davon. Seine Hundertschaften folgten ihm.*

*Auf der Seite der Unterlegenen zog man sich zurück, ein jeder in sein Zuhause. Die einen freuten sich im Stillen, dass alles glimpflich abgelaufen war und sie wieder ihren Acker bestellen konnten, andere haderten, dass sie sich so hatten demütigen lassen. Nur in König Hadad kochte eine noch nie gekannte Wut hoch. Sie sollen mich kennenlernen. Alle! Meine feigen Häuptlinge und diese verdammten Israeliten. Diese Eindringlinge.*

*Diese Fremden. Und Doeg. Wenn ich den zu fassen kriege, ich mache Hackfleisch aus ihm!*

*In Bozra angekommen, ließ er sofort wieder eine Sondersitzung seiner Häuptlinge und Berater einberufen. Auch der Oberpriester war wieder dabei. Der musste ihm als erstes erklären, ob er eine Ahnung habe, was es da von Väterzeiten her für eine Prophetie oder Ähnliches gegeben habe, worauf der arrogante König Saul sich berufen habe.*

*„Ja", sagte Haliel, der Oberpriester, „es gibt da solch einen Segensspruch über das Haus Jakob, also Israel, dass er über alle seine Brüder und Verwandten herrschen und dieses ganze Land da drüben in Besitz nehmen soll. Sie scheinen sich darauf zu berufen und mit dieser Prophetie ernst zu machen. Es gibt aber auch die Prophetie, dass Edom, wenn es sich auf sein Schwert verlässt, dem Haus Jakob standhalten kann."*

*„So, so."*

*König Hadad dachte einen Augenblick nach. Er kraulte diesmal nicht seinen Hund, gab ihm vielmehr einen Tritt, so dass der sich jaulend in eine Ecke verkroch.*

*Dann sprang er auf und reckte sich zu voller Größe. An Saul kam er nicht heran, doch zeigte er sich jetzt, zum ersten Mal, als von königlichem Geblüt und Gemüt.*

*„Wir werden ein Heer aufbauen, das fähig und in der Lage ist, unser Land gegen solche Eindringlinge, wie wir es jetzt erlebt haben, zu verteidigen. Das wollen wir nicht noch einmal erleben. Nicht noch einmal!"*

*Seine Stimme bebte. So hatten sie ihren König noch nie erlebt.*

*„Unser Ziel muss sein, ein Heer von mindestens fünfzigtausend Mann auszubilden und mit Waffen zu versorgen. Unsere Bergwerke und Schmieden sind entsprechend anzuweisen. Allen Kämpfern ist eine komplette Ausrüstung zur Verfügung zu stellen: Bogen, Schwert, Spieß, Schild. Zusätzliche Waffenlager sind*

*in den Höhlen von Seir anzulegen und zu bewachen. In fünf Jahren muss dieses Heer stehen. Der Häuptling für Finanzen wird alle Staatsausgaben auf dieses Projekt der Verteidigung konzentrieren. Wir wollen kein Land überfallen. Aber wir müssen uns verteidigen können. So etwas wollen wir nicht noch einmal erleben. Nicht noch einmal!"*

*Begeistert sprangen die Versammelten auf: „Nicht noch einmal!"*

„Das war im Grunde der Anfang", sagte der Alte und sah dann wieder einmal wie suchend in die Ferne, als wollte er die Vergangenheit zurückholen.

„Der Anfang wovon?", wollte Josephus wissen.

„Der Anfang von erstens kriegerischen Auseinandersetzungen zwischen Edom und Israel und zweitens der Anfang vom Untergang Edoms. Das zog sich alles noch tausend Jahre hin, aber am Ende dieser direkten Begegnungen war Edom als Volk vom Erdboden verschwunden. Bis auf mich. Aber ich bin nicht mehr Volk, sondern ein einzelner Übriggebliebener, der wie Noah sein Täubchen irgendwann fliegen lässt und dann alleine aussteigt aus der Arche und stirbt."

„Ich verstehe ja Eure Wehmut in gewisser Weise, aber ich denke, man kann das auch anders sehen, gewissermaßen global. Schließlich gehören wir ja nicht nur zu einem bestimmten Volk, sondern auch zur gesamten Menschheit. Deshalb werdet Ihr nie wirklich allein sein. Ihr habt zum Beispiel noch Nachbarn, wenn auch kriegsbedingt nicht mehr viele. Aber ihr kennt euch alle in- und auswendig. Ihr redet miteinander und helft einander, völlig unabhängig davon, wieweit ihr blutsverwandt miteinander seid. Und Euer Täubchen wird Euch gewiss Enkelkinder schenken. Wenn der Himmel und Euer Täubchen es wollen, werde ich sogar der glückliche Vater sein – und wenn nicht, Ihr werdet jedenfalls niemals völlig allein und übrig sein. Also lasst die traurigen Gedanken nicht über Euch siegen, sondern seid stolz und dankbar über die Geschichte Eures Volkes, so, wie sie nun einmal war."

„Ihr habt ja recht. Die Schwermut liegt oder besser lag unserm Volk wohl ein bisschen im Blut. Wir müssen uns immer einen Ruck geben, um da rauszukommen. Deshalb gebe ich mir jetzt auch diesen Ruck und erzähle mal weiter. Ihr aber, greift nur zu. Solche wunderbaren Datteln findet Ihr weit und breit nicht."

Josephus ließ sich also die Datteln schmecken und der Alte erzählte.

*Während in Edom Tag und Nacht die Schmiedehämmer dröhnten und die Mannen mehrmals im Jahr zum Exerzieren gerufen wurden, machte einer von ihnen in Israel Karriere: Doeg. Weil er auf diesem Gebiet Erfahrungen hatte und dem König gut schmeicheln konnte, berief ihn dieser zum obersten Beamten für die Vieh- und Weidewirtschaft. Dazu bekam er ein gutes Gehalt, nahm auch den jüdischen Glauben an und durfte eine jüdische Frau heiraten. Auf diese Weise gehörte er, wie man so sagt, ‚ganz oben' dazu.*

*Eines Tages nun traf es sich, dass Doeg mit seiner Frau in Nob war. Die Juden hatten dort solch ein heiliges Zelt, wo angeblich Gott mit ihnen redete und wo auf jeden Fall ein Altar stand, auf dem sie ihre Opfer darbringen konnten. Dieses Heiligtum stand damals in Nob, wo auch Doeg mit seiner Frau ein Opfer für ihren Erstgeborenen darbrachten, wie das Gesetz es befahl.*

*Zu ihrer Überraschung sahen sie, dass sich auch der junge David in diesem Heiligtum aufhielt. Kurz grüßte er herüber. Doeg kannte ihn von Begegnungen bei Hofe und so war ihm auch nicht verborgen geblieben, welche Spannungen sich zwischen*

*Saul und seinem Schwiegersohn David aufgebaut hatten. Deshalb hielt er es für ganz angebracht, herauszubekommen, was David hier im Heiligtum zu suchen hatte. Ein Opfer hatte er jedenfalls nicht gebracht. Dann sah er, natürlich ‚ganz zufällig', dass der Oberpriester Ahimelech fünf der heiligen Schaubrote in einen Sack steckte, den David ihm hinhielt. Interessant, dachte Doeg, sehr interessant. Das isst er doch nicht alles alleine auf. Da steckt beziehungsweise stecken doch mehr dahinter. Und dann kam Ahimelech auch noch mit dem Schwert, das alle Besucher des Heiligtums kannten. Es war das Schwert des Philisterfürsten Goliath, den David einst mit einer Steinschleuder besiegt hatte. Darüber erzählte man sich weit und breit mancherlei Legenden, abends beim Lagerfeuer. Jetzt händigte ihm der Priester dieses Schwert aus. Dann besprachen sie noch etwas, was Doeg trotz spitzer Ohren nicht verstehen konnte, der Priester legte David segnend die Hand auf und der zog mit den Broten und dem Schwert ab (1 Sam 21,1-10).*

*Interessant, dachte Doeg, sehr interessant. Das muss ich unbedingt dem König berichten. Dazu hatte er schon zehn Tage später Gelegenheit. Bei einer Palastversammlung regte sich Saul furchtbar darüber auf, dass sich alle gegen ihn verschworen hätten und nun sogar sein Sohn Jonatan gemeinsame Sache mit David mache. Und alle würden schweigen und keiner ihn informieren, wo sich dieser David aufhalte, der ihm, dem König, nach dem Leben trachte. Wenn der König in Rage war, zitterten alle, zumal er mit seinem mächtigen Spieß herumfuchtelte, so dass jeder darauf gefasst war, an die Wand gespießt zu werden. Bei David hatte er das ja in einem Wutanfall auch schon versucht.*

*Als er dann doch einmal innehielt, trat Doeg vor und berichtete dem König von seinen Beobachtungen im Heiligtum von Nob (1 Sam 22,6-23).*

*„Mein König, Ihr wollet mir einen Augenblick zuhören. Denn ich habe Euren Knecht David im Heiligtum gesehen, wie Euer Oberpriester ihm einen Sack voll mit den heiligen Broten gab und dazu das Schwert des Goliath. Dann besprachen sie noch etwas und Ahimelech gab David den Segen. Der verschwand dann nach draußen. Ich ging noch hinterher, um zu sehen, in welche Richtung er sich wenden würde, aber ich konnte nichts mehr von ihm sehen. Er muss aber gewiss dort in der Nähe noch mehr Gefolgsleute haben, denn das viele Brot brauchte er bestimmt nicht für sich allein."*

*„Da hört ihr es", regte sich Saul nun erneut auf. „Ein Edomiter muss mich aufklären über meinen Feind, der mir auflauern wird, um mich zu töten und das Königreich zu übernehmen. Und sogar meine eigenen Priester haben sich nun mit ihm verbündet. Na wartet!"*

*Er gab Befehl, alle Priester von Nob zu ihm zu bringen.*

*„Was habt Ihr euch gedacht", donnerte Saul sie an, „euch allesamt mit David gegen mich zu verbünden? Ihr habt ihm Brot gegeben für eine große Mannschaft und das Schwert des Goliath. Ihr habt Gott für ihn befragt und ihm den Segen gegeben. Aber mir, mir habt ihr davon nichts gesagt. Weil ihr ihn schützt und gemeinsame Sache macht mit ihm. Gegen mich!"*

*„Mein König", versuchte Ahimelech sich zu wehren, „ich habe nichts getan, was ich nicht auch früher schon getan hätte. Ich habe Eurem Schwiegersohn und Anführer Eurer Leibwache schon immer priesterlich beigestanden. Was zwischen ihm und Euch vorgefallen ist, weiß ich nicht. Aber dass wir uns gegen den König verbündet hätten, das ist eine Unterstellung, die ich energisch zurückweisen muss."*

*Es half ihm nichts.*

*Der erboste König war nicht zu beschwichtigen, sondern befahl: „Tötet ihn. Und alle Priester, die zu seinem Hause gehören!"*

*Als sich keiner von seiner Leibwache rührte, weil sie sich nicht an den Priestern schuldig machen wollten, zischte Saul mit zusammengekniffenen Lippen Doeg an, den Edomiter: „Stoße du sie nieder und töte sie! Das ist ein Befehl!"*

*Den Doeg nur allzu gern ausführte, konnte er sich auf diese Weise doch beim König beliebt machen und hoffentlich Gewinn davon erwarten. Dass es Priester waren, die er umbringen sollte, machte ihm jedenfalls keinerlei Gewissensbisse. Fünfundachtzig Männer starben durch seine Hand und damit nicht genug, er brachte er auch noch ihre Familien in Nob um, samt ihrem Vieh. Es sollte eine Warnung sein, sich je noch einmal mit David einzulassen gegen den König.*

*So dachte Doeg. Doch es kam alles anders.*

„Lasst mich raten", unterbrach Josephus den Alten, „als David König wurde, hat er wahrscheinlich diesen Verräter als erstes umgebracht? Im Tanach steht davon aber nichts."

„Na ja, ganz so war es ja auch nicht. Wie wir schon gesehen haben, war Doeg immer darauf bedacht, zunächst seinen eigenen Vorteil zu suchen und, wenn es erforderlich war, seine eigene Haut zu retten. So auch diesmal. Hört."

*An der moabitisch-edomitischen Grenzstation auf dem Königsweg ist Unruhe. Ein Eselskarren ist von Norden her vorgefahren, vollgepackt mit allerlei Kisten und Säcken, geführt von einem Mann, der unschwer als Edomiter zu erkennen ist.*

*„Das ist Doeg, der Verräter", ruft einer von der Grenzwache.*

*„Was willst du hier?"*

*„Ich bin auf der Flucht und bitte um Asyl. Saul, der mich damals mit mehr oder weniger Gewalt mitgenommen hat, ist im Krieg gefallen. Nun ist der berühmt-berüchtigte David König an seiner Stelle. Der aber bringt alle um, die Saul gedient haben. Ich*

konnte ihm gerade noch so entkommen. Und nun bitte ich untertänigst darum, mir wieder Heimatrecht zu gewähren. Ich hatte all die Jahre eine große Sehnsucht nach Seir. Nur Qoz weiß, wie ich mich freue, wieder heimatlichen Boden zu betreten."

Dabei wischte er sich eine Träne aus den Augen.

„Das können wir nicht entscheiden", erwiderte der wachhabende Offizier. „Ich weiß nicht, wie man mit einem Verräter umgeht. Wir werden in Bozra anfragen, was geschehen soll. Bis von dort eine Antwort kommt, baut dort am Waldrand Euer Zelt auf und wartet."

Doch Doeg trat einen Schritt näher und nestelte aus seinem Umhang einen Beutel hervor: „Ihr müsst doch nicht solchen Aufwand machen. Ich weiß, ich hätte damals auch anders entscheiden und hier bleiben können. Aber ich dachte, dass es für Edom vielleicht gut ist, wenn einer sich opfert und in fremde Dienste geht. Vielleicht könnte ich da Unheil von Edom abwenden. Und außerdem", er schwenkte den Beutel vor ihren Augen, in dem es verdächtig klimperte, „ihr sollt nicht zu kurz kommen. Ich weiß doch, dass euer Sold knapp bemessen ist und will euch da gern etwas Gutes tun."

Mit begehrlichen Augen schauten die Mannen auf den Beutel.

Der Offizier aber sagte drohend: „Ich werde den Beutel hier unter Zeugen an mich nehmen als Zeichen versuchter Bestechung. In Edom stehen inzwischen auf Bestechung und Korruption schwere Strafen. Wir werden alles nach Bozra melden. Ihr baut Euer Zelt da auf und rührt Euch nicht von der Stelle."

Doeg musste sich zähneknirschend fügen und einige Tage warten.

Dann kam die Antwort: „König Hadad hat großmütig entschieden, dass Ihr einreisen könnt. Ihr habt aber alles Vermögen abzuliefern als Entschädigung für die durch Euren verräterischen Weggang entstandenen Verluste und als Strafe für versuchte Bestechung. Eine Wache wird euch nach Bozra bringen. Dort wartet Ihr, bis der König aus Pagu, seinem Sommerdomizil, zurück ist. "

So geschah es. Doeg wusste, dass er auf alles gefasst sein musste. Er war nun ein verachteter Verräter und rechtloser Flüchtling. Der König konnte ihn fallen lassen, konnte ihn töten lassen. Alles konnte passieren. Doch Hadad, gut gelaunt aus dem Urlaub zurück, gab ihm eine neue Chance.

„So, so. Doeg. Ihr habt euch damals feige vom Acker gemacht. Und nun seid Ihr wieder da. Ich könnte Euch zum Tode verurteilen lassen. Aber wisst Ihr was? Ich gebe Euch eine neue Chance, Euren schändlichen Verrat wieder gutzumachen."

„Ja?"

Die Augen Doegs bekamen wieder Glanz.

„Ich stehe selbstverständlich immer zu Euren Diensten. Wenn ich das Amt des Häuptlings für Landwirtschaft wieder übernehmen soll…"

„Nein, nein, das ist gut besetzt. Ihr werdet mir aber haarklein berichten, wie die Dinge in Israel funktionieren: der Staatsaufbau, das Heer, das besonders! Truppenstärke, Bewaffnung, Struktur, Strategie. Einfach alles. Verstanden? Edom wird sich auf eine kriegerische Begegnung mit dem neuen König einstellen müssen. Und Ihr werdet das Eure dazu beitragen. Verstanden?"

„Aber selbstverständlich, nichts lieber als das."

„Das will ich Euch auch raten, denn wenn Israel siegen sollte, werdet Ihr der erste sein, den David aufhängt. Verstanden?"

„Sehr wohl, sehr wohl." Die Bücklinge Doegs nahmen gar kein Ende. Zis aber, der Jagdhund des Königs wedelte um ihn herum. Und wie, um dem König seine Unterwürfigkeit zu zeigen, kraulte nun Doeg den Hund, gab ihm einen Brotkrumen aus seiner

*Rocktasche und freundete sich mit ihm an. Vielleicht hatte ihn der Hund auch von damals her wiedererkannt? Er jedenfalls, Doeg, konnte jetzt jeden Freund gebrauchen.*

*Und die politische Entwicklung ging genau in die Richtung, die König Hadad befürchtet hatte. Es drohte Krieg. Zum Glück war er diesmal besser vorbereitet. Nicht noch einmal, dachte Hadad und ballte die Faust in der Rocktasche.*

„Das kann ich bestätigen", schaltete sich Josephus wieder ein, „der Tanach berichtet, dass Gott durch die Hand Davids alle Völker bestrafte, die Böses gegen Israel getan hatten oder im Schilde führten. Gott fühlte sich gewissermaßen selbst angegriffen, weil er dieses Volk erwählt hatte und liebte."

Dabei schweiften seine Augen in der Richtung, wo er Ada vermutete und in Gedanken sagte er sich: Ich verstehe Gott und weiß heute und hier, wie das ist, wenn man jemand erwählt und liebt und will alles Böse von dem oder der Erwählten fernhalten. Ja, mit dem Herzen kann ich Gott verstehen.

„Ich weiß, dass das Eure Sicht der Dinge ist", unterbrach der Alte seine Gedanken, „aber für die betroffenen Völker war es eine Katastrophe. Zuerst wurden die widerborstigen Philister endgültig besiegt. Dann kam ...“

„Moab dran, genau, wie es vorher gesagt war ‚wer das Haus Jakob verflucht, der soll verflucht werden'. Moab musste einen großen Blutzoll zahlen. Es war ein regelrechtes Massaker, das David da veranstaltete. Aber er rottete das Volk nicht aus."

„Ja. Und dann kamen wir dran. Es war ja nur eine Frage der Zeit. Hadad hatte sich alle Mühe gegeben, das Heer aufzurüsten und gemäß der Informationen von Doeg auf den Gegner einzustellen, aber als es im Salztal zur großen Schlacht kam, hatten die tapferen Edomiter gegen die Überzahl und kampferprobten Truppen Davids keine Chance. Über zwanzigtausend

Tote soll unser Volk beweint haben, während Israel nur halb so viele Verluste hatte. Auch König Hadad war im Kampf umgekommen. Er war bis auf weiteres der letzte König von Edom (1 Chr 1,43ff.). David machte nämlich aus Edom einen Teil Israels. Aus den Häuptlingen wurden Statthalter von Jerusalems Gnaden und Steuereintreiber, die Kupferminen gingen in jüdischen Staatsbesitz über und Elat kam für Jahrhunderte unter israelische Kontrolle. Die Gebietsgrenze, nicht mehr Staatsgrenze, verlief nun mitten durch die Arabah."

„Das stimmt, soweit ich mich erinnere, mit dem Tanach überein. Aber verratet mir noch, was aus Doeg wurde, falls es da Überlieferungen gibt. Oder ist da nichts mehr?"

„Doch. Eine kleine, aber typische Szene ist überliefert."

*Als die Hörner das Ende der Schlacht anmahnten und David die gefangen Edomiter in Augenschein nahm, traute er seinen Augen nicht: „Sieh an, Doeg, ‚du Ränkeschmied' (Ps 52,2). So sehen wir uns wieder, du elender Verräter. Erst den eigenen König verraten, dann mich. Was meinst du, was sollen wir mit dir machen?"*

*„Habt Erbarmen, Herr, Erbarmen!", winselte Doeg.*

*„Du hattest kein Erbarmen mit den Priestern von Nob. Du hattest kein Erbarmen mit ihren Frauen und Kindern. Und du bettelst um Erbarmen? Wenn einer den Tod verdient, dann du!"*

*„Haltet ein", rief er, als seine Krieger das Schwert hoben, „er ist euer gutes Schwert nicht wert. Holt die Pferdeknechte."*

*Als drei Knechte da waren, gab David Befehl: „Für Ahimelech und die Priester von Nob: Schlagt ihn tot, diesen räudigen Hund."*

*Der letzte und einzige, der mit Doeg Mitleid hatte, war Zis. Der Hund lief zwischen seinem toten Herrn und Doeg winselnd hin und her, entschied sich dann aber doch für den König, kauerte sich neben Hadad und hielt die Totenwache.*

„Danke vielmals, danke. Ich kann das gemäß der Überlieferungen im Tanach alles bestätigen und hinzufügen, dass ein Sohn von König Hadad, fast noch ein Kind, von einigen Getreuen des Königshauses gerettet und nach Ägypten gebracht wurde (1 Kön 11,14ff.)."

„Das ist richtig", erwiderte der Alte, „und als David tot war, kam er auch als Hadad II. zurück. Aber er konnte das Königtum in Edom nicht wiederherstellen. Er hatte Unterschlupf gefunden bei den Ismaeliten in Arabien, von wo aus er sich einige Scharmützel mit Salomo, dem Sohn und Nachfolger Davids, lieferte. Dabei kam er auch ums Leben. Zu einer Erneuerung unseres Königtums kam es erst etwa hundert Jahre nach Salomo, als das Großreich der Hebräer auseinandergebrochen und dadurch geschwächt war. Verschiedene Völker nutzten die Situation und wurden wieder unabhängig, so auch Edom. Doch dann kam in Judäa ein König an die Macht mit Namen Amazja. Der ärgerte sich über unsere Unabhängigkeit so sehr, dass er einen schlimmen Krieg mit uns anfing und ein Massaker veranstaltete, das sich tief in das Gedächtnis unseres Volkes eingeprägt hat" (2 Chr 25,11-16).

*„Sie kommen!"*
*Der Bote, der mitten in die Sitzung der Häuptlinge hineinplatzte, war außer Atem.*
*„In Jerusalem haben sie die Mobilmachung ausgerufen. Ein mächtiges Heer soll sich sammeln, um uns wieder in die Knie zu zwingen. Ich habe selbst alles gehört und gesehen. Und dann habe ich mich auf den Weg gemacht, so schnell ich konnte, um Euch zu warnen."*

*Er bekam kaum noch Luft und verdrehte die Augen. Hastig reichte man ihm Wasser und drückte ihn auf einen Sitz.*

*„Nun erst mal ruhig. Tief ein- und ausatmen. Gut so. Trink noch etwas."*

*Die Häuptlinge aber waren voller Erregung aufgesprungen.*

*„Krieg. Verdammte Scheiße. Nicht noch einmal."*

*„Wie viele Kämpfer werden wir auf die Beine bringen?"*

*„Diese Geier! Warum lassen sie uns nicht in Ruhe?"*

*„Verfluchtes Judenpack!"*

*„Der Teufel soll sie holen!°"*

*„Weißt du, wann sie aufbrechen wollen?"*

*„Wir werden sie vertreiben wie räudige Hunde!"*

*„Sie werden uns nicht noch einmal unter ihre Knute kriegen. Nicht noch einmal!"*

*Während sie so durcheinanderschrien, hatte sich der Bote wieder erholt.*

*„Wenn die Weizenernte vorbei ist, also etwa in zwei Wochen, wollen sie sich sammeln. So an hunderttausend Mann!"*

*„Verdammte Scheiße. Wir haben nur an fünfzigtausend Krieger."*

*„Aber wir haben Geländevorteil!"*

*„Und wir wissen, dass sie kommen und können uns vorbereiten!"*

*So geschah es. Man verabredete, als erstes auch die Ernte einzubringen und sich dann im Salztal an der Grenze zu sammeln. Der Zeitvorteil – die Juden hatten ja noch einen langen Anmarsch – sollte genutzt werden, um die Festungen an der Grenze zu verstärken und einen Hinterhalt zu legen. Nachdem der Bote noch einen ordentlichen Lohn erhalten hatte, vereinten sich alle noch einmal in dem Ruf der Väter „nicht noch einmal!" Dann eilte man, sich für den Kampf zu rüsten.*

Die Edomiter bauten die beiden Grenzfestungen aus und weiter in den Bergen liegende Stellungen, falls sie sich zurückziehen mussten. Außerdem bereiteten einige Tausendschaften in einem unübersichtlichen Gebiet einen Hinterhalt vor, um bei einer entsprechenden Situation mit urplötzlicher Gewalt über die Flanke der Judäer herzufallen. Das Überraschungsmoment sollte die Schlacht entscheiden.

Als sich die beiden Heere dann gegenüberstanden, war die zahlenmäßige Überlegenheit der Judäer nicht zu übersehen. Dennoch hielten sich die Edomiter zunächst tapfer bis zur Mittagszeit. Doch als die Sonne am höchsten stand und die Hitze am größten war, wurden sie müde, während die Judäer immer frische und ausgeruhte Reserven ins Feld führen konnten. Deshalb schien für die Verteidiger der Augenblick gekommen, die Tausendschaften aus dem Hinterhalt zum Kampf zu rufen. Die Hörner ertönten auch. Doch es kamen keine Truppen.

Was war geschehen? Der Hinterhalt war den Judäern verraten worden. Sie hatten daraufhin ihre Elitetruppen angewiesen, diesen Hinterhalt in aller Stille zu umzingeln und dann plötzlich von allen Seiten auf die Eingeschlossenen einzuschlagen. Die erkannten ihre ausweglose Lage und ergaben sich. Als nun die noch kämpfenden edomitischen Truppen merkten, was geschehen war, zogen sie sich unter starken Verlusten in ihre Festungen und die hinten liegenden Stellungen zurück.

So stimmten die Judäer das Siegesgeschrei an und schwenkten ihre Fahnen. König Amazja aber begriff voller Wut, dass er zwar gesiegt hatte, aber Edom als Ganzes nicht mehr unterwerfen konnte. Eine Belagerung der Festungen konnte er nicht riskieren, weil er mit ständigen Angriffen der Edomiter von den Bergen her rechnen musste. Er gab deshalb Befehl, alles, was an Waffen noch brauchbar war, einzusammeln und alle Göttersta-

*tuen der Edomiter, sowie die gefangenen Tausendschaften mitzunehmen.*

*„Diese siebentausend Mann werden nie mehr gegen uns kämpfen", sagte er grimmig. „Bringt sie auf den Götterfelsen!" Dieser Felsen überragte die Ebene weithin sichtbar, sichtbar für die Festungen und sichtbar für die in die Berge geflüchteten Truppen und Zivilisten von Edom. Der Fels war berüchtigt für seine steil abfallende Südseite, die in alten Zeiten für Menschenopfer gedient hatte. Heute knüpfte Amazja an diese Tradition an. Den Gefangenen wurden die Hände gefesselt. Dann wurden sie mit den Schilden und Spießen der Judäer an den Felsrand gedrängt und hinuntergestoßen, während König Amazja ihre Götter anrief, dass sie das Opfer gnädig annehmen mögen. Seine Gebete mischten sich mit den gellenden Schreien derer, die in den Tod stürzten und mit den winselnden Bitten der Unglücklichen, die ihn um Erbarmen anflehten.*

*„Ich habe doch drei kleine Kinder…"*

*„Ich muss doch meine kranke Mutter versorgen…"*

*„Meine Braut wartet doch auf mich…"*

*„Habt doch Erbarmen…"*

*Andere verfluchten Amazja.*

*„Der Teufel soll dich holen…!"*

*„Alle Juden sollen verrecken…!"*

*„Qoz strafe dich und lasse nichts von deinem Hause übrig…!"*

*Das Herz des Königs aber war hart. Er schickte eine Hundertschaft, eine Tausendschaft nach der anderen in den Tod.*

*Einmal versuchten sie einen Aufstand und rannten, den Kopf nach vorn wie eine Stoßstange, in ihre Peiniger. Die aber ließen sie in ihre Spieße laufen und, wo das nicht genügte, erledigten ihre Schwerter den Rest.*

*Jenseits des Tales aber standen die Edomiter auf den Mauern der Festungen oder vor den Höhlen in den Bergen und mussten ohnmächtig, unter Tränen und dem Wehgeschrei der Frauen, mit ansehen, wie ihre Brüder und Söhne, ihre Väter und Ehemänner grausam und gegen alles Völker- und Kriegsrecht getötet wurden.*

*Am Ende waren es mehr als siebentausend Männer, die diesem Massaker zum Opfer fielen.*

Schweigen. Langes Schweigen.

„Ihr werdet verstehen", knüpfte der Alte dann noch einmal an, „dass dieses schreckliche Erlebnis die schon gewachsene Ablehnung und Feindschaft unseres Volkes gegen die Judäer in bitteren Hass verwandelt hat."

„Ja, das verstehe ich und tut mir als Juden gewissermaßen noch im Nachhinein leid. Dieses Massaker war ja auch durch nichts gerechtfertigt und gegen alles Recht der Völker. Im Übrigen gefiel dass alles auch Jahwe, dem Gott der Juden, nicht. Er beschloss, so steht es im Tanach, Amazja zu verderben. Er wurde dann auch auf der Flucht erschlagen. Aber freilich, das hat die erschlagenen Edomiter nicht wieder lebendig und den entstandenen Hass nicht zunichte gemacht."

„Im Gegenteil. Edom wartete nun bloß auf eine Gelegenheit, es den Judäern heimzuzahlen. Und diese Gelegenheit kam."

„Ihr meint den syrisch-ephraimitischen Krieg?"

„Ja, so sagt man bei euch Juden. Wir reden von der Großen Allianz. Diese Allianz ist für mich beispielhaft dafür, dass die Juden immer überleben, komme, was da wolle. Ihr Gott will es so. Kann man nichts machen. Aber nun Schluss damit. Schauen wir mal, was mein Täubchen so macht?"

„Gerne."

Die beiden Männer erhoben sich und schlenderten durch den Gemüsegarten, an den Gattern mit den Mütter- und Jungtieren vorbei in Richtung des Ziegengeheges, wo kräftiges Meckern zu hören war. Da kam ihnen auch schon Ada entgegen, einen Milchkrug elegant auf ihrem Kopf balancierend und mit einer Hand festhaltend. Kerzengerade gestreckt war sie eine Augenweide, einerseits für den Vater, der stolz seiner tüchtigen Tochter zuwinkte, andererseits für Josephus, der die Rundungen ihrer Figur unter der angespannten Schürze sich wölben sah. Welchen verliebten Mann kann das kalt lassen? Sie wird mir gehören, jubelte es in ihm. Mir allein! Und für immer! Ganz gewiss. Hoffe ich.

„Hallo, ihr beiden, seid Ihr auch fertig? Ich stelle nur die Milch ab und wasche mir die Hände. Ja?"

„Aber gewiss."

„Wir haben doch Zeit."

„Sie macht aus der Ziegenmilch einen wunderbaren Käse", sagte der Alte und wies auf eine Falltür, wo der Käse und wahrscheinlich auch andere Lebensmittel unterirdisch kühl aufbewahrt wurden.

„Sie ist sehr geschickt", fuhr er fort, „und kann überhaupt alles, was nötig ist, um einen Haushalt und manches darüber hinaus zu führen. Aber nicht dass Ihr denkt, ich will sie Euch anpreisen."

„Aber bewahre. Sie ist doch keine Handelsware."

„Ich würde sie am liebsten für immer behalten. Jedenfalls, solange ich lebe. Das könnt Ihr mir glauben. Und wenn sie sich für Euch entscheiden sollte, na ja, wir werden sehen. Aber da kommt sie ja."

Sie kam nicht, sie schwebte. Die Schürze hatte sie abgelegt und die schwarzen Haare flatterten im leichten Abendwind. In den schwarzen Augen spiegelte sich die tiefstehende Sonne. Ihre Stimme war glockenhell wie immer.

„Na, hat Vater Euch wieder mit seinen alten Geschichten die Zeit gestohlen?", fragte sie neckisch. „Er braucht immer jemand, der ihm zuhört. Früher war ich das. Jetzt..."

„Jetzt hast du kaum noch ein Ohr für mich. Du bist ja immer beschäftigt und ..."

„Und mache, was nötig ist. Und Ihr, Vater, arbeitet ja auch noch genug, soweit es Euer Rücken mitmacht. Und ich gönne Euch ein paar Ohren, die gewiss besser zuhören können als ich und ein paar Antworten und Gespräche, die gewiss gehaltvoller sind als bei mir."

„Ada", schaltete sich nun Josephus ein, „mach dich nicht kleiner als du bist. Du hast nicht die große Bildung genießen können, aber du bist intelligent und kannst Wichtiges von Unwichtigem unterscheiden. Das können viele, die mit ihrem Wissen prahlen, nicht. Und überhaupt: Du bist die schönste und klügste Landestochter weit und breit."

Dabei strahlte Josephus sie so an, dass es dem Alten zu bunt wurde.

„Nun ist ja gut", knurrte er. „Wir sollten uns für heute verabschieden. Die Sonne geht ja auch gleich unter und Ihr habt noch einen langen Heimweg."

„Ich möchte mit Eurer Erlaubnis, Vater, nur noch sagen, dass ich mir übermorgen Zeit nehmen könnte, um Eurer Einladung, verehrter Herr Josephus, Folge zu leisten. Natürlich nur, wenn Euch der Tag recht ist."

„Aber selbstverständlich, ganz wunderbar. Ich werde meinen Leuten Bescheid sagen und morgen verabreden wir dann Näheres. Einverstanden?"

„Ja, gerne."

„Und Ihr, Esau Bar-Qoz, was sagt Ihr dazu?"

„Meinetwegen. Ihr macht ja doch, was ihr wollt. Also bis morgen. Schalom."

„Schalom Ada, ich freue mich riesig auf morgen und übermorgen."

„Schalom, ich auch."

In dieser Nacht träumte Josephus von ihr. Wie sie auf ihn zu schwebte. In ihrer ganzen Anmut und Natürlichkeit. Mit ausgebreiteten Armen. Ihre Augen schauten ihn so fröhlich an, dass ihm ganz warm wurde. Da streckte auch er seine Arme nach ihr aus und wollte auf sie zu schweben. Doch wie das im Traum so ist, er kam nicht von der Stelle. Sie winkte ihm, zu kommen, aber er konnte sich nicht rühren. Verzweifelt ruderte er mit den Armen bis es einen großen Krach gab. Der riss ihn hoch aus seinem Traum und er sah das Buch, das er vor dem Einschlafen neben sich gelegt hatte, auf den Fußboden geschleudert. Erleichtert ließ er sich zurückfallen und dachte noch lange über den Traum nach. Träume verraten doch Geheimnisse. Ja, er durfte glücklich sein, sie sehnte sich nach ihm wie er nach ihr. Und wieder trat ihr reizendes, schwebendes und lockendes Bild vor seine Augen. Du wirst mein und ich werde dein sein. Dass das im Traum nicht gelang, deutete er auf den Tag ihres Besuches bei ihm. Ja, er würde noch den gebührenden Abstand halten. Aber dann, in Kürze, würde er sie in seine Arme nehmen, für immer. Mit diesem süßen Gedanken schlief er noch einmal ein, dem schon aufdämmernden neuen Tag entgegen.

## 8. „Wir werrden sie ausrrotten!" (nach 2 Kön 16,/2 Chr 28,/Jes 1.7)

„Schalom, verehrter Esau Bar-Qoz und Täubchen Ada. Ich habe nachgezählt: Wir kennen uns nun schon den neunten Tag. Ist das nicht merkwürdig? Erst weiß man gar nichts von des Anderen Existenz und dann ist man nach wenigen Tagen so vertraut miteinander, als kenne man sich von klein auf.

Und ich frage mich, wie das nun weitergeht. Wie viele Tage werden wir noch brauchen für die Geschichte Eures Volkes, abgesehen von morgen, wo ich dich, liebe Ada, nur allzu gern bei mir begrüßen werde." Dabei sah er ihr liebevoll in die Augen, worauf sie schnell den Blick senkte und eine Schüssel auf dem Tisch zurechtrückte. Sie schämte sich wohl solcher Liebesgefühle in Gegenwart des Vaters, der nun das Wort ergriff: „Zunächst Schalom auch Euch, verehrter Herr Josephus. Ihr habt ganz recht. Es war ein glückliches Zusammentreffen mit uns beiden und ich denke auch schon wehmütig daran, dass ich bald keinen so gebildeten Zuhörer mehr haben werde, weil wir mit unserer Geschichte zu Ende kommen."

„Na vielleicht kommen dann noch andere Geschichten? Wer weiß!"

Dabei sah der Gast Ada hinterher, die gerade im Haus verschwand.

„Was diese Geschichte betrifft", der Alte deutete in Richtung Haustür, „so lassen wir das mal noch völlig offen. Vielleicht wissen wir da übermorgen mehr und können uns dann Gedanken über die Zukunft machen. Was aber Edoms Geschichte betrifft, so denke ich, dass wir mit heute noch drei Tage brauchen: heute die Große Allianz, dann die jüdische Katastrophe unter den Babyloniern und dann noch die letzten zweihundert Jahre, also die Neuzeit..."

„Ich darf mal unterbrechen. Ada, hol doch noch eine Schale. Ich erlaube mir heute mal Obst von meinen Plantagen beizusteuern: wunderbare Pfirsiche und Aprikosen. Nehmt es bitte als kleines Gastgeschenk. Bisher habt Ihr mich mit Euren schönen Datteln erquickt, heute darf ich mal etwas beisteuern. Ja?"

„Vater?"

„Na gut", brummte der, „Ihr wollt uns ja sicherlich nicht beleidigen. So nehmen wir es als Zeichen Eures Wohlwollens uns gegenüber."

Ada legte die Früchte in eine weitere Schale neben die Datteln und verschwand.

Und der Alte erzählte.

*300 Jahre später. Es war eine lange nicht mehr gekannte politische Hektik in Samaria, der Hauptstadt von Ephraim. Kuriere jagten auf schnellen Pferden in die Stadt und wieder hinaus. Reservisten des Heeres wurden einberufen, ihre Waffen und ihre Wehrtauglichkeit überprüft und dann mit der Order, sich ‚bereit zu halten' bis auf weiteres wieder nach Hause geschickt. Die allgemeine politische Aufregung erreichte aber ihren Höhepunkt, als allerlei Pferde, Kamele und Kutschen ausländischer Mächte dem königlichen Palast zustrebten. Die Bürger von Samaria standen aufgeregt am Straßenrand und identifizierten die Wimpel und Wappen der fremden Würdenträger.*

*„Das ist die Gesandtschaft von Edom. Man erkennt sie an Pfeil und Bogen."*

*„Und das sind philistäische Boten von Gaza. Schön, dass sie heute nicht mehr gegen uns kämpfen, sondern sich an unsere Seite stellen."*

*„Ismaelische Beduinen! Sehen sie nicht schön aus auf ihren Kamelen? Mit ihren Turbanen und weißen Gewändern?"*

*„Der Judenstern! Unsere Brüder aus Judäa! Es ist König Ahas selbst! Jawohl, alle Rivalität soll begraben sein. Jetzt gilt es eins zu sein gegen den Feind. Denn nur gemeinsam sind wir stark!"*

*Und dann kam er, König Rezin von Damaskus. Berittene voneweg, Berittene hinterher und mittendrin die prächtige sechsspännige Kutsche. Jeder hier wusste, dass er die treibende Kraft hinter diesem Aufmarsch war. Mit einem Palastputsch hatte er sich das Reich der Aramäer unterworfen und sich in Damaskus zum König über Syrien krönen lassen. Jetzt war er dabei, eine große Allianz gegen den gemeinsamen Feind im Norden zu schmieden: gegen Assur. Der Druck des assyrischen Großreiches vom Norden auf die aus seiner Sicht kleinen südlichen Nachbarn wurde immer stärker, die Tributforderungen immer höher. Auch das israelische Königreich der zehn Stämme, die sich einst von Juda getrennt und dann statt in Jerusalem hier in Samaria ihren politischen und religiösen Mittelpunkt hatten, haben das schon bitter zu spüren bekommen. Assur hatte vor ein paar Jahren die israelische Bevölkerung von jenseits des Jordan und weiter im Norden, an der assyrischen Grenze praktisch ausgerottet oder versklavt und in den entvölkerten Gebieten fremde, assurhörige Kolonisten angesiedelt. Vom israelischen Nordreich war praktisch nur noch Ephraim mit Samaria übrig.*

*„Wir schaffen das!" riefen sich die Bürger von Samaria zu. Ihre Augen sprühten Feuer und ihre Hände, die eben noch begeistert den fremden Delegationen zugewunken hatten, waren zu Fäusten in die Höhe gereckt.*

*„Wenn wir alle zusammenhalten, schaffen wir das."*

*„Wir werden die Assyrer vertreiben."*

*„Wir verteidigen schließlich unsere Heimat."*

*„Unsere Familien!"*

*„Unser Hab und Gut."*

*„Unser Leben und das unserer Kinder!"*

*„Unsere Ehre!"*

*Während die Menschen draußen so einander Mut machten und den Göttern Opfer brachten, trafen sich drinnen im Krönungssaal die Delegationen der verschiedenen Völker zu einer ersten Beratung, die König Pekach von Samaria als Hausherr eröffnete.*

„Meine Herren, sehr verehrter König Rezin von Syrien und König Ahas von Juda, sehr verehrte Botschafter der Edomiter, Philister und Ismaeliten. Seien Sie alle herzlich willkommen geheißen hier im königlichen Palast von Samaria. Uns alle hat eine gemeinsame Sorge, ja Bedrohung, hier zusammengeführt: die Aggression der Assyrer. Jeder von uns weiß, dass keiner von uns alleine gegen den Feind bestehen kann. Deshalb wollen wir eine große Allianz beraten, eine Koalition aller Willigen, die bereit sind, ihre Ressourcen und ihr Leben einzusetzen zur Verteidigung unserer Völker, unserer Heimat, unserer Kultur und nicht zuletzt unserer Familien. Ich hoffe, dass wir für dieses große Ziel alle Vorbehalte und alle Eigeninteressen zurückstellen können. Doch bevor wir auf Einzelheiten zu sprechen kommen, bitte ich seine Exellenz, König Rezin, um das Wort. Denn auf seine Initiative hin sind wir hier zusammen. Bitte!"

König Rezin erhob sich. Mit seinen schwarzen Haaren, seinem Lippenbart, seinem braunen Wams und seinem ganzen Auftreten unterschied er sich kaum von den anderen Anwesenden. Aber als er redete, mit rollendem ‚err', mit glühenden Augen und wild in die Luft gestoßenen Armen, ging eine große Faszination von ihm aus, so dass alle Anwesenden wie gebannt lauschten.

„Ich freue mich, dass so viele Völkerr und Herrschaften meinerr Einladung gefolgt sind. Wirr befinden uns in einem historrischen Augenblick, derr uns fragt, ob wirr bereit sind, unserr Leben zurr Verteidigung unsererr Völker zu opfern. Die Vorrsehung hat mich beauftragt, eine grroße Allianz unsererr Nationen zu schmieden, um dem Feind entgegen zu trreten. Wirr sind von nun an nicht mehrr Edomiter, nicht mehr Ismaeliterr, nicht mehr Philisterr, nicht mehr Judäerr, nicht mehr Ephraimiterr und nicht mehr Syrerr, sondern eine einzige grroße Allianz gegen das Böse, das vom Norden kommt."

*Alle hielten den Atem an. Dann sprangen sie auf und applaudierten begeistert.*

*„Es lebe König Rezin!"*

*„Wir sind alle eins!"*

*„Nieder mit Assur!"*

*Mitten in diesem Begeisterungssturm war ein Bote hereingekommen und hatte König Ahas von Juda etwas zugeflüstert und einen Zettel zugesteckt. Der erbleichte, als er den Zettel las und rief seine beiden Berater zu sich. Zufällig stand unser edomitischer Botschafter daneben und hörte die Botschaft auf dem Zettel: „Warnung des Propheten Jesaja: Glaubt ihr nicht, so bleibt ihr nicht"* (Jes 7,9).

*Auch die darauf folgende kurze Diskussion hörte er mit.*

*„Was bedeutet das?"*

*„Das bedeutet nichts Gutes. Jedenfalls, wenn wir bei der großen Allianz mitmachen. Nicht auf Rezin, auf Jahwe sollen wir uns verlassen", meinte der eine Berater.*

*„Wenn wir auf die militärische Koalition vertrauen, statt auf unsern Gott, dann wird es auch mit uns aus sein, wie mit der ganzen großen Allianz", sagte der andere Berater.*

*König Ahas, von Natur aus wankelmütig, schwankte hin und her.*

*„Es ist höchst blamabel, wenn wir hier ausscheren. Und wir könnten auch leicht zwischen alle Fronten geraten. Aber wenn der Prophet und Ihr recht habt?"*

*Er wog den Kopf hin und her, holte noch einmal tief Atem und den Zettel heraus, steckte ihn wieder ein, zog ihn noch einmal heraus, las ihn noch einmal laut ‚Glaubt ihr nicht, so bleibt ihr nicht.' Dann entschied er, wie sich zeigen sollte, diesmal richtig:*

*„Wir steigen aus. Morgen früh zurück nach Jerusalem!"*

*Am Abend dieses Tages aber lud König Ahas noch zu einem Sechs-Augen-Gespräch ein mit König Pekach und König Rezin samt Beratern.*

*„Leider müssen wir den Exellenzen mitteilen, dass wir an der Großen Allianz nicht teilnehmen können."*

*„Was?"*

*„Nein!"*

*„Doch."*

*„Warrum?"*

*„Unser Gott verbietet es uns. Wir haben Botschaft vom Propheten Jesaja aus Jerusalem, dass unser Gott, Jahwe, der Herr, nicht will, dass wir bei diesem Kriegszug mitmachen."*

*Der Berater von König Ahas wischte sich den Schweiß von der Stirn. Aber im Unterschied zu seinem König war er strenggläubig und vertraute den Worten des Propheten. Deshalb wagte er es auch, den anderen beiden Königen die Stirn zu bieten und anstelle von Ahas die Verhandlung zu führen. Er merkte, wie besonders beim Usurpator von Damaskus die Emotionen hoch kochten, wie seine schon immer dunklen und gefährlichen Augen schwarz vor Wut wurden und das „err" in seiner Stimme noch mehr rollte als sonst.*

*„Wirr müssen uns doch sehrr wundern. Ein Gott, derr den Krrieg verbietet. Wo hat es so etwas schon gegeben? Es ist ein gerrechter Krieg, ein Frreiheitskrrieg. Steht euer Gott nicht auf Seiten des Rrechts und der Frreiheit? Und euer Gott rredet sogar? Hat man so etwas schon gehörrt? Da hat sich euer Prrophet sicherlich verhört. Wir wissen doch alle, dass man die Götterr gnädig stimmen muss, damit sie uns den Sieg verleihen. Brringt eurem Gott ordentliche Opferr darr. Dann wirrd er mit euch sein."*

*„Wenn ich einwenden darf: Unser Gott hat seinen eigenen Kopf. Er tut nicht, auch nicht bei noch so vielen Opfern, was wir*

*wollen, sondern will, dass wir uns nach seinem Willen richten. Wir sollen darauf vertrauen, dass er uns retten wird, auch ohne Waffen."*

*"Haha, ohne Waffen, aus der Hand Assurrs rretten ohne Waffen. Haha. Wollt Ihrr uns für dumm verkaufen? Habt Ihrr nicht selbst schon zur Genüge die Waffen geführrt? Und jetzt auf einmal nicht? Da steckt doch etwas dahinter! Wollt Ihrr euch mit Assurr verbünden gegen uns? Und Ihrr, König Ahas, habt Ihrr völlig die Sprrache verloren? Sitzt da wie ein Häufchen Unglück und krriegt den Mund nicht auf?"*

*"Es ist halt eine schwierige Situation. Ich bin hin und her gerissen zwischen der Vernunft, der die Große Allianz einleuchtet und dem Glauben, der mich warnt, gegen den Willen Gottes zu handeln."*

*"Genug jetzt!" König Rezin schlug mit der Faust auf den Tisch. "Es wäre rratsam für euch, eurer Vernunft zu folgen. Wirr geben euch bis morrgen Mittag Zeit, euch zu besinnen. Solltet Ihrr bei eurerr Meinung bleiben, so betrrachtet uns ab morrgen Mittag als eure Feinde."*

*König Ahas wartete nicht den nächsten Mittag ab, sondern machte sich schon vor Sonnenaufgang mit seinem Tross aus dem Staube. Wenn er ehrlich war, so war es nicht nur die Botschaft des Propheten, die ihn zur Umkehr veranlasste, sondern auch dieser Rezin, dieser Usurpator, dieser Gernegroß, dieser ungehobelte Reservist, der sich zum König hoch geputscht hatte. Nein, er mochte ihn nicht. Er mochte mit ihm keine Allianz eingehen. Basta.*

*In Samaria aber brodelte die Gerüchteküche am nächsten Tag, nachdem das Verschwinden der Judäer gemeldet worden war.*

*"Die Judäer sollen sich ja mit den Assyrern zusammengetan haben."*

*"Sie wollen uns angreifen!"*

„Unsere Brüder, haha, da sieht man es wieder."

„Feine Brüder!"

Drinnen im Saal des Königspalastes aber hatten sich alle Delegationen wieder zusammen gefunden. Nur die Stühle der Judäer blieben leer. Und König Rezin gelang es mit seinem Pathos und seiner Demagogie alle anwesenden Parteien auf den angeblichen neuen Feind einzuschwören.

„Die Judäerr haben uns verraten! Sie wollen sich mit Assur zusammentun und strreben nach der Weltherrschaft! In weiser Vorraussicht hatte ich schon vorher Boten nach Assurr gesandt, die einen Nichtangrriffspakt ausgehandelt haben. König Tiglatpileser von Assurr kann dafür eine Trruppenbasis in Syrien unterhalten. Von dort droht im Augenblick keine Gefahrr. Gefahrr drroht allein von den Juden. Sie sind hinterhältig und müssen immer aus der Rreihe tanzen. Wirr aberr werrden es ihnen zeigen, dass sie nicht die Herren sind!"

Starker Applaus.

„Wirr werrden sie ausrrotten als Volk! An den Namen Isrrael soll niemand mehrr denken (Ps 83,5)! Ihrr Name soll ausrradiert werrden unterr den Völkerrn. Sie sind ein Frremdling, derr sich eingeschlichen hat in unserre Mitte. Sie sind hinterhältig und planen immerr nur Böses gegen ihre Nachbarrn. Wirr waren immerr gutgläubig und entgegenkommend, sie aberr haben uns verraten. Nun ist unserre Geduld am Ende! Wirr werrden sie zertrreten zu Staub und Asche. Ihre Städte und Dörrfer, ihrre Schätze und Viehherden, ihrre Bergwerke und Häfen aberr sollen uns gehören, den rrechtmäßigen Besitzerrn. Unserre Götterr werrden uns beistehen und ihrren angeblich rredenden Gott vom Sockel stürzen!"

Überwältigtes Schweigen.

Dann tosender Beifall.

*Alle waren sich einig, dass sie, bevor sie den großen Befreiungs-schlag gegen Assur wagen könnten, zunächst die Juden ver-nichten müssten. Einen Verräter konnten sie in ihrer Mitte nicht gebrauchen, keinen der ihnen bei ihrem gerechten Kampf einen Dolch in den Rücken stoßen würde. Dazu entwickelten sie den Plan, Judäa mehr und mehr einzuschnüren und zur Kapitulation zu zwingen. Jeder bekam seine strategische Aufgabe.*

*Rezin mit dem aramäischen Heer eroberte Eilat am Roten Meer, machte die jüdische Besatzung nieder und übergab den Hafen wieder den Edomitern als rechtmäßigen Besitzern. Damit war Judäa vom südlichen Nachschub gänzlich abgeschnitten, zumal die Philister ihnen alle Städte zwischen Mittelmeer und Arabah wegnahmen. Die Juden mussten ihre südliche Verteidi-gungslinie immer mehr ins jüdische Kernland zurückziehen. Ephraim aber verwickelte die jüdischen Truppen im Norden in eine große Schlacht mit starken Verlusten auf jüdischer Seite. Von der Wüste im Osten her aber rückten die ismaelitischen Kamelreiter mit ihren moabitischen Verbündeten vor. Das Kö-nigreich Judäa war damit von allen Seiten umzingelt und be-stand praktisch nur noch aus der Hauptstadt Jerusalem und seiner engsten Umgebung. Es war, so ihr Prophet Jesaja „wie eine Hütte im Weinberg, wie eine Wächterhütte im Gurkenfeld (Jes 1,8)" und nur noch eine Frage der Zeit, dass sie erobert oder ausgehungert würde.*

*Im Königspalast von Jerusalem brach Panik aus. Die Falken unter den königlichen Beratern plädierten unter der Devise „Freiheit oder Tod" für einen letzten großen Ausfall, um die Umklammerung vielleicht zu sprengen. Die Tauben aber waren für ein Hilfegesuch an Assur. Dessen Hilfe, wenn überhaupt, würde es zwar nicht umsonst geben, aber besser arm und am Leben als große Ehre und tot.*

*König Ahas aber schwankte wieder einmal zwischen beiden Parteien hin und her und konnte sich nicht entscheiden. Sein Herz zitterte bei der Vorstellung, was geschehen würde, wenn Rezin von Damaskus und Pekach von Samaria hier in Jerusalem einmarschieren würden, wie sie ihn massakrieren und seinen Kopf auf einer Stange zur Schau stellen würden. Und dass es mit Judäa dann für immer vorbei war.*

*Doch als er gerade die Wasserversorgung der Stadt inspizierte, trat der Prophet Jesaja zu ihm und wiederholte seine Worte „Glaubt ihr nicht, so bleibt ihr nicht" und fügte zur Beruhigung des Königs noch ein Zeichen hinzu: „Eine Jungfrau wird ein Kind empfangen, sie wird einen Sohn gebären und wird ihm den Namen Immanuel geben", was „Gott mit uns" heißt. Und „noch bevor das Kind versteht, das Böse zu verwerfen und das Gute zu wählen, wird das Land verödet sein, vor dessen beiden Königen dich das Grauen packt"* (Jes 7,9-16).

*Und was heißt das nun für mich, überlegte Ahas auf dem Heimweg. Soll ich die Entscheidungsschlacht suchen? Nein, wie ich Jesaja kenne, hat er es so gerade nicht gemeint. Auf Gott vertrauen, nicht auf die eigenen Waffen! Also bleibt nur: Verhandlungen mit Tiglat-Pileser aufnehmen, dem König von Assur. Auch da wusste man nicht, was der tun würde, aber da war man in Gottes Hand. Da musste Jahwe handeln. Ja! Assur!*

*Als die assyrischen Gesandten mit einem starken Truppenkontingent in Jerusalem angekommen waren, erklärte ihnen König Ahas die politische und militärische Lage. Dass die Könige von Damaskus und Samaria ihn zwingen wollten, mit ihnen gemeinsame Sache gegen König Tiglat-Pileser zu machen und dass die treibende Kraft Rezin von Damaskus sei. Er wolle eine große Allianz gegen Assur zusammenbringen. Als die Gesandten das hörten, zogen sie die Augenbrauen hoch und nickten bedächtig* mit dem Kopf: „Wir verstehen. Sie wollen Krieg. Den sollen sie haben. Aber Krieg kostet Geld, viel Geld."

Er machte eine bedeutungsvolle Pause.

„Ihr versteht?"

„Selbstverständlich. Wir werden uns nach unseren Möglichkeiten an den Kriegskosten beteiligen. Selbstverständlich."

Daraufhin führte er die Gesandten in den Tempel und in die königliche Schatzkammer, wo die Assyrer alle goldenen und silbernen Geräte für die Kriegskasse des Königs Tiglat-Pileser beschlagnahmten. Als ihnen das noch nicht genug erschien, musste König Ahas auch noch alle Vornehmen und Wohlhabenden der Stadt per Dekret zu einer Sondersteuer für die assyrische Kriegskasse zwingen. Endlich zogen die assyrischen Gesandten mit voll bepackten Wagen und unter bewaffnetem Schutz wieder ab. Gut, dass die Große Allianz nicht wusste, was da transportiert wurde. Auch wir haben erst später von diesem Cup erfahren. Aber da war es dann leider schon zu spät. Denn als die Gesandten mit ihren neuesten Nachrichten und Schätzen bei ihrem König in Ninive eintrafen, zog er „gegen Damaskus, nahm es ein und verschleppte seine Bewohner nach Kir; Rezin aber ließ er hinrichten" (2 Kön 16,9).

Damit war die Große Allianz vorbei und Judäa wieder einmal gerettet, arm aber gerettet. Wenig später eroberte und zerstörte der nächste assyrische König auch Samaria, verschleppte die Bevölkerung und siedelte Fremde an. Wie es der Prophet Jesaja vorhergesagt hatte, waren die beiden Königreiche, vor denen die Juden gezittert hatten, in kurzer Zeit vernichtet und nicht mehr existent. Judäa aber überlebte. Wieder einmal! Ihr Gott war stärker als die Götter der anderen.

„Und das, obwohl die Könige von Jerusalem, auch Ahas, ihren Gott nicht so verehrten, wie er es haben wollte", kommentierte Josephus, „neben ihm verehrten sie auch allerlei andere Götter von den Völkern ringsum, was Jahwe sehr erzürnte."

„Ja, ja. Wie soll man sich das erklären. Ihr Gott muss einen Narren an ihnen gefressen haben, dass er ihnen immer wieder aus der Klemme half."

„Die Juden sind eben das erwählte Volk. Sie sind nicht größer als andere Völker, sie sind nicht besser als andere Völker und trotzdem. Es ist wie bei einem missratenen Sohn, den der Vater nicht verwirft, eben weil er sein Sohn ist und er ihn liebt. Aber ob er ihnen auch heute noch einmal aus der Klemme hilft?" Josephus deutete in Richtung der Ruinen Jerusalems.

„Ich bezweifle es. Jedenfalls kann ich es mir nicht vorstellen. Einmal ist eben auch die Geduld des besten Vaters vorbei."

„Ja", erwiderte der Alte, „so denken und handeln wir Menschen. Aber der Gott der Juden? Ich weiß nicht. Ich habe den Eindruck, er denkt und handelt ganz anders als wir Menschen. Doch heben wir uns die gegenwärtige Situation zur Beurteilung noch etwas auf. Schauen wir erst einmal auf morgen."

„Ada?"

„Ja, Vater?"

„Kommst du mal? Wir würden gern ein paar Verabredungen für morgen treffen. Du weißt schon."

„Ich komme gleich."

„Ich verlasse mich auf Euch", wandte sich der Alte noch einmal an Josephus. „Ihr seid ein Ehrenmann, der mein Täubchen in keiner Weise verführt, zwingt oder sonst wie bindet. Ihre Hand darauf."

Josephus schlug ein. Auch er nahm sich vor, die Situation als wohlhabender Gastgeber morgen in keiner Weise auszunutzen. „Da bin ich", trällerte die bekannte Glockenstimme. „Na, habt Ihr die alten Geschichten wieder ins rechte Licht gerückt?", fragte sie lachend.

„Jawohl, wir haben alles zurechtgerückt, und die Nachwelt wird staunen über unsere Erkenntnisse", gab Josephus lachend zurück. „Aber nun lasst uns den morgigen Tag betrachten. Mein Vorschlag ist: Ich hole dich, liebe Ada, mit dem Wagen ab, bevor die Sonne am höchsten steht. Und ich bringe Dich wohlbehalten zurück, bevor die Sonne untergeht. Seid Ihr einverstanden?"

Ada schaute ihren Vater an. Der nickte Zustimmung.

„Also dann bis morgen!"

Lachend und winkend verabschiedete man sich, je nachdem voller Erwartung und Vorfreude oder mit einer gewissen Skepsis, jedenfalls auf Seiten des Alten.

Ich kann ihn ja verstehen, dachte Josephus. Wenn ich Ada zur Frau nehme, bleibt er allein zurück. Aber da finden wir schon einen Weg! Die zwanzig Stadien sind doch keine Entfernung! Nein, dieses Problem soll uns nicht betrüben. Ich heirate Ada samt ihrem Vater. Ich verstehe mich doch gut mit ihm. Und dann habe ich auch den alten Papyrus unter meiner Kontrolle, na klar, bevor der verlorengeht. Ada wird bestimmt Ja sagen. Ich spüre es. Und wir werden glücklich sein. Ich weiß es.

Singend und pfeifend eilte er den Ölberg hinunter.


## 9. Einschub: Im siebenten Himmel!

Am nächsten Vormittag rollte, wie verabredet, eine vornehme Kutsche vor der ärmlichen Hütte des Letzten der Edomiter vor. Es war schon ein augenfälliger Kontrast: die Hütte und die Kutsche. Und als der Alte mit seiner Tochter aus der Tür trat, wurde es beiden wohl auch schlagartig bewusst.

„Welch eine Ehre wird uns zuteil", sagte der Alte, „solch ein Fahrzeug stand noch nie vor dieser armen Tür. Schalom, Herr Josephus. Oder soll ich auf römische Art ‚Salve' sagen?"

„Aber nicht doch. Ich war und bleibe Jude. Sich mit ‚Salve' Gesundheit zu wünschen, ist ja auch nicht schlecht, aber das jüdische Schalom geht doch darüber. Denn was nutzt alle Gesundheit, wenn Streit und Krieg im Haus oder im Volk oder zwischen den Völkern ist? Da hat man dann ganz schnell beides verloren: die Gesundheit und den Frieden. Also: Schalom, Ihr beiden, Friede sei mit euch."

„Schalom, Herr Josephus", sagte nun auch Ada, die rings um das Gespann gelaufen und Pferd und Wagen bestaunt hatte. „In solch einem schönen Wagen habe ich noch nie gesessen. Und sogar eine schöne Überdachung! Sonst bin ich höchstens auf einem Eselskarren mitgefahren. Passt denn solch ein Gespann überhaupt zu mir?"

„Du wirst schon sehen, wie es passt und dich ganz schnell daran gewöhnen. An das Gute gewöhnt sich ja der Mensch überhaupt immer schneller als an eine Verschlechterung. Am Ende wirst du aus dem Wagen gar nicht mehr aussteigen wollen, pass auf", lachte Josephus und bot ihr die Hand zum Einsteigen, „probier doch mal."

Als sie drin saß, kriegte sie sich kaum noch ein vor Begeisterung: „So weich. Und so bequem. Und so geräumig. Welch ein Unterschied, ob man auf der Pritsche eines Eselkarrens hockt oder in solch einer Kutsche sitzt. Vater, wollt Ihr auch mal ausprobieren?"

„Nein, nein, du bist eingeladen, mein Täubchen, nicht ich. Und du weißt ja, mein Rücken."

„Aber gerade das wäre doch mal wichtig zum Ausprobieren", schaltete sich Josephus ein, „setzt Euch ruhig mal rein und wir fahren mal eine kleine Runde. Vielleicht ist das für Euren Rücken besser als jeder andere Wagen und das Laufen. Zögert nicht, Kommt schon und probiert es aus."

„Ja, Vater, probiert doch einfach mal, bitte."

Schließlich ließ sich der Alte überreden, stieg ein und Josephus setzte sich neben ihn und nahm die Zügel. Als sich das Gespann in Bewegung setzte, lief Ada aufgeregt nebenher: „Na, Vater, ist es nicht schön? Sitzt du auch gut? Was sagt dein Rücken?"

„Geht schon", brummte der.

Doch als der Wagen beim Wenden über ein, zwei Steine rumpelte, stöhnte er aus ehrlichem Schmerz auf: „Nein, nein, das ist nichts für mich. Nichts für ungut. Aber nehmt es mir nicht übel. Lasst mich austeigen und die paar Schritte zurücklaufen."

Josephus hielt an, aber nicht ohne zu betonen, dass das Missgeschick jetzt nur wegen der Wende geschehen sei, denn ansonsten gehe der Fahrweg sehr gut am Ölberg hinunter in Richtung Bethlehem und auch an seinem Latifundium vorbei.

„Ist ja schon gut", brummte der Alte wieder, der sich offenbar mit dieser Begegnung von Vornehmheit und Reichtum schwer tat. Solange Josephus zu Fuß gekommen und sie über alte Geschichte diskutiert hatten, empfand er sich ihm gegenüber auf Augenhöhe, aber jetzt? „Ein Latifundium sagt Ihr? So, so. Also direkt vom Kaiser anvertraut? So, so. Das hier ist mein Latifundium", und er deutete mit großer Handbewegung auf Hütte, Olivenbäume und Ziegen. „Aber alles ehrlich erarbeitet."

„Aber Vater, das weiß doch Herr Josephus. Und du kannst doch auch froh und dankbar sein für das, was wir haben. Ich bin es doch auch. Es reicht zum Leben und was will man mehr? Nicht wahr?", wandte sie sich an Josephus, „Glück ist in der kleinsten Hütte, nicht wahr?"

„Das ist wohl wahr. Ada, habe ich es dir schon einmal gesagt? Du bist nicht nur ein schönes, sondern auch ein kluges Mädchen. In unserm heiligen Buch, im Tanach, heißt es einmal

‚besser ein trockenes Stück Brot und Ruhe dabei als ein Haus voll Braten und dabei Streit' (Spr 17,1). Wie ich vorhin schon sagte, ist Gesundheit gewiss ein hohes Gut und wichtiger als aller Besitz, aber über allem wichtig ist der Friede, ob in der kleinsten Hütte oder in einer Villa. Nur wo Friede ist, da ist auch Glück."

Der Alte schien auch seinen Frieden wiederzufinden und nickte bedächtig.

„Aber lasst mich noch eins erklären", ergriff Josephus noch einmal das Wort, „im Unterschied zu Euch habe ich mir von meinem jetzigen Besitz nichts erarbeitet. Es wurde mir geschenkt. Ich könnte auch nicht sagen, dass ich es mir verdient habe, nein, es fiel mir zu. Der Himmel ließ es mir zufallen und er benutzte dabei einerseits meine priesterlichen und schriftstellerischen Gaben und andererseits die kaiserliche Gunst, die sich auf eben diese Gaben bezog. Aber all diese wunderbaren Zufälle garantieren kein Glück, wie ich aus leidvoller Erfahrung weiß. Deshalb: Wenn jemand Ehre gebührt, dann euch beiden, die Ihr mit eurer Hände Arbeit euer Brot verdient und in Liebe teilt. Ihr dürft euch glücklich schätzen."

„Ja, das tun wir auch. Aber nun steigt man ein. Und bringt mir mein Täubchen noch vor Sonnenuntergang wieder. Ich wünsche euch einen guten Tag. Schalom!"

„Schalom, Vater. Und mach dir keine Sorgen."

„Ich pass auf euer Täubchen auf. Schalom!"

Als es dann bergab ging, fiel das Pferdchen in einen leichten Trapp. Josephus musste ab und zu die Zügel anziehen, damit das Gefährt nicht zu schnell wurde und sich etwa noch überschlug. „Ich habe doch deinem Vater versprochen, dich wieder heil nach Hause zu bringen", sagte er lachend. „Willst du auch mal die Zügel führen? Na?"

„Ich weiß nicht. Ich habe das doch noch nie gemacht. Wenn wir unsern Esel vor den Pritschenwagen spannen, laufe ich meistens nebenher. Aber mit einem Pferd?"

„Probier es doch einfach mal. Komm, rück mal näher und nimm die Zügel. Hier."

Nun saßen sie ganz nahe beieinander und als er ihr die Zügel übergab, ergriff er ihre Hände und zeigte ihr, wie sie locker lassen oder anziehen musste. Eine große Zärtlichkeit und Wärme erfasste ihn ob dieser Nähe. Aber es war nicht nur Begierde, die ihre Berührung in ihm weckte, sondern noch mehr das Verlangen, sie zu beschützen und zu leiten. Es verwirrte ihn etwas. War er nun mehr väterlicher Freund oder Liebhaber? Oder beides?

„Es geht! Ich kann es. Das Pferd gehorcht mir!" jauchzte sie und ließ das Tier auf einer ebenen Strecke im Trab laufen.

Freut sie sich nicht wie ein Kind? Ist sie noch ein Kind im Verhältnis zu mir? Doch als er sie verstohlen von der Seite betrachtete und noch eine Handbreit näher rückte, um jederzeit die Zügel greifen zu können, war er wieder gewiss: Sie ist ein junge Frau, eine wunderbare junge Frau und ich liebe sie, wie ein Mann eine Frau liebt, nicht wie ein Vater sein Kind liebt. – Oder doch anders herum? Er wurde nicht mit sich einig.

Als sie des Zieles ansichtig wurden, hieß er Ada auf einer kleinen Anhöhe halten.

„Dort. Da bin ich zu Hause."

„Das alles? Das alles gehört euch?"

„Ja, alles. Die Gebäude im Vordergrund und Felder und Weiden dahinter, soweit du schauen kannst. Bis zu der Palmenreihe da hinten."

„Das alles! Das ist ja wunderbar. Da braucht Ihr ja einen ganzen Tag, um durchzukommen. Ich meine, um zu kontrollieren, ob alles ordentlich läuft."

„Na ja, ganz so schlimm ist es auch wieder nicht. Aber es reicht zum Leben für mich, für die Sklaven und ihre Familien und für die Belieferung der Garnison."

„Und was sind das alles für Häuser?"

„Das Haupthaus da in der Mitte nach Norden ist die Villa Flavia. Ich habe sie so genannt zur Ehre meiner kaiserlichen Gönner. Wie ich ja auch den Namen Flavius angenommen habe. Wir leben nun mal in der römischen Welt und ich respektiere das in freier Entscheidung und aus Vernunftgründen. In meinem Inneren aber bleibe ich Jude. Und das wiederum respektieren meine römischen Gönner. Suum cuique. Jedem das Seine. Die Römer sind im Grunde sehr tolerant, sowohl gegen fremde Völker als auch gegen deren Götter und Kulturen. Wir Juden sind dagegen viel intoleranter oder genauer: Unser Gott Jahwe ist intolerant. Das ist unser Schutz und unser Problem zugleich."

„Und was steht da neben der Villa Flavia noch alles um den großen Hof herum?"

„Das sind Wirtschafts- und Stallgebäude. Für solch ein großes Anwesen wird ja viel gebraucht. Und draußen schließen sich die Häuser der Sklaven und Freigelassenen an, wo die meisten auch mit Familie wohnen. Da ist richtig Leben in der Bude."

Josephus lachte.

„Da habt Ihr aber viel Arbeit, wenn Ihr euch um das alles kümmern müsst: die vielen Menschen, die Tiere, die Felder und Weiden, Saat und Ernte, Verkauf und... und... und..."

Josephus lachte wieder.

„Ich brauche mich um gar nichts zu kümmern. Das macht alles mein Verwalter Eziel. Der kann das alles viel besser als ich. Eine treue Seele. Absolut vertrauenswürdig und zuverlässig. Du wirst ihn gleich kennenlernen."

Ada konnte nur staunen. Und als sie durch das große Tor in den Gutshof einfuhren, kam ihnen auch schon der Verwalter entgegen.

„Eziel", stellte er sich mit leichter Verbeugung vor. „Schalom und willkommen in der Villa Flavia, meine Dame. Ich hoffe, mein Herr Josephus hat Euch gut und sicher kutschiert. Er ist mit seinen Gedanken nämlich manchmal weit weg, bei seinen Büchern. Und dann muss man auf ihn aufpassen."

Er lachte.

„Ada, du siehst, Eziel passt auf alles auf: auf mein Vieh, auf die Sklaven, auf das Geld und auf seinen Herrn. Kannst du ihm bitte bestätigen, dass ich heute ganz bei der Sache war, vorsichtig und achtsam?"

„Aber gewiss doch. Das einzig Unvorsichtige war, dass er mir für ein Stück des Weges die Zügel in die Hand gab."

Nun lachten alle. Bei solch herzlicher Begrüßung und allgemeiner Heiterkeit hatte sich auch für Ada alle Spannung gelöst und als sie am Brunnen vorbei in die Villa eintraten, fühlte sie sich schon fast zu Hause. Im Atrium, dem mit Säulen umstandenen und nach oben hin offenen Innenhof wusste sie sich vor Entzücken kaum zu fassen: „Ein Teich mit Seerosen! Und überdache Seiten mit hübschen Sitzgruppen! Und die schöne Dattelpalme!"

„Ihre Früchte sind aber nicht besser als eure", bremste Josephus ihre Begeisterung.

„Und all die herrlichen Blumen! Wie haltet Ihr das nur aus in all dieser Schönheit?"

„Ach, das ist nicht so schwer. Aber warte hier einen Augenblick. Ich will mit der Köchin noch schnell einen kleinen Imbiss verabreden."

Ada, nachdem sie sich auf einer Bank im Schatten niedergelassen hatte, ließ ihren Blick schweifen. Es war alles wunderschön, fast wie im Traum. Nur die Lilien da, die stehen etwas unglücklich im Wege. Die würde ich versetzen. Ich? Würde ich? Will ich? Sie hatte natürlich längst seine Zuneigung und Werbung gemerkt. Aber passe ich hierher? Es ist alles so atemberaubend schön, fast unwirklich. Dabei wusste sie, dass es im römischen Reich unzählige solcher Villen gab. Vater hatte ihr davon erzählt. Er war auch mal in solch einer Villa zu Gast gewesen. ‚Schön war es schon. Aber es war nichts für mich', hatte er gesagt. Und nun bestaunte sie selbst diese andere Welt. Soll das vielleicht meine Welt werden? Ist das etwas für mich? Schön ist es schon!

„Da bin ich wieder", rief Josephus fröhlich, „wir haben noch etwas Zeit bis die Glocke ruft. Komm, ich zeige dir das Haus. Wir gehen mal in Richtung Haupteingang. Hier rechts ist der Essensraum mit einem größeren Teil, wenn mehr Tischgäste da sind und einer kleinen Nische, wenn man zum Beispiel wie heute nur zu zweit isst. Das siehst du dann noch nachher. Links sind Gästezimmer. Jetzt gehen wir hier durch den Flur und durch den Portikus auf die Straße. Bitte."

Sie trat durch eine große Tür hinaus in das Sonnenlicht. Denn diese Front war die Südseite. Auch hier gaben aber drei Palmen reichlich Schatten. Als sie ein paar Schritte weiter hinaus gegangen war und die Front im Ganzen in Augenschein nehmen konnte, ließ sie ihrer Begeisterung wiederum freien Lauf: „Herrlich. Diese Säulen! Wo habt Ihr die nur her? Und diese schönen Malereien! Hier könntet Ihr auch den Kaiser empfangen. Oder war der schon mal hier?"

„Nein, nein. So weit reicht die Freundschaft nun doch nicht. Und die Säulen habe nicht ich besorgt. Gar nichts habe ich besorgt. Ich habe alles so übernommen, wie du es hier siehst. Glück gehabt. Aber wenn du denkst, dass ich bei so viel Glück, so viel Säulen und Blumen und Häusern und Sklaven nun glücklich sein muss, nein, zum Glück gehört in erster Linie etwas ganz anderes. Das sagt mir meine Lebenserfahrung."

„Was denn? Was soll wichtiger sein als so viel Schönheit und Reichtum?"

„Wichtiger ist ein Mensch, mit dem ich Schönheit und Reichtum, aber, wenn es sein soll, auch Not und Probleme teilen kann. Ein Mensch, der mich liebt und den ich liebe. Ja, erst die Liebe macht wirklich glücklich."

In diesem Moment ertönte die Glocke.

„Komm. Es ist gedeckt."

Die Nische im Speisesaal erwies sich als groß genug für vier bis sechs Personen. Heute aber saßen sie hier nur zu zweit. Von draußen leuchtete die Sonne herein, gedämpft durch große Palmwedel. An den Wänden waren Fresken gemalt. Nur, hier fehlen ein paar Töpfe mit blühenden Gewächsen, dachte Ada, als sie ihren Blick kreisen ließ.

„Ein bisschen kahl, nicht wahr?", bemerkte Josephus. „ Hier fehlt die Hand einer Frau, die Hand einer Domina, deine Hand", wobei er ihre Hand sanft berührte. Die sie ihm aber rasch und errötend entzog, als eine Bedienstete die Speisen brachte, vielerlei kleine Häppchen nach orientalischer Art. Die Frage nach Getränken gab der Hausherr an Ada weiter: „Möchtest du einen Wein trinken zur Feier des Tages?"

„Schon. Aber ich bin keine Weinkennerin. Und bitte Wasser dazu."

Als alles bereitstand und keine Bedienstete mehr störte, hob Josephus den Becher und sagte: „Auf die zukünftige Domina der Villa Flavia! Prosit", wobei er ihr tief in die Augen sah. „Ich möchte Dir, liebe Ada, als erstes aber erklären, warum es hier keine Domina gibt, richtiger, warum es keine mehr gibt. Aber greif nur inzwischen tüchtig zu. Also, ich war verheiratet, sogar zweimal. Meine erste Frau ist in Jerusalem umgekommen, wie später meine Eltern und Hundertausende anderer auch. Meine zweite Frau, eine Mitgefangene ließ sich nach zwei Monaten schon wieder scheiden, weil ich mich nach ihrer Meinung auf die römische Seite geschlagen und also ein Verräter war. Sie war eine Patriotin. Das Ende beider Ehen hing also mit diesen schrecklichen Zeitläuften zusammen. Hier ist übrigens der Scheidungsbrief vom Rabbinat."

Er nestelte aus seinem Gewand eine Rolle hervor, deren Siegel erbrochen war. Sie warf einen flüchtigen Blick darauf und nickte.

„Auch das sei noch gesagt: Kinder sind aus beiden Ehen nicht hervorgegangen. Ich bin also in meinem Leben völlig wieder auf Punkt Null zurückgeworfen und kann noch einmal ganz von vorne anfangen. Nur eben unter besseren Bedingungen: die Waffen ruhen, ich bin ein angesehener römischer Bürger, ich habe keine materiellen Sorgen und kann mich ganz meiner Schriftstellerei widmen. Ich bin dreiunddreißig Jahre alt und noch zu haben."

Er lachte.

„Also: bitte zugreifen!"

Als Ada daraufhin, verschmitzt lächelnd, nach einem weiteren Happen suchte, konkretisierte er: „Wie du merkst, habe ich ja nicht nur das Essen gemeint, sondern möchte dich fragen, ob du dir vorstellen kannst, an meiner Seite hier die Domina zu werden. Du musst nicht gleich ja oder nein sagen. Aber bitte denk darüber nach. Du würdest mich sehr, sehr glücklich machen."

Sie legte alles aus der Hand und sah ihm in ihrer herrlich freimütigen Art in die Augen: „Ich habe schon vermutet, dass Ihr diese Frage heute in irgendeiner Form stellen würdet. Und mein Gefühl ist euch auch sehr zugeneigt. Und mein Verstand sagt, dass es ein einzigartiges Geschenk des Himmels wäre, an der Seite eines solchen Mannes wie Ihr es seid hier in diesem schönen Haus zu leben. Andererseits frage ich mich, ob dieses Leben hier zu mir passt und ob unsere Liebe stark genug wäre, diese Standesunterschiede zu überbrücken."

„Davon bin ich fest überzeugt", unterbrach er sie. „Ich würde dich schon in alle gesellschaftlichen Gepflogenheiten und Bräuche einführen. Da brauchst du keine Angst zu haben. Und glaube mir, mit deiner Anmut, mit deiner Fröhlichkeit und Reinheit wirst du im Handumdrehen alle Herzen für dich gewinnen." Er griff wieder nach ihrer Hand: „Wie du auch mein Herz gewonnen hast."

Sanft entzog sie ihm wieder ihre Hand und bat: „Gebt mir drei Tage Zeit. Ich will noch einmal auf mein Herz hören und in Ruhe und vertrauter Umgebung über Euren Antrag nachdenken. Ihr seid ja etwa noch zweimal mit Vater verabredet. Bis dahin habe ich meine Entscheidung getroffen. Ist das recht?"

„Natürlich, es ist recht und gut. Ich bin auch bereit noch länger auf dein Wort zu warten, wenn es nur ein Ja wird. Ich wüsste keine liebere Frau als dich."

Damit griff er noch einmal zum Becher: „Auf meine zukünftige Domina!" Und stieß mit ihr an.

Nach dem Essen führte er Ada noch in das obere Stockwerk. „Darf ich Dir noch mein Heiligtum zeigen? Gleich hier schräg über den Flur. Die anderen drei Zimmer sind zur Zeit ungenutzt. Aber eines, vielleicht dieses", er öffnete eine Tür, „könntest du dir einrichten, gewissermaßen das Domina-Zimmer." Es war ein fast leerer Raum mit einem schönen Ausblick über den Olivenhain bis zu den Viehweiden. „Mobiliar könntest du dir aussuchen, was auch immer dir gefällt. Kannst du dir das vorstellen?"

„Noch nicht wirklich. Wir haben noch nie Möbel gekauft. Was wir brauchen, haben wir geerbt oder hat Vater mit eigenen

Händen gebaut. Das hier ist eine ganz neue Welt für mich, die ich bisher nur vom Hörensagen kannte."

„Diese Welt liegt dir jetzt zu Füßen. Du brauchst sie nur mit einem freudigen Ja zu betreten und sie gehört dir."

„Es ist traumhaft schön. Verzeiht mir, dass ich so unsicher bin."

„Das verstehe ich doch. Und es gefällt mir mehr, als wenn du wie viele andere Frauen alles hochnäsig beurteilen würdest. Und du wirst dich ganz schnell an alles gewöhnen. Bestimmt! Doch bevor wir weiter träumen, komm mit in die Realität, in meine Realität."

Er öffnete die Tür zu seinem Zimmer und mit einer ausholenden Handbewegung lud er Ada ein, einzutreten: „Bitte Domina Adamah."

Es war nicht zu übersehen, wes Geistes Kind der Hausherr war. Überall Bücher. Große Folianten übereinander gestapelt. Handlichere codices dicht an dicht in einem großen Regal. Unter dem hochbeinigen Regal Kisten mit offenbar unbeschriebenen Schreibmaterialien. An der anderen Wand Papyrusrollen in speziellen capsae, runden Behältern unterschiedlicher Größe aus geräuchertem Holz. Neben dem Arbeitstisch ein Stapel Pergamentblätter, voll beschrieben und zusammen gebunden. Auf dem Tisch kleine Behältnisse mit flüssiger Tinte, aber auch feste Tintensteine. Ein Behälter mit Rohrfedern zum Schreiben und ein Federmesser zum Anspitzen. Dazu Lineale, Zirkel, hölzerne Wachstäfelchen mit Styli zum einritzen und andere Utensilien. Und ein kleiner Stapel beschriebener Pergamentblätter. Zwischen Regal und Tür aber eine einfache Liege mit Decke, typisch für einen ehemaligen General.

„ Hier ist also mein Reich, liebe Ada. Dieser Pergamentstapel hier neben dem Tisch ist schon ein Teil meines Buches über den jüdischen Krieg, den wir gerade miterlebt haben. Es soll hoffentlich in den nächsten drei Jahren fertig werden."

„Ihr schreibt alles in unserer Sprache? In Aramäisch?"

„Zunächst ja. Es geht schneller. Aber zum Schluss werde ich alles mit Hilfe einiger Griechen ins Griechische übersetzen. Das ist schließlich die Weltsprache der Gebildeten. Ich liebe die Griechen, ihre Sprache, ihre Philosophie, ihr Theater und natürlich ihre Geschichtsschreiber", wobei er zärtlich mit der Hand über einige Buchrücken strich, „hier mein großes Vorbild Thukydides und hier mein Liebling Philon von Alexandria, ein jüdischer Grieche oder ein griechischer Jude, wie auch immer. Ganz ähnlich wie bei mir: ein jüdischer Römer? Oder ein römischer Jude? Haha. Möge es die Nachwelt beurteilen. Aber ich langweile dich. Verzeih mir."

„Ist schon gut. Ich weiß doch, wie sehr euch geschichtliche Dinge interessieren. Ich habe es doch jetzt jeden Tag bei Vater miterlebt. Und es muss doch auch Leute geben, die das alles aufschreiben, was passiert ist."

„Zum Beispiel auch die Geschichte eures Volkes. Hier, diese Pergamentblätter auf dem Tisch sind voll mit Notizen der letzten Tage. Freilich, die ,Antiquitates' müssen noch warten. Erst ist der ,jüdische Krieg' dran. Nein, zuerst bist du dran."

Dabei legte er vorsichtig seinen Arm um ihre Schultern, führte sie sanft zur Tür hinaus und die Treppe hinunter in Richtung Olivenhain.

„Wichtiger als das Leben von gestern ist das Leben von heute. Wichtiger als die Toten sind die Lebenden und besonders die, die noch geboren werden. Ich wünsche mir so sehr eine Familie und dass du die Mutter meiner Kinder wirst. Ihr wäret mir wichtiger als alle Bücher der Welt. Glaubst du mir das?"

„Gewiss. Obwohl Ihr sicherlich nicht anders könnt, als weiter eifrig an euren Büchern zu schreiben. Es ist eure Berufung. Aber die eigentliche Herausforderung ist immer das Leben selbst und zwar das gegenwärtige Leben. Nicht das Leben der

Vorderen und nicht das Leben der Kommenden, sondern das Leben der heute Lebenden. Das ist unsere eigentliche Aufgabe, besonders das Leben der Kinder, das so bedroht ist, durch Krankheiten, durch Unfälle, durch Krieg, durch Lieblosigkeit und vieles mehr. Da muss man manches Opfer bringen. Vater hat auch viel Zeit für mich geopfert. Ich bin ihm so dankbar."

„Das kannst du auch sein. Denn aus allem, was du eben gesagt hast, merkt man seinen guten Einfluss. Ich wünschte, ich könnte auch solch ein guter Vater werden."

„Also zutrauen würde ich Euch das, auch wenn es sich erst einmal zeigen müsste, ob Euch Kindergeschrei beim Bücherschreiben nicht doch stören würde. Aber Kindergeschrei ist zweifellos auch Zeichen von Leben, von sehr gegenwärtigem Leben. Und damit die Herausforderung des Augenblicks."

„Ich würde jetzt sagen, dass es Musik in meinen Ohren wäre. Aber ob ich es dann sage, wenn es aktuell ist? Dann musst du mich daran erinnern! Versprichst du mir das?"

„Haha. Darauf könnt Ihr Euch verlassen."

„Übrigens, was deinen Vater betrifft. Er kann jederzeit hierher in die Villa Flavia ziehen. Platz ist genug. Und wenn er seinen guten Einfluss von dir auch auf die Enkel überträgt, wunderbar. Ich mag ihn. Und die eine oder andere Beschäftigung findet sich für ihn auch."

Unter solchen Gesprächen waren sie durch den Olivenhain bis zu den Feldern gelangt. Josephus hatte längst den Arm von ihrer Schulter genommen und ihre Hand ergriffen, die wohlig warm und zutraulich in der Seinen lag. Wie zwei Verliebte – oder wie Vater und Tochter – gingen sie ein Stück an den Feldern entlang und schlugen dann wieder den Rückweg ein durch die Oliven. Wenn sie einmal schwiegen, hörten sie nichts außer hier und da eine Vogelstimme, das Rascheln alten Laubes unter ihren Füßen und ihren eigenen Atem.

Als die Villa Flavia wieder vor ihnen auftauchte, hielt er sie an, nahm ihre beiden Hände in seine Hände und zog sie zu sich: „Ich liebe dich." Und küsste sie auf den Mund. Sie ließ es geschehen. Doch als er sie noch enger an sich ziehen wollte, wehrte sie errötend ab und sagte: „Habt noch Geduld."

„Ja", erwiderte er mit fröhlicher Stimme, „ich warte und träume von deinem Jawort."

Im Haus erfrischten sie sich dann mit Wasser und Wein und merkten, dass es für Ada Zeit zur Heimfahrt war.

„Wie schnell doch die Stunden vergangen sind."

„Das stimmt. Und doch mischt sich mein Bedauern mit der Vorfreude auf viele solche gemeinsamen Stunden. Denn ich liebe dich, Ada. Von ganzem Herzen!"

„Ich Euch auch", flüsterte sie.

Auf der Heimfahrt sprachen sie wenig. So überwältigt waren sie beide von der Nähe und den Gefühlen dieses Tages. Auch die Zügel wollte Ada nicht mehr übernehmen. Auf dem Kamm des Ölberges angekommen, sahen sie dann schon von weitem, wie Vater unruhig vor seiner Hütte hin und her lief.

„Da seid ihr ja endlich."

„Hier, euer Täubchen. Ich gebe es euch unbeschadet zurück, jedenfalls für drei Tage."

Als der Alte etwas verständnislos dreinblickte, sagte Josephus nur: „Ada wird euch alles erklären. Aber zunächst treffen wir uns morgen zu gewohnter Zeit?"

„Abgemacht. Die babylonische Katastrophe aus edomitischer Sicht. Einverstanden?"

„Einverstanden und Schalom ihr beiden."

„Bis morgen. Schalom."

Noch lange stand sie winkend vor der Tür und er winkte vom Wagen zurück.

Ich habe sie geküsst. Und sie ließ es geschehen! Und sie liebt mich auch! Was kann da noch dazwischen kommen? Gott im Himmel und ihr Götter alle habt Dank.

An diesem Abend trank Josephus noch eine halbe Flasche Wein und schlief danach den tiefen Schlaf der Gerechten und Glücklichen. Ada aber dachte noch lange nach, über diesen Tag und ihre Gefühle und ob das das Glück sei. Und dann dachte sie auch noch an die Aufgaben des nächsten Tages. Sie musste früh wieder raus.

## 10. Juda verrecke!

„Salve und Schalom, Gesundheit und Frieden dem Hause Esau Bar-Qoz."

„Schalom auch euch, Herr Josephus", erwiderte der Alte. „Meine Tochter hat mir von gestern berichtet. Es war alles schön. Und ich habe den Eindruck, auch wenn sie sich noch drei Tage Bedenkzeit ausbedungen hat, dass Ihr der Glückliche sein werdet, der sie gewinnt", und sich am Kopf kratzend und knurrend, „und mich unglücklich macht."

„Aber nicht doch", unterbrach ihn sein Gast, „wer wird denn hier von Unglück reden. Erstens sollte ein Vater immer glücklich sein, wenn es seine Tochter auch ist und zweitens", hier machte er wieder eine große Handbewegung, „in meiner Villa ist viel Platz. Auch für Euch."

„Das hat sie mir auch gesagt. Und ich habe ihr gesagt und sage es jetzt auch Euch, dass ich mir einen Wegzug von hier oben nicht vorstellen kann. Aber", wehrte er jeden Einspruch ab, „wie man so sagt, wir sollen den Käse nicht vor dem Melken verteilen. Lasst uns also über diese Zukunftsaussichten in drei Tagen reden. Heute aber wollen wir uns wieder der Historie zuwenden und zwar dem Untergang des judäischen Königtums mit dem Aufkommen des neuen babylonischen Reiches und den damit verbundenen Folgen für Edom. Einverstanden?"

„Gerne."

„Dann lasst uns wieder hier im Schatten der Dattelpalme Platz nehmen. Ada hat schon alles gerichtet."

Josephus setzte sich so, dass er ab und an einen Blick auf Ada erhaschen und manchmal auch winken konnte.

*Rund einhundertvierzig Jahre später saßen sie wieder zusammen, die Könige, Häuptlinge und Anführer der jüdischen Nachbarvölker: Edom, Philister, Moab, Araber. Und wieder ging es um die Vernichtung des Erzfeindes Juda. Der Unterschied zu damals war: Sie trafen sich nicht freiwillig, sondern auf Anordnung des babylonischen Königs Nebukadnezar, als seine Vasallen und Hilfstruppen. Und sie trafen sich nicht in Samaria, das es gar nicht mehr gab, sondern in Ribla, der früher assyrischen, jetzt babylonischen Militärbasis in Syrien. Die Babylonier hatten hier starke Truppenverbände zusammengezogen samt modernstem Belagerungsgerät.*

*Die fremden Machthaber wurden gebeten, unter einer aus Palmblättern gebauten Überdachung Platz zu nehmen und auf den allergnädigsten König zu warten. Als dieser nach fünfstündiger Verspätung erschien, nahm er auf dem bereitstehenden Thronsitz Platz, umgeben vom Kommandeur und Mitgliedern seiner Leibwache. Alle Anwesenden verneigten sich bis auf den Boden und durften sich dann auch setzen. Der Außenminister des Königs stellte ihm die ausländischen Mächte vor und versicherte ihm in deren Namen, dass all diese Völker bereit seien, ihr Hab und Gut, ihr Leib und Leben für den allergnädigsten König einzusetzen und ihm zu helfen, das Krebsgeschwür der Juden, diesen ewigen Störenfried, aus ihrer Mitte zu entfernen.*

*König Nebukadnezar nickte gnädig. Dann wandte er sich mit tiefer Bassstimme an seine Vasallen.*

*„Meine Herren, ich danke Ihnen, dass Eure Exzellenzen mir helfen wollen, den Frieden zwischen dem Grenzfluss Ägyptens und den Strömen von Babylon wieder herzustellen. Nichts ist wichtiger auf unserer Erde als der Frieden. Nur im Frieden können unsere Völker gedeihen. Nur im Frieden können wir Handel treiben und unsere Äcker bearbeiten. Nur im Frieden können wir unseren Kindern eine fröhliche Kindheit schenken. Deshalb ist der Friede, wie jeder weiß, mein größtes Anliegen, dem ich all meine Kraft widme."*

*Pause.*

*Eifriges Kopfnicken und Beifall.*

*„Aber", des Königs Stimme hob sich, „wie es heißt, ,es kann der Frömmste nicht im Frieden leben, wenn es dem bösen Nachbarn nicht gefällt', so erleben auch wir es. Der böse Nachbar ist das Reich Juda. Ich hatte wahrlich viele Jahre Geduld mit den Juden, aber immer wieder machten sie Rebellion, wollten nicht anerkennen, dass die Götter mich zu ihrem und euer aller gnädigsten König bestimmt haben. Schon vor sieben Jahren musste ich sie demütigen, viele Tausend ihrer besten Leute nach Babel als Gefangene mitnehmen und ihren Tempelschatz plündern. Ich gab ihnen Zedekia als neuen König. Aber was war sein Dank? Er empörte sich gegen mich* (2 Kön 25,1), *nahm heimlich Verbindung mit Ägypten auf und versucht, den schönen Frieden eurer Provinz zu zerstören und die Herrschaft über euch alle an sich zu reißen. So habe ich beschlossen", seine Stimme wurde drohend wie das Rollen des Donners, „Juda zu vernichten! Ihr habt an den unendlichen Reihen von Zelten gesehen, über welche Heeresmacht ich gebiete. Ich werde mit unseren unbesiegbaren Truppen ihre Hauptstadt Jerusalem belagern, sie aushungern und zermürben, bis sie kapitulieren. Von Jerusalem*

*wird kein Stein auf dem anderen bleiben, ihren Tempel, ihren Gott und ihren Staat wird es nicht mehr geben. Es wird alles zur Einöde, zum Wohnort der Schakale und Hyänen. Die Geier werden gute Zeiten haben. Aber", wieder hob sich drohend seine Stimme, „alle Welt wird mir bezeugen, dass sie selbst schuld sind an ihrem Unglück. Ich wasche meine Hände in Unschuld. Ich habe ihr Bestes gesucht, aber sie haben nicht gewollt. Nun ist meine Geduld am Ende."*

*Pause.*

*Aufbrandender Beifall.*

*„Ihr aber, meine Herren und Exzellenzen", er hob beruhigend die Hand, „habt die große Ehre, mir bei der Wiederherstellung von Frieden und Ordnung zu helfen. Da Jerusalem mit starken Mauern umgeben ist, rechne ich mit einer längeren Belagerung. Von euch erwarte ich die nötigen Proviant- und Materiallieferungen, die für solch ein großes Unterfangen benötigt werden. Dafür gebe ich euch freie Hand, mit den südlichen Städten und Dörfern des jüdischen Umlandes nach Belieben zu verfahren. Um eure Verpflichtungen zu erfüllen, könnt Ihr sie plündern oder die notwendigen Abgaben erzwingen. Ihr könnt Gefangene machen, die für euch arbeiten und könnt die Widerspenstigen töten. Ihr seid jetzt ihre Herren. Außerdem", der König überlegte einen Augenblick, „übergebe ich euch den Schutz der Südgrenze gegen Ägypten. Man weiß ja nie. Und wir haben keine Lust auf einen Zweifrontenkrieg. Noch Fragen?"*

*„Dürfen wir die ehemals jüdischen Gebiete besiedeln?", fragte der König von Edom.*

*„Selbstverständlich. Der Negev gehört jetzt euch. Macht damit, was Ihr wollt. Die überlebenden Juden werden froh sein, mit dem Leben davon gekommen zu sein."*

*Großes, frohes Raunen unter den Anwesenden.*

*Der König aber erhob sich, winkte gnädig mit der Hand und verschwand mit seiner Leibgarde, während die Exzellenzen sich wieder bis auf den Boden verneigten.*

*„Meine Herren Exzellenzen", der Außenminister ergriff wieder das Wort, „bitte folgen Sie mir in das Nachbarzelt. Dort liegen die Verträge bereit zur Unterschrift."*

Der Alte hielt mit seiner Erzählung inne und wandte sich an Josephus: „Wie Ihr wisst, dauerte die Belagerung Jerusalems fast zwei Jahre. Dann fiel die Stadt und wurde samt Königspalast, Tempel und Stadtmauern dem Erdboden gleich gemacht. König Zedekia wurde geblendet und in Fesseln abgeführt. Die gesamte jüdische Oberschicht aber wurde nach Babylonien in die Verbannung geschickt. Es war das Ende des Königreiches Judäa, wie es schien: für immer" (2 Kön 25,8-12).

„Es hätte nicht so weit kommen müssen", unterbrach ihn Josephus, „es waren Propheten da, die den König und seine Berater und alle Einwohner von Jerusalem gewarnt hatten. Sie sollten zurückkehren zu den Geboten ihres Gottes und sich nach seinem Willen dem König von Babel wieder unterwerfen. Die Propaganda in Jerusalem aber sprach von einem gerechten Unabhängigkeitskrieg und dass Gott auf ihrer Seite sei. Die Propheten jedoch sahen, dass neben dem Tempel, dem Heiligtum des einen Gottes, viele andere Kultstätten für fremde Götter errichtet und genutzt wurden, die doch nicht reden und nicht helfen konnten. Und wie konnten die Juden ihren Krieg gerecht nennen, wenn sie sich weigerten, Gottes Recht auf alleinige Anbetung zu respektieren? So ließ Gott sie in seinem Zorn ins Verderben laufen. Ganz ähnlich, wie wir es in unseren Zeiten wieder erlebt haben."

„Verzeiht, aber bis wir uns in diese Gedanken weiter vertiefen, möchte ich doch anhand einer kleinen Geschichte noch erzählen, was für die Leute meines Volkes bei dieser jüdischen Katastrophe herausgekommen ist. Einverstanden?"

In diesem Augenblick schwebte das Täubchen heran.

„Schalom, lieber Herr Josephus. Seid Ihr gut versorgt? Oder fehlt noch etwas? Ich bin heute ziemlich im Stress. Aber ich will Euch doch wenigstens grüßen und schauen, ob alles recht ist."

Dabei sah sie ihn fröhlich an und berührte, während sie etwas auf dem Tisch zurechtrückte, wie zufällig seinen Arm. Josephus aber ergriff ihre Hand, schaute ihr zärtlich in die Augen und sagte: „Alles gut, Ada. Aber schön, dass du dich trotz deiner vielen Arbeit mal sehen lässt."

Dabei tätschelte er ihre Hand, was der Alte stirnrunzelnd zur Kenntnis nahm.

„Gut, mein Täubchen, nun aber lass uns mal weitermachen. Mach du deine Arbeit, wir machen unsere. Nicht wahr?"

Mit den Worten „Na, dann macht mal" zog sich Ada wieder zurück, nicht ohne Josephus noch einmal verstohlen zuzuwinken.

„Gut, kommen wir dann zur Sache. Was also war mit den Edomitern im Zusammenhang jener jüdischen Katastrophe?"

Der Alte rückte sich zurecht und räusperte sich.

„Das war so."

*Durch die ihnen auferlegten Verpflichtungen zur Versorgung des babylonischen Belagerungsheeres waren die edomitischen Truppen in ständiger Berührung mit dem Geschehen rings um Jerusalem. Und als die Stadt gefallen war, durften sie sich an der Plünderung beteiligen. Die Paläste und großen Stadtvillen, der Tempel und die Davidsburg blieben zwar den Babyloniern vorbehalten, aber es gab ja noch genug Bürgerhäuser und selbst die einfachsten Anwesen bargen noch mehr Luxus als es* sich die Edomiter in ihren Felshöhlen und einfachen Lehmhütten in Seir jemals hätten träumen lassen. *So schleppten sie heraus, was auch immer sie an kupfernen, zinnernen und anderem metallischen Inventar, an kostbaren Holzgerätschaften und Möbeln, an Geld und Schmuck finden konnten.* Wer von den halbverhungerten Einwohnern zu protestieren wagte, bekam einen Schlag über den Kopf und verstummte für immer. So manches Mädchen aber wurde in eine Kammer gezerrt und vergewaltigt.

So hallten die Straßen Jerusalems wieder vom Triumphgeschrei der Sieger und vom Wehgeschrei der beraubten Juden und ihrer geschändeten Frauen und Töchter. Die Söhne unseres Volkes aber waren wie entfesselt in einem Rachefeldzug sondergleichen. Nach den Jahrhunderten der Demütigung und Zurücksetzung konnten sie es jetzt dem Brudervolk, dem Hause Jakob, endlich heimzahlen. Sie waren wie im Rausch.

„Wir holen uns nur wieder, was uns gehört!"

„Auf unsere Kosten haben sie das alles zusammengerafft! Aber damit ist nun Schluss!"

„Für immer!"

„Niemals mehr werdet Ihr euch über uns erheben!"

„Nieder mit den Juden!"

„Juda, verrecke!"

Nachdem die Häuser bis auf den letzten Nagel ausgeräumt waren, wurden sie in Brand gesteckt, mit oder ohne Bewohnern. Egal. Für die babylonischen Truppen war die Plünderung und der Brand der Stadt das gewohnte Procedere nach einem Sieg. Aber für die Edomiter war es wie ein noch nie dagewesenes Festessen. Freiwillig meldeten sie sich auch, um sich beim Niederreißen und Schleifen der Stadtmauern und des Tempels zu beteiligen. Hier würden sich die Juden nie mehr verstecken *können. Hier würden sie nie mehr ihren Gott anbeten. Hier wäre nur noch Öde. Danke, Qoz, du hast uns beigestanden.*

*Und dann kam der Tag, als der Rest der bürgerlichen Bevölkerung, der Beamten, der Priester, der Gebildeten, der Handwerker und Schriftkundigen auf Befehl des babylonischen Stadtkommandanten zum Marsch in die Verbannung zusammengetrieben wurden. Tausende und Abertausende mussten sich unter Bewachung auf den Weg machen ins ferne Babylon. Sie sollten die Heimat nie mehr wiedersehen. Und wieder taten sich die Edomiter besonders hervor, um die Exulanten in jeder Weise zu demütigen. Sie lachten über sie, verspotteten sie und bewarfen sie mit Exkrementen und allem verfügbaren Mist. Besonders schlimm trieben es die, die sich auf einer Brücke versammelt hatten, wo die Juden unten durchmussten auf der Straße nach Norden. Sie ließen einen Regen, ja ein Gewitter von Schimpfworten, Steinen und Mist auf die armen Gefangenen niedergehen, auf Männer, Frauen und Kinder.*

*„Israel wird zur Wüste", schrien sie, „und euer Land gehört jetzt uns. Euch aber hat euer Gott uns ‚zum Fraß vorgeworfen'* (Ez 35,12)*. Jawohl, Abschaum seid ihr. Weg mit euch!"*

*Und sie genierten sich nicht einmal, auf die, die sich unter ihnen dahinschleppten, sogar zu urinieren. Es war eine unwürdige Demütigung, die sich tief in das Gedächtnis des jüdischen Volkes einbrannte und von ihren Propheten wiederum mit erbarmungslosen Drohungen gegen Edom beantwortet wurde* (s. Jes 34/ Jer 49/ Ez 25 u.35/ Obj)*.*

*Einer dieser jüdischen Propheten, der die Rache der Edomiter selbst miterlebt hatte, sagte später: „Ich habe es selbst gehört. Doch so spricht Gott, der Herr: Weil du dich darüber freust, dass der Erbbesitz des Hauses Israel verödet daliegt, darum will ich auch dich (zur Wüste) machen. Das Bergland von Seir und ganz Edom sollen veröden. Dann wird man erkennen, dass ich der Herr bin"* (Ez 35,13.15).

„Und diese Drohungen haben sich inzwischen erfüllt. Im alten Stammland Seir wohnte bald niemand mehr. Und im südlichen Judäa, also im dann sogenannten Idumäa, wo sich die Edomiter nach der jüdischen Katastrophe damals fröhlich samt ihrem Raub niederließen und mit der dortigen Bevölkerung vermischten, ist mein Volk sang- und klanglos untergegangen. Die Juden aber gibt es immer noch. Und mir jedenfalls ist klar geworden: Ihr Gott ist der Herr über den Lauf der Geschichte."

„Ja, und nach siebzig Jahren waren sie wieder da, haha", Josephus lachte. „Die Perser hatten sich des untergehenden Babylonischen Reiches bemächtigt und der Perserkönig Kyrus verfügte, dass die Juden mit Kind und Kegel, mit Hab und Gut und mit den noch vorhandenen Tempelgeräten wieder in die Heimat durften. Warum tat das der Kyrus? Im Tanach steht, weil „der Herr den Geist des Königs Kyrus von Persien" erweckte (2 Chr 36,22). Ich glaube nicht, dass Cyrus aus religiösen Gründen gehandelt hat, geschweige, dass er heimlich Jude geworden war. Er musste nur einfach tun, was Gott wollte. Der gab ihm ein: Lass die Juden gehen und sie gingen. Es ist wirklich nicht zu fassen, wer Gott alles gehorchen muss, wenn er für sein Volk etwas erreichen will, sei es der Pharao oder Kyrus. Auch Titus? Ich weiß es nicht. Wir sind wohl noch zu dicht dran an dem Geschehen."

„Ich gebe Euch recht. Auch ich habe keine andere Erklärung. Die Juden haben ja da in der Verbannung keinen Aufstand oder Ausbruch gemacht, sie haben es nicht klug eingefädelt oder irgendetwas in der Richtung unternommen. Ihr Gott wollte es. Und so geschah es. Und Edom und die anderen Völker konnten sich nur wundern: ‚Sind sie denn gar nicht tot zu kriegen?' Von nun an mussten Judäa und Idumäa als direkte Nachbarn miteinander leben. Doch das heben wir uns für morgen auf. Jüngere Geschichte! Einverstanden?"

„Einverstanden. Und danke für die heutige Erzählung."

„Wobei", der Alte räusperte sich, „ich mich eigentlich auch für das Verhalten meines Volkes damals entschuldigen müsste. War nicht in Ordnung. Auf Menschen, die schon im Dreck liegen, tritt man nicht noch herum. Schlimm, wenn die dunklen Triebe im Menschen die Oberhand gewinnen."

„Das ist ein Thema für sich. Das lassen wir jetzt. Ich würde gern noch Eurer Tochter Schalom sagen. Darf ich?"

„Nun geht schon. Ihr werdet sie wohl da hinten finden."

Er deutete in Richtung der Felder.

Dort fand er sie auch, damit beschäftigt, Unkraut von einem Hirsefeld zu entfernen.

„Hallo Ada, nicht erschrecken. Ich möchte nur Schalom sagen."

Jäh schreckte sie hoch, offenbar unangenehm berührt, dass sie so schmutzig und verschwitzt war. Doch als sie sich, dem Schmutz und Schweiß zu wehren, mit dem Ärmel über das Gesicht fuhr, musste Josephus lachen: „Liebe Ada, jetzt sieht alles noch viel schlimmer aus. Aber ich sage dir was: Du brauchst dich nicht zu genieren. Denn erstens braucht man sich für Schmutz und Schweiß bei der Arbeit nie zu entschuldigen. Arbeit und Schweiß gehört zusammen, auch wenn man, wie ich, am Schreibtisch arbeitet. Und zweitens, keinerlei Arbeitsschmutz kann dein schönes Antlitz entstellen. Für mich bist du so oder so die Allerschönste und Liebenswerteste und kein Edelstein könnte deiner Schönheit etwas hinzufügen, wie auch kein Schmutz deiner Schönheit etwas nehmen kann."

Josephus war näher getreten, umfasste ihre Schultern, zog sie zu sich und küsste sie auf den Mund, den sie erst zur Seite wenden wollte, aber dann doch verschämt und beglückt darbot.

„Nächstens werdet Ihr mich wieder gewaschen und gekämmt sehen", versprach sie. „Spätestens übermorgen. Schalom, Herr Josephus, Schalom."

Sie machte sich los und winkte leicht mit der Hand.

„Ich komme aber schon morgen wieder", erwiderte er lachend. „Du wirst mich nicht los. Morgen komme ich, um noch einmal mit Vater die Geschichte zu bearbeiten. Dann sind wir durch. Also, bis morgen, Ada. Ich liebe dich. Schalom."

„Schalom", flüsterte sie. Es hörte sich auch an nach ‚Ich liebe Euch'.

Im Weggehen blickte er sich noch mehrmals glücklich winkend nach ihr um. Wer konnte ihm sein Glück verdenken?

„Schalom Esau Bar-Qoz", rief er dann durch die offene Tür, wo er den Alten auf einer niedrigen Pritsche liegen sah.

„Schalom", rief der. „Mein Rücken. Nehmt es mir nicht übel, dass ich liegen bleibe. Morgen wird es wieder besser sein. Bis dann. Schalom."

Grüßend hob er die Hand und machte sich auf den Heimweg.

Als er ein Stück Weg zurück gelegt hatte, fragte er laut: „Gibt es hier jemand, der glücklicher ist als ich?"

Als keine Antwort kam und nur das Meckern einer Ziege in der Ferne zu hören war, gab er sich selbst die Antwort: „Niemand. Niemand ist glücklicher als du!" Und lachte laut und stimmte ein Liebeslied an, das seine Soldaten abends beim Lagerfeuer gesungen hatten. Damals in Galiläa. Wie lange war das her? Vergangene Zeiten.

## 11. Ein Funken Hoffnung

Am nächsten Tag jagte ein starker Westwind große Wolkenmassen über den Himmel, so dass der Alte, nachdem man sich herzlich begrüßt hatte, seinen Gast gleich wieder hinter das Haus führte.

„Hier sind wir geschützt, nicht gegen die Sonne, – die ist ja heute kaum zu sehen – aber gegen den Wind. Der ist doch heute sehr unangenehm. Wie ich sehe, habt Ihr euch auch einen warmen Umhang umgeworfen. Das werde ich Euch gleich tun. Wir müssen uns ja am letzten Tag nicht noch einen Husten zuziehen."

„Was den Husten betrifft, so stimme ich Euch gern zu. Aber was den letzten Tag betrifft, so möchte ich das doch nur auf unsere historischen Betrachtungen beziehen. Denn morgen komme ich bestimmt noch einmal wieder, erstens um Euch zu danken für Eure Gastfreundschaft und für Eure Informationen aus alter Zeit und zweitens – ich hoffe, das wird nötig sein – um Euch eine für mein Lebensglück wichtige Frage zu stellen. Ihr ahnt sie gewiss. Aber zuvor erwarte ich von Eurem Täubchen das ersehnte Jawort. Also, ich gehe davon aus, dass unsere gemeinsamen Tage heute nicht enden, sondern morgen erst richtig beginnen. Oder was meint Ihr?"

Bei diesen Worten lachte Josephus ein fröhliches jungenhaftes Lachen, wie ein, na ja, eben wie ein frisch verliebter großer Junge.

„Ihr werdet wohl recht haben", erwiderte der Alte. „Und mein Täubchen hat auch schon einiges besorgt für ein kleines gemeinsames Essen. Aber da kommt sie ja selbst."

„Schalom, Herr Josephus, na, heute letzter Arbeitstag? Hier, ich bringe euch beiden wieder eine kleine Stärkung, damit ihr durchhaltet. Und rückt man Tisch und Sitze noch mehr in die

Ecke, damit euch der Wind nicht wegbläst. Ja, so ist es wohl ganz gut. Ich habe noch zu tun. Aber nachher melde ich mich noch einmal. Ist es recht?"

„Aber selbstverständlich, liebe Ada, dein Erscheinen ist mir immer recht und hoffentlich noch sehr lange beziehungsweise – für immer."

Dabei strahlte er sie an, während sie wieder errötend und verlegen den Blick senkte.

„Also bis nachher."

„Bis nachher."

Er winkte ihr nach. Auch sie hob eine Hand zum Gruß.

„Können wir nun endlich zur Sache kommen?" brummte der Alte. „Turteln könnt ihr noch genug."

„Seid nicht griesgrämig", sagte lachend Josephus, „Ihr werdet sehen, es wird alles gut und auch Ihr werdet zufrieden sein. Aber nun zur Sache. Wenn ich recht sehe, die neuere Geschichte bis heute. Ja?"

„Ja, so sei es. Ihr, verehrter Josephus wisst als Historiker besser als ich, dass die folgenden Jahrhunderte nach der Wiederansiedlung der Juden in Jerusalem geprägt waren vom Wechsel der Großmächte, die über unsere kleinen Völker herrschten: die Perser, die Griechen unter Alexander, dann seine Nachfolger, dann die Römer, wobei die Juden unter den Makkabäern noch einmal kurz die Freiheit erkämpften. Doch am Ende übernahmen die Römer endgültig die Macht. Und die Edomiter, die die jüdische Katastrophe genutzt hatten, um sich im Süden anzusiedeln, vermischten sich mit dort lebenden Völkerschaften und deren Kulturen. Dann nahmen sie auch, mehr oder weniger freiwillig die jüdische Religion an und manche, wie Herodes und seine Familie wurden sogar Könige von Roms Gnaden in Judäa. Damit waren sie als eigenständiges Volk endgültig untergegangen. Meine Familie aber, ich erzählte das schon, hat sich mit etlichen anderen Familien hier im Gebiet jenseits des Ölberges, in und um Betanien niedergelassen und die alten edomitischen Bräuche beibehalten."

„Und Ihr seid also in Betanien geboren?"

„Ja, und zwar genau vor sechzig Jahren. Mit zwei älteren Schwestern wuchs ich auf und lernte beim Vater alles Nötige für das Leben, besonders aber auch unsere Geschichte, wohl wissend, dass sie also mit uns ein Ende finden würde, weil keine edomitische Frau mehr da war zum Heiraten. Ich habe dann später eine Jüdin geheiratet und mich hier niedergelassen. Von unseren drei Kindern ist mein Täubchen als spätgeborene Tochter allein übrig geblieben. Da sie von einer jüdischen Mutter geboren ist, gilt sie als Jüdin. Na ja, wenn wir bis auf Abraham zurück gehen, sind wir trotzdem eines Stammes."

„Da mir die Historie der letzten Jahrhunderte unter Persern, Griechen und Römern sehr vertraut ist, brauchen wir diese nicht weiter vertiefen. Mich interessiert aber sehr, was Ihr in diesen Tagen öfters erwähntet, dass Ihr in Betanien Erlebnisse hattet, die Euch bis heute sehr beschäftigen. Darf ich fragen, worum es sich dabei handelte?"

„Natürlich. Und ich möchte gleich betonen, dass diese Erlebnisse für mich, aber nicht nur für mich, sondern, wie ich mitbekam, inzwischen für unzählige Menschen im römischen Reich von größter Bedeutung waren."

„Ihr macht mich neugierig. Wisst Ihr da Dinge, die mir entgangen sein sollten?"

„Nun, das kann selbst einem berühmten Historiker wie Euch passieren", schmunzelte der Alte, zumal, wenn es um Dinge geht, die weder mit Militär, noch mit Politik, noch mit Erfindungen, noch mit Kunst oder Literatur zu tun haben."

„Ihr steigert meine Neugier, kommt endlich zum Punkt!"

„Also gut. In unserer Nachbarschaft wohnte eine jüdische Familie, wo die Eltern vor kurzem verunglückt waren und nun die drei erwachsenen Kinder noch zusammen lebten und wirtschafteten. Sie waren alle älter als ich. Die beiden Schwestern hießen Maria und Marta und kümmerten sich um den Haushalt und das Vieh. Der Bruder hieß Lazarus und hatte irgendwo eine Arbeitsstelle. Er ging früh aus dem Haus und kam abends zurück. Er steuerte seinen Lohn zum gemeinsamen Lebensunterhalt bei. So kamen sie ganz gut zurecht. Wenn nötig, halfen wir uns gegenseitig, besonders, als dann unser Vater gestorben war und unsere Mutter auch kränkelte. Das alles wäre nicht weiter erwähnenswert, wenn ich nicht auf einen jüdischen Freund dieser Nachbarsfamilie aufmerksam geworden wäre, den sie schon aus jungen Jahren kannten, als er noch mit seinen Eltern und Geschwistern zum Tempel in Jerusalem wallfahrtete und bei ihnen Station machte. Als ich auf ihn aufmerksam wurde, kam er nicht mehr mit seiner Familie, sondern als Rabbi mit seinen Schülern. Er hieß Jesus und stammte aus Nazareth in Galiläa. Sie hatten uns schon von ihm erzählt, doch konnten wir uns keinen Reim darauf machen. Wir merkten nur, dass die Augen unserer lieben Nachbarn einen besonderen Glanz bekamen, wenn sie von ihm redeten. Dann lernte ich ihn kennen.

*Eigentlich klopfte ich nur bei ihnen an, um mir etwas auszuborgen, aber als mir Marta die Tür öffnete, merkte ich, dass dicke Luft war. Schwitzend und mit hochrotem Kopf zog sie mich in die Küche und deutete mit der Hand auf den Hof, wo Maria aufmerksam einem Mann in mittleren Jahren zuhörte, um den herum mehrere andere Männer saßen.*

*„Das ist Jesus", flüsterte sie mir zu. „Er ist jetzt Wanderrabbi und hat ein paar seiner Schüler mit. Ich freue mich, dass er da*

ist, nur, dass mir Maria nicht hilft, das Essen für so viele Gäste zuzubereiten, das ist nicht in Ordnung."

„Warum rufst du sie denn nicht herein?"

„Habe ich doch versucht. Ich bin rausgegangen und habe sie laut und deutlich gebeten, mir zu helfen und habe das auch Jesus gesagt."

„Und?"

„Er sagte: ‚Marta, Marta, du machst dir viel Sorge und Mühen. Aber nur eines ist notwendig. Maria hat das Bessere erwählt, das soll nicht von ihr genommen werden' (Lk 10, 41-42). Und dabei schaute er mich voller Liebe an, so dass ich ganz verwirrt war. Aber ich musste ja wieder in die Küche, denn das Feuer brannte doch schon. Und nun stehe ich alleine da."

Tränen traten ihr in die Augen.

„Kannst du mir vielleicht etwas helfen?"

Ich konnte. Ich sagte nur meinen Schwestern schnell Bescheid und ging dann wieder rüber. Ich holte Holznachschub und hielt das Feuer in Gang. Ich holte Wasser vom Brunnen und füllte die Krüge. Ich sammelte das schönste Obst aus den Vorräten und kümmerte mich um das Fladenbrot, während Marta den Brei rührte. Und als der Rabbi seine Rede beendet hatte, erhob sich auch Maria sofort und stürzte in die Küche, um zu helfen. So dauerte es nicht mehr lange, bis alles fertig zubereitet war. Jeder suchte sich einen Platz, auf einem Hocker, einem Klotz, einem Balken oder auf der Erde. Als das Essen aufgetischt war, wollte ich mich verabschieden, doch der Rabbi sah das und winkte mir freundlich, zu bleiben. So legte ich mich auch in einen Winkel und sah, wie der Rabbi sich erhob, die Arme zum Himmel streckte und sprach: „Ich preise dich, Vater, Herr des Himmels und der Erde, weil du all das den Klugen und Weisen verborgen, den Unmündigen aber offenbart hast. Ja, Vater, so hat es dir gefallen" (Lk 10,21).

*Dann schaute er in der Runde jedem von uns in die Augen und sagte: „Mir ist von meinem Vater alles übergeben worden; niemand weiß, wer der Sohn ist, nur der Vater, und niemand weiß, wer der Vater ist, nur der Sohn und der", hier ruhte sein Blick auf mir, „der, dem es der Sohn offenbaren will"* (Lk 10,22). *Es war eine atemberaubende Nähe zu spüren, eine Nähe zwischen Jesus und dem, den er mit aufblickenden Augen den Vater nannte. Wenn es sich nicht komisch anhören würde, könnte ich sagen, es war so, als ob Gott selbst gegenwärtig war. So voller Vollmacht, so voller Frieden. Und alle dicke Luft war wie weggeblasen. Auch auf Martas vorher noch so erregtem Gesicht lag nun dieser Friede.*

Ihr seht, ich habe diese Begegnung bis heute nicht vergessen. Aber es war nur der Vorspann zu noch Unglaublicherem.

„Redet Ihr von dem Galiläer Jesus, den sie auch Christus nennen?"

„Ja. Was fragt Ihr?"

„Ich habe den Namen schon während meiner Studien gehört. Er sei der Anführer einer Sekte gewesen und unter Pilatus hingerichtet worden. Dann aber bekam ich indirekt selbst mit ihm zu tun. Als der römische Prokurator Festus plötzlich gestorben war, wurde ein gewisser Ananus jüdischer Hoherpriester. Er war ein herzloser und auf Ruhm bedachter junger Mann und suchte eine Gelegenheit, den Juden zu gefallen. Als nun ‚Festus gestorben, Albinus aber noch nicht angekommen war,' meinte er, ‚eine günstige Gelegenheit gefunden zu haben. Er versammelte daher den Hohen Rat zum Gericht und stellte vor dasselbe den Bruder des Jesus, der Christus genannt wird, mit Namen Jakobus, sowie noch einige andere, die er der Gesetzesübertretung anklagte und zur Steinigung führen ließ' (Josephus, Ant.,20. Buch, 9. Kap.). Vielen von uns gefiel aber diese eigenmächtige und gesetzlose Brutalität nicht, so dass wir sogar dem neuen Prokonsul Albinus entgegengingen und ihm klarmachten, dass Ananus gegen geltendes Recht verstoßen habe. Albinus drohte ihm daraufhin sofort brieflich eine heftige Strafe an, woraufhin König Agrippa sogleich einen anderen zum Hohenpriester berief, um keinen Ärger mit den Römern zu bekommen. Dieses Ereignis war das einzige Mal, dass ich gewissermaßen mit der Familie des Jesus zu tun hatte. Ansonsten bin ich leider keinem der Juden, die sich auf ihn berufen und Christen nennen, persönlich begegnet. Ich habe dann aber gehört, dass sie noch vor Beginn des jüdischen Aufstandes in mehr oder weniger großen Gruppen Jerusalem verlassen haben und dadurch nicht in den Untergang der Stadt hineingezogen wurden. Wohin sie aber gegangen sind und was aus ihnen wurde, weiß ich nicht. Wisst Ihr etwas darüber?"

„Da kann ich Euch gleich weiterhelfen. Doch zuvor lasst mich Euch noch eine Begebenheit von hier aus Betanien erzählen, die ich damals als junger Mann miterlebt habe" (Joh 11,17-44).

*Bei unseren lieben Nachbarn war ein großes Unglück geschehen. Lazarus war gestorben. Er hatte nur wenige Tage krank gelegen, aber bei meinen Besuchen merkte ich schon, dass es jeden Tag schlimmer wurde. Dann starb er über Nacht. Die Schwestern waren untröstlich über den Verlust. Denn es war ja nicht nur ihr geliebter Bruder, sondern in gewisser Weise auch ihr Ernährer. Jedenfalls hatte er mit seinem Lohn entscheidend zum Unterhalt beigetragen. Nun blieb ihnen nichts weiter übrig, als die Trauerfeier zu organisieren und mich zu bitten, ein Grab auszuheben. Ich habe mich auch sofort an die Arbeit gemacht und mit der Picke eine schöne Höhle in den Berg gehauen. Am Abend legten wir ihn dann unter Tränen und Gebeten und lauten Klagen hinein. Die Schwestern hatten seine Arme und Beine umwickelt, den Körper mit einem Laken umhüllt und das Schweißtuch auf seinen Kopf gelegt. Dann schlossen wir die Grabesöffnung mit einem großen Stein. Zwei andere Männer packten dabei noch mit an.*

*Ich versuchte, so gut es ging, die Schwestern zu trösten. Marta aber schluchzte: „Wäre Jesus hier gewesen, wäre sicher alles gut geworden. Aber er ist ja nicht gekommen." Dabei liefen ihr die Tränen über die Wangen.*

*Wie üblich kamen in den nächsten Tagen viele Verwandte und Bekannte bis von Jerusalem, um den Schwestern ihr Beileid aus- und Mut zuzusprechen. Auch ich schaute nach ihnen und half, soweit es meine Zeit erlaubte. Doch dann geschah Unglaubliches.*

*Am vierten Tag nach der Beerdigung kam Jesus in Begleitung seiner Schüler. Ich erkannte ihn schon von ferne, ließ sofort meine Arbeit auf dem Felde fallen und lief ins Dorf, wo ich Marta traf und ihr mitteilte: „Jesus, auf den ihr gewartet habt, ist auf dem Weg hierher. Ich habe ihn mit seinen Jüngern gesehen!"*

*Da ging ihm Marta mit schnellen Schritten entgegen und ich mit ihr. So hörte ich als Außenstehender mit, wie sie Jesus gewissermaßen vorwurfsvoll entgegentrat und ihn erinnerte, dass sie ihn doch beizeiten hätten rufen lassen. Dann fügte sie erregt hinzu: „Herr, wärst du hier gewesen, dann wäre mein Bruder nicht gestorben."*

*Kurze Pause. Dann etwas milder: „Aber auch jetzt weiß ich: Alles, worum du Gott bittest, wird Gott dir geben."*

*Jesus antwortete ganz ruhig: „Dein Bruder wird auferstehen."*

*„Ich weiß", sagte daraufhin Marta, „ dass er auferstehen wird bei der Auferstehung am Letzten Tag."*

*Bis dahin konnte ich ja dem Gespräch folgen, gab es doch nur wieder, was von den meisten Juden und inzwischen auch von uns geglaubt wurde, nämlich, dass mit dem Tod nicht alles aus ist. Aber dann sagte Jesus Worte, die weit über diesen allgemeinen Glauben hinaus gingen."*

*Er sagte: „Ich bin die Auferstehung und das Leben. Wer an mich glaubt, wird leben, auch wenn er stirbt, und jeder, der lebt und an mich glaubt, wird auf ewig nicht sterben. Glaubst du das, Marta?"*

*Und sie bekannte: „Ja, Herr, ich glaube, dass du der Messias bist, der Sohn Gottes, der in die Welt kommen soll."*

*Ich war sprachlos. Ich konnte das nicht glauben. Dass er ein begnadeter Mann war, ja, das hatte ich ja schon gemerkt. Aber dass an seine Person die Auferstehung und das Leben für ewig gebunden waren? An einen Menschen aus Fleisch und Blut wie wir alle? Der Messias und Sohn Gottes? Nein, dachte ich, er wird sterben wie alle Menschen und dann ist der schöne Traum oder seine Einbildung oder was auch immer vorbei. Und es wird nicht lange dauern, dann wird keiner mehr von ihm sprechen. Dachte ich. Aber ich sollte eines anderen belehrt werden. Denn jetzt fing die Geschichte ja erst richtig an.*

*Da Jesus mit seinen Jüngern unter einer Palme eine kleine Rast einlegte, lief Marta den kurzen Weg ins Dorf zurück, um Maria zu holen. Ich blieb im Hintergrund sitzen. Dann kamen sie alle: Maria und Marta und die Juden, die im Trauerhaus zugegen waren. Maria aber fiel vor Jesus nieder und sagte auch, nicht vorwurfsvoll, sondern eher verzweifelt: „Herr, wärst du hier gewesen, dann wäre mein Bruder nicht gestorben." Bei diesen Worten brachen alle wieder in solches Schluchzen und Weinen aus, dass Jesus, man merkte es, innerlich ganz ergriffen war.*

*Er fragte: „Wo habt ihr ihn bestattet?"*

*Da sagten sie „Komm und sieh" und führten ihn zum Grab. Als sie dort ankamen, musste auch Jesus weinen und man raunte einander zu: „Seht, wie lieb er ihn hatte!" Einige aber flüsterten hinter vorgehaltener Hand: „Wenn er dem Blinden die Augen geöffnet hat, hätte er dann nicht auch verhindern können, dass dieser hier starb?"*

*Jesus hatte diese Bemerkung aber mitbekommen und geriet in große Erregung darüber. Er ging zum Grab und sagte: „Nehmt den Stein weg."*

*Marta aber trat dazwischen und bemerkte: „Herr, er riecht aber schon, denn es ist bereits der vierte Tag"* (Joh 11,39f.).

*Da wandte sich Jesus ihr zu: „Habe ich dir nicht gesagt: Wenn du glaubst, wirst du die Herrlichkeit Gottes sehen?"*

*Dann gab er uns Männern einen Wink und wir konnten nicht anders als gehorchen und machten uns daran, den Stein wegzuschieben. Jesus aber erhob seine Augen zum Himmel und betete: „Vater, ich danke dir, dass du mich erhört hast. Ich wusste, dass du mich immer erhörst; aber wegen der Menge um mich herum habe ich es gesagt; denn sie sollen glauben, dass du mich gesandt hast."*

*Dann rief er mit lauter Stimme, wie im Befehlston: „Lazarus, komm heraus!"*

*Und, ich würde es selbst nicht glauben, wenn ich es nicht selbst gesehen hätte: Lazarus kam gebückt heraus samt den Binden, mit denen seine Gliedmaßen eingewickelt waren und dem Schweißtuch auf seinem Kopf. Nur das Laken war schon zu Boden gefallen.*

*Dann sagte Jesus zu uns: „Löst ihm die Binden."*

*Als das geschehen war, streckte sich Lazarus und streckte seine Arme nach uns aus, als wollte er sagen: Hier bin ich wieder.*

*Wir aber standen alle wie erstarrt und brachten zuerst kein Wort heraus. Dann aber fielen sich Marta und ihr Bruder in die Arme und alle anderen traten herzu und taten es ebenso. Und alle weinten wieder, aber diesmal vor Freude. Maria aber war zu Jesus gegangen, fiel nieder vor ihm und küsste sein Füße, wie sie es schon einmal getan hatte, als sie in Magdala für einige*

*Zeit eine Prostituierte war. Dann flüsterte sie: „Danke, Herr, danke."*

„Ich, Esau Bar-Qoz habe das alles miterlebt und kann es bezeugen. Und seitdem bin ich gewiss, dass dieser Jesus von Gott gesandt war. Denn wie sonst kann einer Macht über den Tod haben?"

„Habt Ihr noch mehr solcher Wunder von diesem Jesus miterlebt?"

„Nein, nur dieses eine. Aber die Geschwister erzählten mir in den Wochen und Jahren danach noch von vielen Wundern, die schon zuvor geschehen waren: dass Jesus zuvor einen Blinden in Jerichow geheilt habe und davor Lahme, Aussätzige, Taube und mit welcher Krankheit auch immer Menschen zu ihm kamen oder gebracht wurden. Ich würde das alles nicht geglaubt haben, wenn ich nicht dieses Wunder mit Lazarus miterlebt hätte. Nun konnte ich das alles glauben und wurde immer gewisser, dass dieser Jesus eine Beziehung zu Gott hatte wie kein anderer Mensch. Auch wie er da am Grab gebetet hatte und Vater zu Gott gesagt hat, als stände Gott direkt neben ihm. Solche Nähe! Solche Einheit! Das habe ich auch bei euch nicht gesehen, bei den Juden, geschweige bei uns im Umgang mit Qoz. Ich verstehe es nicht, wie er der Sohn Gottes sein kann, ein Mensch von Fleisch und Blut wie wir. Es ist ein Geheimnis, aber es ist keine Lüge. Es ist etwas dran. Es ist ja auch noch etwas, das ich erzählen muss."

„Ich bitte darum."

*Einige Wochen später, es war kurz vor dem jüdischen Passafest, baten mich meine lieben Nachbarinnen wieder um Hilfe: „ Jesus kommt mit einigen seiner Jünger und wir wollen ihm ein schönes Festessen bereiten. Es soll gleichzeitig unseren Dank aus-*

drücken und dass wir nicht nur immer von ihm etwas erwarten, sondern wir ihm diesmal etwas schenken. Kannst Du uns etwas helfen? Lazarus ist ja auch da."

„Gut", sagte ich, „ich komme. Ich muss nur noch etwas erledigen, dann komm ich rüber."

Als alle zu Tische lagen und Lazarus das Tischgebet gesprochen hatte, stand ich in der Tür und freute mich, dass alles gelungen war und Jesus das Essen offensichtlich schmeckte. Marta aber bediente mit dem, was ich aus der Küche holte. Da kam auch Maria, in der Hand ein größeres Gefäß mit Nardenöl. Wir wissen alle, wie kostbar das ist. Sie salbte Jesus damit, so dass das ganze Haus mit dem herrlichen Duft erfüllt wurde. Doch einer seiner Jünger regte sich auf: „Warum hat man dieses Öl nicht für dreihundert Denare verkauft und den Erlös den Armen gegeben" (Joh 12,1-8)?

Ihr wisst ja auch, dass es immer diese Gutmenschen gibt, die, wenn andere mit ihrem Geld großzügig sind, prompt meckern müssen, warum das Geld nicht lieber für Arme, für kaputte Straßen und Siechenstationen ausgegeben wird. Natürlich, ohne selbst etwas zu geben.

Jesus wies diese Kritik jedenfalls mit folgenden Worten zurück: „Lass sie, damit sie es für den Tag meines Begräbnisses tue. Die Armen habt ihr immer bei euch, mich aber habt ihr nicht immer bei euch."

Er sprach von seinem Begräbnis. Wir alle aber ahnten nicht von ferne, wie nahe das vor der Tür stand. Und als er am nächsten Tag mit seinen Jüngern in Richtung Jerusalem weiterzog, erzählte uns Lazarus am Abend dieses Tage, dass er miterlebt habe, wie Jesus auf einem Esel in die Stadt einzog und wie ihn das Volk mit frommen Gesängen und Palmwedeln als Messias und König von Israel empfangen habe. Seine Auferweckung war natürlich Stadtgespräch und viele wollten ihn, Lazarus, berühren und fragten, wie es gewesen sei. Er aber habe immer nur auf Jesus hingewiesen: „Er hat es getan. Ich war völlig passiv und weiß nicht, wie es geschehen ist. Dass ich hier stehe, habe ich allein ihm zu verdanken!"

Dann aber fügte Lazarus hinzu: „Wenn das man gut geht. Ich habe Gruppen von Pharisäern gesehen, die das ganze misstrauisch beobachtet und sich beraten haben. Man hat den Eindruck, dass sie eifersüchtig sind auf Jesus und einen theologischen Vorwand suchen, ihn los zu werden. Aber angesichts der Begeisterung des Volkes haben sie nicht gewagt, einzugreifen. Doch ob es dabei bleibt? Möge Gott unsern Freund beschützen."

Ich selbst hatte in den nächsten Tagen einmal etwas in der Stadt zu besorgen und hörte dort mit, wie Jesus zu einer größeren Menschenmenge, die den Tempel bewunderten, sagte: „Es wird eine Zeit kommen, da wird von allem, was ihr hier seht, kein Stein auf dem anderen bleiben (Lk 21,6). Wenn ihr aber seht, dass Jerusalem von einem Heer eingeschlossen wird, dann könnt ihr daran erkennen, dass die Stadt bald verwüstet wird. Dann sollen die Bewohner von Judäa in die Berge fliehen. Denn eine große Not wird über das Land hereinbrechen: Der Zorn Gottes wird über dieses Volk kommen. Mit scharfem Schwert wird man sie erschlagen, als Gefangene wird man sie in alle Länder verschleppen, und Jerusalem wird von den Heiden zertreten werden, bis die Zeiten der Heiden sich erfüllen" (Lk 21,,20-24).

Das aber wollten die Leute gar nicht hören und ich merkte, wie die Begeisterung für Jesus schwand. Offenbar hatte man von Jesus, wenn er denn der Messias war, anderes erwartet, nämlich Kraft und Heldentum nicht nur für einzelne Kranke, sondern geballte Kraft gegen die Römer und Wohlstand für alle.

„So ist doch eure Messiashoffnung oder sehe ich das falsch?"

„Nein, nein. Das ist allgemeine jüdische Überzeugung: Wenn der Messias kommt, schafft er alle Kriege ab und bringt Frieden und Wohlstand für alle Menschen. Insofern muss man bezweifeln, dass Jesus der Messias war. Aber andererseits hat er nach Eurem Bericht all die Ereignisse vorausgesagt, die wir nun erlebt haben."

„Sogar bis ins Detail. Auch dass die Leute in die Berge fliehen sollten. Ich habe viel später solche Leute getroffen. Sie kamen hier über den Ölberg und wollten in das autonome Gebiet der Dekapolis, nach Pella. Es waren die Christen, die noch vor dem jüdischen Aufstand die Stadt verließen. Die Geschwister, die ja inzwischen regelmäßig an den Zusammenkünften der Christen in Jerusalem teilgenommen hatten, sagten mir, dass ihnen durch eine Botschaft des Heiligen Geistes, wie sie es nannten, kundgetan war, die Stadt zu verlassen. Und dann fielen ihnen auch die prophetischen Worte Jesu wieder ein, die ich ihnen ja damals erzählt hatte. Unsere Nachbarn aber gingen nicht mit nach Pella, sondern wanderten aus zu Verwandten auf Zypern. Wie ich hörte, war Lazarus dort zum Aufseher oder wie sie sagen, zum Bischof der dortigen Christen berufen worden. Inzwischen soll er gestorben und in Larnaka auf Zypern bestattet sein. Ich aber hüte hier das Grab, in dem er einst als Toter gelegen hatte und das von vielen ihrer Gläubigen wie ein Heiligtum besucht worden war. Nun bin ich da alleine und weiß nicht, ob jemals wieder Christen an dieses Grab kommen. Im Augenblick sieht es ja nicht so aus. Aber für mich ist es ein ganz wichtiger Ort. Ich weiß nicht, ob ihr das verstehen könnt."

„Das kann ich gut verstehen. Wenn man solch ein Wunder miterlebt hat, fühlt man sich doch immer wieder hingezogen. Wie der Tanach von unseren Vätern erzählt, dass sie dort, wo sie Gottes große Taten erlebt hatten, Denksteine aufrichteten und immer wieder an diesen Orten Gottesdienste feierten. Also ich verstehe das völlig. Vielleicht könnt Ihr mir demnächst mal das Grab zeigen."

„Aber gerne. Und ich werde Euch auch verraten, was ich dort immer sage. Aber dazu muss ich noch von einer letzten Begegnung mit Jesus erzählen. Könnt Ihr noch zuhören?"

„Ich bin ganz Ohr!"

*Es war am Passahfest der Juden. Lazarus kam schnellen Schrittes vorbei und rief mir zu: „Sie haben Jesus gefangen und strengen bei Pilatus einen Prozess gegen ihn an. Wir gehen runter!" Da folgten ihm auch schon seine Schwestern. Ich aber beschloss, zunächst meine Arbeiten beim Vieh zu erledigen und dann auch in die Stadt zu gehen. Als ich etwa zur sechsten Stunde unten ankam, schlug mir gleich eine Unruhe wie aus einem dampfenden Kessel entgegen. In der hin und her wogenden Menge wurde mir auf mein Nachfragen gesagt, dass man draußen vor der Stadt diesen Jesus gekreuzigt habe, von dem es hieß, er sei der Messias.*

*„Er ist es aber nicht!", brüllte einer dazwischen, „er ist ein Hochstapler. Oder hat er irgendetwas an unserem beschissenen Leben geändert? Hat er unsere Schuldscheine zerrissen? Nichts! Recht geschieht ihm!"*

*Draußen vor dem Tor sah ich dann auf dem Hügel, wo der alte Steinbruch war, die drei Kreuze stehen. Mitten drin Jesus, blutüberströmt und mit Dornen auf dem Kopf. Viele Menschen, die hin und her liefen, gafften und spöttische Worte machten, Soldaten, die sich mit einem Spiel die Zeit vertrieben und den Hohenpriester mit einigen anderen Priestern, die eifrig diskutierten und zufrieden mit dem Kopf nickten.*

*Dann merkte ich, wie es bei den drei Männern an den Kreuzen ein kurzes schweratmiges Gespräch gab. Weil ich nicht gut* *verstehen konnte, trat ich noch näher und konnte hören, wie der eine Mörder sagte: „Uns geschieht recht. Wir erhalten den Lohn für unsere Taten; dieser aber hat nichts Unrechtes getan."* Und zu Jesus gewandt: „Jesus, denk an mich, wenn du in dein Reich kommst." Jesus aber antwortete ihm: „Amen. Ich sage dir, noch heute wirst du mit mir im Paradies sein"* (Lk 23,41-43).

*Dann kam ein Sandsturm von der Wüste und verdunkelte den Himmel so sehr, dass die Sonne nicht mehr zu sehen war. Um die neunte Stunde schrie Jesus noch einmal laut: „Vater, in deine Hände lege ich meinen Geist"* (Lk 23,44-46). *Dann fiel sein Kopf vornüber. Er war tot.*

*Viele, die das miterlebt hatten, waren von dem Geschehen so beeindruckt, dass sie sich an die Brust schlugen und betroffen weggingen. Der römische Hauptmann aber sprach aus, was manche hier dachten: „Das war wirklich ein gerechter Mensch"* (Lk 23.47).

*Am Ende standen wir, die Geschwister und ich und viele, „die ihm seit der Zeit in Galiläa nachgefolgt waren und die alles mit ansahen"* (Lk 23,49) *noch lange beim Kreuz. Lazarus und ich und eine gewisser Johannes, einer seiner Schüler, halfen, den Leichnam vom Kreuz abzunehmen. Dann nahm ihn seine Mutter Maria unter vielen Tränen in ihre Arme. Nachher legten sie ihn ganz in der Nähe und in aller Eile in ein unbenutztes Grab, das ein wohl gesonnener Jude ihnen anbot. Dann kam der Sabbat, wo nach jüdischem Gesetz nicht gearbeitet werden durfte.*

*Auf dem Heimweg beschlossen die Frauen, am ersten Tag der Woche nach dem Sabbat in aller Frühe zum Grab zu gehen, um den Leichnam ordentlich einzusalben. So geschah es auch, nur, dass die Frauen nicht zurück kamen. Lazarus wurde schon ganz unruhig. Es war dann schon später Abend, bei untergehender Sonne, als sie ganz aufgeregt und mit glänzenden Augen wie-*

der auftauchten und atemlos, und eine die andere überbietend, berichteten:

„Er lebt! Sein Vater hat ihn von den Toten auferweckt!"

„Das Grab war leer und ein Engel redete zu uns."

„Wir sollten seinen Jüngern sagen, dass er auferstanden ist!"

„Und die Tücher waren schön zusammen gelegt."

„Hier das Schweißtuch, das ich ihm auf den Kopf gelegt hatte", sagte Maria und hielt es klein und fein zusammengelegt in die Höhe.

„Und die Jünger glaubten uns nicht, als wir ihnen das erzählten."

„Aber dann ging Petrus zum Grab und sah, dass es wirklich so war."

Wir beiden Männer waren sprachlos über diese Geschichte, taten uns aber auch schwer, es zu glauben. Doch wir merkten natürlich, dass die Frauen sich das alles nicht ausgedacht oder eingebildet hatten. So beschloss Lazarus, am nächsten Morgen die Jünger aufzusuchen. Vielleicht hatten sie ja inzwischen Klarheit über das, was geschehen war.

Sie hatten Klarheit. Voll Freude berichteten sie Lazarus, dass Jesus noch am Abend des vergangenen Tages in ihre Mitte getreten sei, mit ihnen gesprochen und gegessen habe und dann wieder vor ihren Augen verschwunden sei. Gegen Mitternacht seien zwei andere von ihnen aus Emmaus zurückgekehrt, wo Jesus ihnen erschienen und das Brot mit ihnen gebrochen habe. „Ja, er lebt. Er ist auferstanden. Preis sei Gott."

„Ich sah keinen Grund daran zu zweifeln. Ja, ich fand es sogar die logische und konsequente Vollendung dessen, was ich in den kurzen Begegnungen mit Jesus erlebt und begriffen hatte: Einer, der Gott so nahe war, konnte doch nicht im Tode bleiben. Und wenn schon die meisten Juden heute glauben, dass mit dem Tod nicht alles aus ist, sondern dass es eine Auferstehung für alle gibt, um wie viel mehr gilt das für einen, der sich bei Lazarus als Herr über den Tod erwiesen hat. Oder sehe ich das falsch?"

„Nein, nein. Es scheint irgendwie logisch. Nur, das ist für mich alles so neu und aufregend, weil ich zum ersten Mal mit einem, na, nicht Christen, aber doch Augenzeugen spreche. Und ich habe keinen Grund an Euren Worten zu zweifeln, da ich Euch als einen ehrenwerten und historisch klar denkenden Mann kennengelernt habe. Warum habt Ihr Euch dann eigentlich nicht den Christen angeschlossen?"

„Eine gute Frage. Ich bin ja auch manchmal zu den Versammlungen der Christen mitgegangen. Manchmal trafen sie sich auch nebenan bei den Geschwistern, aber es waren doch immer nur Juden. Aber ich war ein Edomiter, ein Fremder. Und sie hielten hier in Jerusalem streng am alten jüdischen Gesetz fest, besonders dann unter der Leitung jenes Jakobus, des Bruders von Jesus, von dessen Prozess und Steinigung Ihr vorhin auch berichtet habt. Also sagen wir mal so: Ich war im Glauben an Christus mit ihnen verbunden, aber in der Beachtung des jüdischen Gesetzes getrennt. Später hörte ich, dass ein gewisser Paulus rings um das Mittelmeer christliche Gemeinden aus den Heiden gründete. Auch auf Zypern, wo er dann Lazarus zum Bischof für die christlichen Heiden eingesetzt haben soll. Ich überlegte, ob ich da nicht auch hinziehen sollte. Dort hätte ich mich taufen lassen und wäre kein Fremder mehr gewesen, sondern ein Heide unter anderen. Aber ich ließ den Gedanken bald wieder fallen. Vielleicht war es nur die übliche edomitische Bequemlichkeit. Aber ich hatte auch nicht das Geld für solche Reise und für einen Neuanfang fühlte ich mich zu alt. Und außerdem: Sollte ich Ada ihr Zuhause nehmen? Nein. Ich blieb hier und tröste mich nun mit dem Grab des Lazarus. Durch dieses Grab bin ich mit ihm und mit Jesus verbunden."

„Nun verratet mir noch, was Ihr an diesem Grab immer sprecht?"

„Ich sage immer, was jener Mörder am Kreuz zu Jesus zuerst gesagt hat: ‚Herr, denke an mich in deinem Reich'. Und dann füge ich noch hinzu: Lieber Lazarus, du Freund von Jesus und mein Freund, bitte für mich."

„Das ist sehr schön. Beneidenswert. Eine Einheit im Geist über alle Grenzen der Länder und des Lebens hinweg."

„Und ich will Euch, da Ihr an allem so interessiert seid, noch etwas verraten. Ich bin der Letzte der Edomiter, aber in gewisser Weise vielleicht auch der Erste. Nämlich der erste, der durch den Glauben an Jesus errettet ist. Und wie dem Mörder am Kreuz über alle irdische Verwerfung hinweg himmlische Teilhabe am Paradies und damit ewige Erlösung zugesprochen wurde, so kann es doch sein, dass durch den Glauben, der mir zuteilwurde, auch Esau, auch mein Volk von seiner Verwerfung erlöst und am ewigen Heil teilhaben kann. In Jesus wird alles zur Einheit gebracht: Verbrecher und Heilige, Juden und Heiden, das Haus Jakob und das Haus Esau, wenn sie sich denn, ja, das ist die Bedingung, im Glauben mit ihm verbinden lassen. Was meint Ihr: Ist das zu hoch gedacht?"

„Ich finde es einen ganz wunderbaren Gedanken, auch wenn ich noch meine Vorbehalte habe, was den Messias betrifft. Vielleicht bin ich da zu jüdisch geprägt. Aber im Blick auf Euer Volk, ich muss zugeben, da ist das ein ganz wunderbarer Abschluss unserer gemeinsamen Tage. Zu wissen oder zu glauben oder gewiss sein im Glauben, dass die, einzelne Menschen oder Völker, die immer auf der Verliererseite zu sein schienen, nicht qua Vorsehung zum Untergang bestimmt sind, sondern ihre Chance haben, im Glauben an Jesus, den sie den Christus nennen, noch zu Gewinnern werden können. Ganz großartig. Dieser Glaube ist es wert, weitergegeben zu werden."

„Danke, das stärkt mich. Solch ein Wort von Euch gelehrtem Mann. Danke. Und was den Messias betrifft, vielleicht habe ich es da als nichtjüdisch geprägter Mensch leichter, zu begreifen, dass zwischen dem Messias unserer Wünsche und dem wahren Messias vom Himmel eben ein Unterschied besteht. Nach meinem Verständnis war Jesus nicht auf der Welt, um den Himmel auf die Erde zu bringen, sondern um uns von der Erde in den Himmel zu bringen. Siehe der Mörder am Kreuz. Freilich nicht ganz ohne unser Zutun. Wie jener Mörder seine Schuld eingestehen und um Gnade flehen musste, so musste auch ich mich ändern und zum Beispiel meinen historisch begründeten Hass auf die Juden fahren lassen. Als ich da oben vom Ölberg auf die untergehende Stadt und den untergehenden Staat der Juden sah, da habe ich mich alsbald meiner Schadenfreude geschämt und im Stillen gebetet: ‚Denk an mich in deinem Reich'. Ich hatte auch von meinen Nachbarn erfahren, dass Jesus am Kreuz noch für seine Feinde gebetet hatte: ‚Vater, vergib ihnen, denn sie wissen nicht, was sie tun' (Lk 23,34)."

„Und? Habt Ihr auch für die Juden gebetet?"

„Ja. Ich habe gesagt: ‚Herr, denk an sie in deinem Reich' und habe hinzugefügt: ‚Lazarus, bitte für dein Volk, dass es wieder aufersteht'. Und ich glaube auch, dass das geschehen wird."

„Ja, am letzten Tag bei der allgemeinen Auferstehung."

„Nein. Noch in dieser Weltzeit. Die Juden sind nicht tot zu kriegen. Diese Stadt und dieses Land werden wieder von Juden aufgebaut und besiedelt werden. Vielleicht erst in tausend Jahren. Aber es wird so sein. Es war immer so."

„Und womit könnt Ihr das begründen?"

„Ich würde so sagen: Die Juden haben einen lebendigen Gott, einen Gott der redet. Und wenn er redet, dann handelt er auch. Das war in der ganzen Geschichte so. Wir haben das ja in diesen Tagen unter die Lupe genommen, nicht wahr? Und er hat geredet und redet noch immer, zu mir und zu vielen anderen Menschen weltweit durch den Juden Jesus, seinen Sohn."

„Dazu sage ich gerne Amen. Möge es so geschehen. Aber gebt mir noch einen Augenblick Zeit. Ich möchte das Ganze als ein einzigartiges Zeugnis kurz zusammenfassen und aufbewahren für ein zukünftiges Buch. Ja?"

„Das passt. Ich muss auch gerade mal weg."

Dann las Josephus vor, was er zusammenfassend aufgeschrieben hatte: „Um diese Zeit lebte Jesus, ein weiser Mensch, wenn man ihn überhaupt einen Menschen nennen darf. Er war nämlich der Vollbringer ganz unglaublicher Taten und der Lehrer aller Menschen, die mit Freuden die Wahrheit aufnahmen. So zog er viele Juden und auch viele Heiden an sich. Er war der Christus, das heißt der Messias. Und obgleich ihn Pilatus auf Betreiben der Vornehmsten unseres Volkes zum Kreuzestod verurteilte, wurden doch seine früheren Anhänger ihm nicht untreu. Denn er erschien ihnen am dritten Tage wieder lebend, wie gottgesandte Propheten von ihm vorher verkündigt hatten. Und noch bis auf den heutigen Tag besteht das Volk der Christen, die sich nach ihm nennen, fort" (Josephus, Ant., 18. Buch, Kap.3,3).

Fragend schaute er dem Alten, der nun nicht mehr saß, sondern neben ihm stand, in die Augen: „Ist das gut so?"

„Dem ist nichts hinzuzufügen. Als gläubiger Christ würde man es vielleicht noch anders formulieren, aber für einen Historiker ist das völlig in Ordnung, sogar sehr gut. Möge das Buch viel Frucht bringen."

„Das war ein gutes Schlusswort nach einer langen Sitzung, die ganz anders ausgegangen ist, als ich geahnt hatte. Ihr werdet müde sein und ich mache mich sofort auf den Heimweg. Übrigens: Die Sonne ist wieder hervor gekommen, fast wie eine himmlische Bestätigung für den heutigen hellen Ausklang unserer historischen Betrachtungen. Da sieht alles viel freundlicher aus, selbst die Trümmer von Jerusalem. Grüßt Ada, die ja heute gar nicht mehr zu sehen war, so beschäftigt ist sie. Aber morgen haben wir ja dann genug Zeit für alles Menschliche. Zur selben Zeit?"

„Ich denke schon. Schalom!"

„Schalom."

Gerade wollte er am Abhang den Blicken entschwinden, da erreichte ihn noch die Glockenstimme: „Schalom, Herr Josephus, bis morgen. Schalom!"

Sofort stieg er noch einmal ein paar Schritte höher und zeigte sich in ganzer Gestalt.

„Schalom, meine liebe Ada, bis morgen. Ich liebe dich!" Dabei warf er ihr eine Kusshand zu. Sie winkte und er winkte zurück, bis er endgültig ihren Blicken entzogen war.

In seinem Arbeitszimmer angekommen, legte er die Blätter von heute auf den entsprechenden Stapel und strich zärtlich darüber. Was für ein Glückspilz er doch war. Er hatte den Krieg überlebt. Er war der Freund des Kaisers. Er durfte Bücher schreiben. Er hatte dieses Landgut und bald würde er Ada hier an seiner Seite haben.

O Gott, womit habe ich so viel Glück verdient?

In dieser Nacht schlief er gut und tief.

## 12. Man kann nicht alles haben

Am Morgen wunderte er sich, dass er nicht von ihr geträumt hatte. Aber warum träumen, sagte er sich dann, heute wird doch alles Realität. Dabei klatschte er in die Hände und umarmte die Sklavin, die ihm das Frühstück brachte und vor Schreck einen kleinen Tonkrug fallen ließ, der in hundert Scherben zersprang.

„Verzeihung, Herr, was ist heute los? So kenne ich Euch ja gar nicht."

„Ich bin glücklich, meine Liebe, einfach glücklich!"

„Aha, eine Frau!"

„Woher weißt du das?"

„Sieht man doch. Die Frau von neulich?"

„Ja, genau die. Und bald wird sie hier als Domina einziehen."

„Ich glaube, sie war nicht nur eine schöne, sondern auch eine gute Frau. Ich freue mich für Euch, Herr."

Als er am Nachmittag zum Ölberg hinauf stieg, schlug sein Herz höher. Nicht nur, weil er mehr hinauf sprang als lief, sondern, wer könnte das nicht verstehen, weil auch sein Herz in Sprüngen ging. Endlich würde sein Lebensschiff im sicheren Hafen ankommen, sein Lebenslauf am ersehnten Ziel.

Er hatte einen Beutel umgehängt, in dem ein Buch für den Alten und ein kleines Kästchen für Ada lag. In dem Kästchen aber befand sich ein wunderschöner Ring aus Gold mit einem kleinen Diamanten. Er wird ihr bestimmt gefallen. Frauen mögen so etwas. Aber ob sie es tragen will? Zuerst vielleicht nicht, weil sie es nicht gewöhnt ist, aber sie wird sich daran gewöhnen. Sie wird sich an alles gewöhnen, auch an mich. Und er sang wieder jenes Liebeslied der Soldaten, auch wenn ihm bergauf fast die Luft dabei wegblieb.

Als er in Sichtweite des Anwesens war, sah er schon von weitem drei Personen an dem bekannten Tisch sitzen: der Alte, Ada und ein junger Mann. Mist, ausgerechnet heute muss Besuch kommen, dachte er. Aber das soll uns nicht stören. Er wird ja wieder gehen. Als er näher kam, hob er grüßend und winkend die Hand: „Schalom".

„Schalom", kam es auch von den Dreien zurück. Aber Ada winkte nicht. Die Drei erhoben sich und Ada trat zu dem jungen Mann, der, wie es aussah, ein steifes Bein hatte, legte ihm die Hand auf die Schulter und stellte vor: „Reguel, mein Verlobter." Dabei hatte sie feuchte Augen, ihre Stimme war nicht glockenklar, sondern dunkel wie nach einer Erschütterung, aber fest.

Josephus war wie vom Donner gerührt und unfähig, auch nur ein Wort hervor zu bringen.

„Setzen wir uns doch", sagte der Alte mit einer einladenden Handbewegung. Er hatte noch einen Hocker an den Tisch geschoben.

„Reguel ist heute am Morgen gekommen. Wir dachten ja, er wäre in den Kriegswirren umgekommen. Aber er lebt zu unserer Freude." Der Alte räusperte sich. „Aber vielleicht erzählst du selbst unserm Gast noch einmal deine Geschichte. Ja?"

Und Reguel erzählte, zuerst stockend, dann immer flüssiger: „Ja, das war so. Ich war gerade siebzehn Jahre alt geworden und meldete mich freiwillig zu unsern Truppen, die den Kampf für die Freiheit unserer Heimat aufgenommen hatten. Ich wurde mit Tausensenden anderen für die Verteidigung Galiläas eingeteilt und kam auf Euren Befehl, General Josephus, hin auf die Festung Gamala. Dort musste ich immer an Ada denken und schwankte in Gedanken zwischen der Liebe zur Freiheit und der Liebe zu Ada hin und her. Wir hörten dann, dass die meisten Orte in Galiläa schon von den Römern erobert und auch Jotapata gefallen war. Besonders machte mir aber zu schaffen, dass Ihr, General Josephus, zu den Römern übergelaufen und am Leben geblieben seid (Josephus, Jüdischer Krieg, 3. Buch, 8. Kap.). Da dachte ich, wenn der General überläuft, warum soll ich dann sterben? Na ja, und ich dachte an Ada und was wir uns für unser Leben alles ausgemalt hatten. Und dann bin ich auch abgehauen. Durch eine steile Schlucht bin ich runter wie viele andere auch (Josephus, Jüdischer Krieg, 4. Buch Kap. 1,7). Am Tag versteckte ich mich und nachts marschierte ich. Aber einmal, als ich tief eingeschlafen war, fand mich ein Legionär, als der gerade seine Notdurft verrichten wollte. Zu blöd. Er nahm mich gefangen und brachte mich dorthin, wo bis heute alle gefangenen Juden hinkamen: auf den Sklavenmarkt. Er verkaufte mich an einen Bauunternehmer, der mich mitnahm nach Mazedonien. Ich hatte keine Möglichkeit, von dort eine Nachricht hierher zu schicken. Es hätte ja auch keinen Sinn gemacht, denn ich war Sklave und hatte keinerlei Bewegungsfreiheit. Meistens habe ich beim Transport von Baumaterial gearbeitet. Das ging ja auch drei Jahre gut. Aber Anfang dieses Jahres hatte ich Pech. Ein mit großen Steinen beladener Karren stürzte um und mir so unglücklich auf das rechte Bein, dass da einiges kaputt ging. Mein Herr, dem ich immer freundlich und hilfsbereit begegnet war, kümmerte sich sehr um mich, aber als er merkte, dass mein Bein steif blieb und ich zu seinen Arbeiten nicht mehr nützlich war, schlug er mir die Freilassung vor, die ich gern annahm. Vor mehreren Zeugen schrieb er mir den Freilassungsbrief, den ich hier bei mir habe. Gestern bin ich nach langen und beschwerlichen Märschen bei meiner Mutter drüben in Betfage angekommen. Und nun bin ich glücklich, hier wieder bei meiner Ada zu sein, wenn auch als Krüppel. Aber das macht nichts. Ich bin wieder frei und wir haben den Krieg überlebt und sind zusammen. Nicht wahr?"

Dabei strich er Ada zärtlich über den Arm.

„Und wenn ich tüchtig übe, wird es mit dem Bein noch besser werden und ich kann mich um die Felder kümmern. Ganz bestimmt."

Josephus hatte bisher noch kein Wort gesagt, sondern die ganze Zeit nur auf den jungen Mann gestarrt und einmal verstohlen zu Ada, als sie etwas zum Trinken auf den Tisch gestellt hatte. Dann war sie hinter Reguel gestanden, hatte ihre Hand auf dessen Schulter gelegt und über Reguel hinweg ihn, Josephus, angeschaut. Dieser tränenumschleierte Blick war klar und eindeutig. Sie hatte gewählt, ihn, Reguel, ihre Jugendliebe, ihn, den Krüppel. Es bedurfte keiner Frage mehr und keiner Antwort. In ihrem Blick war alles gesagt. Und er begriff schlagartig auch, dass sie gar nicht anders konnte. Es passte zu ihr. Wenn es schon nicht mehr die große Liebe war, so war es für sie die Pflicht der Treue. Es ehrte sie. Nur sein Herz war wie versteinert. So musste er sich zusammenreißen, um noch ein passendes Wort zu finden.

„Also, es tut mir leid, junger Mann, was Euch durch den Krieg widerfahren ist. Aber Ihr seid noch jung und ein Kämpfer. Ihr werdet es packen. Euch aber, Esau Bar-Qoz", damit wandte er sich an den Alten, „möchte ich von Herzen Dank sagen für diese sehr unterhaltsame und lehrreiche Woche. Ein Zeichen meines Dankes soll dieses kleine Büchlein sein, in dem der große Philon von Alexandria seine Gedanken zur Gottesschau darlegt. Möge es Euch gefallen. Euch und Adamah auch meinen herzlichen Dank für eure Gastfreundschaft und Schalom."

Damit verneigte er sich allerseits und ging schnurstracks seines Weges zurück, ohne sich noch einmal umzuschauen. Auf seinem Landgut angekommen, schnauzte er seine Sklavin, die ihm das Essen bereiten wolle an, er brauche nichts außer einer Flasche Wein. Mit dieser begab er sich auf sein Zimmer und ließ sich für heute nicht mehr sehen. Den Stapel Papiere auf seinem Arbeitstisch mit den Notizen von Edom steckte er wütend in den Papierkorb.

„Ich brauche das ganze Gequatsche nicht. Steht im Tanach viel besser."

Doch dann bückte er sich noch einmal und suchte das Blatt mit der letzten Zusammenfassung über diesen Jesus. Als er es in der Hand hielt, las er noch einmal: „Er war nämlich der Vollbringer ganz unglaublicher Taten und der Lehrer aller Menschen, die mit Freuden die Wahrheit aufnahmen. So zog er viele Juden und auch Heiden an sich. Er war der Christus." Ja, und so weiter. Und was ist heute die Wahrheit? Die Wahrheit für mich? Christus, belehre mich.

Er goss sich einen großen Becher Wein ein und trank ihn in einem Zuge aus. Da war ihm, als höre er eine Stimme, die zu ihm sagte: „Josephus, du kannst nicht alles haben. Du bist heil aus dem Krieg heraus gekommen. Reguel aber ist ein Krüppel. Dir wurde die Gunst des Kaisers und ein Landgut geschenkt, er aber musste als Sklave arbeiten. Du bist ein berühmter Schriftsteller, er aber muss mit seiner Hände Arbeit und einem lahmen Bein sein tägliches Brot verdienen. Nun gebe ich ihm Ada und du bist heute der Verlierer und er ist der Gewinner. Willst du dich beklagen, weil du nicht alles bekommen hast, was du dir wünscht? Willst du ihn leer ausgehen lassen?"

Josephus schenkte sich noch einen Becher ein und erinnerte sich, wie Daniel spricht: „Der Herr, unser Gott, ist gerecht in allen seinen Werken" (Dan 9,14). Jawohl und „wir aber müssen uns schämen" (Dan 9,7). Jawohl!

Er hob den Becher mit „Prosit Reguel!" und trank ihn aus.

Und schenkte sich noch einmal ein und „Prosit Ada!, meine liebe Ada" und trank ihn aus.

Als er den letzten Rest der Flasche in den Becher füllte, lallte er nur noch „alles gut, alles gerecht", trank den Rest aus, fiel auf sein Lager und schlief ein.

Oben in der ärmlichen Hütte lagen auch der Alte und Ada jeweils auf ihrem Lager. Der Alte war nach dem Besuch von Josephus noch einmal rüber zum Lazarusgrab gegangen und hatte dort gebetet: „Jesus, du Freund des Lazarus und Freund aller Armen, denk in deinem Reich an mein Täubchen und Reguel und schütze sie vor allem Bösen. Und du, Lazarus, Freund Jesu und mein Freund, bitte für die beiden, dass sie eine glückliche Familie werden." Nun konnte er in Frieden einschlafen.

Ada aber, als sie noch einmal über diesen Tag der Entscheidungen nachdachte, kam trotz ihrer verwirrten Gefühle und der einen und anderen Träne zu dem Schluss: „Es ist gut so. Es war nicht meine Welt. Reguel und Vater und die Lämmer und die Felder, ja, und unsere Hütte, das ist meine Welt." Und dann betete auch sie, die Jesus nicht persönlich kennengelernt hatte und doch auf ihre Weise gläubig war. Vater hatte ihr alles, was er wusste, von Jesus erzählt und ihr auch das Vater-unser-Gebet beigebracht, so dass sie von klein auf gelernt hatte, den großen Gott im Himmel mit Vater anzureden: „Vater unser im Himmel, du hast es nun alles so geführt. Ich lege mein Leben und auch das Leben mit Reguel in deine Hände. Hilf uns und schütze uns vor dem Bösen. Gib auch Herrn Josephus Frieden und danke für die schönen Stunden." Dabei liefen noch einmal die Tränen aus ihren Augen und sie ließ sie laufen. Es sah ja jetzt niemand. Doch dann drehte sie sich mit einem Seufzer auf die andere Seite, sagte noch einmal laut: „Es ist alles gut." Und schlief ein.

## Epilog

Man wird im Rückblick sagen müssen: Der Letzte der E-domiter, Esau Bar-Qoz, hat recht behalten. Die Juden kamen wieder, nicht nach 70 Jahren, nicht nach 700 Jahren, sondern nach rund 1900 Jahren. Wie viele Völker und Weltreiche sind inzwischen untergegangen? Und die Juden sind nicht nur nicht als Volk untergegangen, sondern haben wieder einen eigenen Staat. Und das nach dem größten und schrecklichsten Massaker in seiner Geschichte, der industriell geplanten völligen „Ausrrottung" der Juden durch die Nazis. Welches Volk hatte so etwas schon jemals erleiden müssen? Heute, 75 Jahre später, hat sich das jüdische Volk durch Regeneration so erholt, dass es ähnlich zahlreich ist wie vor der Shoa. Und obwohl es noch immer und wie zu allen Zeiten Feinde gibt, die auf seine Vernichtung sinnen, wächst auch die Zahl seiner Freunde. Vielleicht, weil viele, abgesehen von erhofften Vorteilen in Handel und Wandel, begriffen haben: Dieses Volk ist nicht tot zu kriegen.

Wie soll man sich das erklären? Wieder liegt es nahe, dem Alten, dem Letzten der Edomiter zuzustimmen: Sie haben einen lebendigen Gott, der einen Narren an ihnen gefressen hat. Und der durch einen Propheten es etwas feiner so ausdrückt: „Mit ewiger Liebe habe ich dich geliebt, darum habe ich dir solange die Treue bewahrt. Ich baue dich wieder auf, du sollst neu gebaut werden, Jungfrau Israel" (Jer 31,3-4). Der Gott der Juden (und Christen) ist ein lebendiger Gott, weil er redet und weil sein Wort nicht nur Gerede ist, sondern immer Tat wird. Die Existenz Israels bestätigt das uralte Prophetenwort: Israel ist wieder aufgebaut, völlig unabhängig davon, ob das allen anderen Völkern passt oder nicht.

Dieser Gott ist ein Faktor, an dem niemand vorbeikommt. Egal, ob man diesen Faktor anerkennt oder nicht. Wer eine bessere Erklärung hat für diese jüdische Überlebens-DNA durch nun schon mehr als drei Jahrtausende der Anfeindung, der nenne sie.

# Biblisches Abkürzungsverzeichnis nach Einheitsübersetzung

*Altes Testament/ Hebräische Bibel*

| | |
|---|---|
| Gen | Genesis, 1.Buch Mose |
| Ex | Exodus, 2.Buch Mose |
| Num | Numeri, 4.Buch Mose |
| 1 Kön | Das erste Buch der Könige |
| 2 Kön | Das zweite Buch der Könige |
| 1 Chr | Das erste Buch der Chronik |
| 2 Chr | Das zweite Buch der Chronik |
| Hiob | Das Buch Hiob |
| Ps | Die Psalmen |
| Koh | Das Buch Kohelet (Prediger Salomo) |
| Jes | Das Buch Jesaja |
| Jer | Das Buch Jeremia |
| Klgl | Klagelieder |
| Ez | Das Buch Ezechiel (Hesekiel) |
| Dan | Das Buch Daniel |
| Hos | Das Buch Hosea |
| Joel | Das Buch Joel |

*Neues Testament*

| | |
|---|---|
| Mt | Das Evangelium nach Matthäus |
| Mk | Das Evangelium nach Markus |
| Lk | Das Evangelium nach Lukas |
| Joh | Das Evangelium nach Johannes |

**Literatur- und Nachweisverzeichnis**

**Bibel**, Einheitsübersetzung, Herder 1980

**Flavius Josephus**, Geschichte des judäischen Krieges, Reclam 1974, Übers. Clementz,

**Flavius Josephus**, Jüdische Altertümer, Wiesbaden, 10. Auflage 1990, Übers. Clementz
- zu Esau und Jakob:     1. Buch, 18-20
 - zu Idumäa:             2. Buch, 1,1
- zu Bileam:             4. Buch , 6-7,1
 - zu David/Idumäa:       7. Buch, 5,4
- zu syrisch-
  ephraimitischer Krieg: 9. Buch, 12, 1-2
- zu Qoz                 15. Buch, 7,9

*https://www.bibelkommentare.de*

- Stichwort "Midian"
- Stichwort "Ephraim"
- Bozra

*https://www.bibelwissenschaft.de*
- Stichwort "Bileam"
- Stichwort "Edom,   Edomiter"
- Stichwort "Seir"
- Stichwort „syrisch-ephraimitischer Krieg"
- Stichwort „Ribla"

Der Autor, **Wolfgang Hering**, ist Jahrgang 1939 und erst nach der Pensionierung schriftstellerisch tätig geworden. Als Pfr.i.R. bewegt ihn besonders die kirchliche Situation, die in allen Konfessionen der westlichen Hemisphäre einen mehr musealen als lebendigen Eindruck macht. Er ist aber überzeugt, dass Gott, wie er den Juden und Muslimen eine Renaissance ihrer Religion geschenkt hat, so auch der Kirche Europas wieder Leben einhauchen wird. Die Völker Europas aber werden durch mancherlei Eingreifen Gottes begreifen, dass weder Geld noch Gesetze, weder menschliches Planen noch menschliches Können der Kitt sind, der uns zusammenhält, sondern das Christentum, das die Kultur und Werte Europas geprägt hat.

## Vom selben Autor sind erschienen:

**Priestertum in der Evangelischen Kirche**

Freimundverlag 2009

**Bon Camino. Der Lebensweg – ein Jakobsweg**

BoD 2010

**Der Himmel reißt auf**

Verlag Kern 2014

**Göttliches Puzzle**

Verlag Kern 2015

**Potsdamer Pilgerwege**

Potsdam 2012
hrsgb. vom Potsdamer Pilgerwege e.V.

**Geschwisterzoff**
*Geschichten aus 3000 Jahren Familiengeschichte
von Juden, Christen und Muslimen*
BoD 2019